斯文不坠

新时代大学生小说选

周福岩 ◆ 主编

刘　巍　李婧妍等 ◆ 著

北方联合出版传媒(集团)股份有限公司

春风文艺出版社

·沈阳·

图书在版编目（CIP）数据

斯文不坠：新时代大学生小说选/周福岩主编；
刘巍等著.—沈阳：春风文艺出版社，2019.2
（2021.1重印）
ISBN 978 - 7 - 5313 - 5577 - 9

Ⅰ.①斯… Ⅱ.①周… ②刘… Ⅲ.①短篇小说 — 小
说集 — 中国 — 当代 Ⅳ.①I247.7

中国版本图书馆CIP数据核字（2019）第015254号

北方联合出版传媒（集团）股份有限公司
春风文艺出版社出版发行
http://www.chunfengwenyi.com
沈阳市和平区十一纬路25号 邮编：110003
永清县晔盛亚胶印有限公司印刷

责任编辑：刘 维	责任校对：于文慧
装帧设计：金石点点	幅面尺寸：170mm × 240mm
字 数：221千字	印 张：12
版 次：2019年2月第1版	印 次：2021年1月第2次
书 号：ISBN 978-7-5313-5577-9	
定 价：40.00元	

目　录

第四章　无轨列车

第五章　夜读百态

第一章

岁月之殇

相 聚 98

刘 巍

　　她清楚地记得认识他是在 1998 年 3 月 18 日。那天的风很大，还下了那一年头一场冷冷的春雨。很平淡的，他们相爱了。

　　如今她回忆起来，却很难想出跟他相爱的过程中有什么轰轰烈烈的经历。他的工作在外地，所以他们不常在一起，但她知道他爱她，嘴上没说，心里总是感到一种淡淡的甜；他也知道她爱他，愿意让他挽着手在街上走。

　　她是学中文的，对于《周易》什么的颇为信奉。一次，她独自为他俩算了卦，一向自认娴熟的她手抖得厉害。后来他们一起吃火锅，她告诉他说算卦了，问他想不想知道卦象，他说当然。她于是卖关子，说那我把这卦卖给你，你出多少钱？他说这卦如果合我的心意，我愿意出一辈子的工资。她笑了，她没有理由思考将来，她觉得现在已经足够。

　　可惜，有些事情她必须面对。终于，他带她去见了他的父母。他的家有些零乱，有些惨淡，他的妈妈患类风湿很多年，既然现在的女主人对这个家已无能为力，那持家的重担就必然落在将来的女主人身上。她虽然学中文，但她并不浪漫，她有些退缩了。

　　她知道他爱她，她更知道她得离开他，为此，她哭了很多次。她承认自己不善良，对他的爱不能超过他妈妈给她带来的难。他当时在很远的地方搞项目，她就试着自己度过每一个晴天、雨天，自己吃饭、自己看电影、自己逛街、自己洗衣服，好像回到了认识他以前，只是当他打来电话时，她会握着话筒强忍住哭声。她暂时不想让他知道她的改变，他的实验稍有疏忽就会前功尽弃，她不愿意他因她而失去什么。

她清楚地记得那天是 1998 年 9 月 20 日，认识他六个月零两天，他回来了。她对他说我们分手吧，话一出口便泪流如注，我爱你是真的，你别怨我，这担子我挑不起——第二天早晨睁开眼睛，她看见秋天的太阳依旧在那儿，什么都没变。她觉着他会再来找她，毕竟他们的爱已走过了春夏秋，不是说了就能了的，她甚至想如果他回来她会改主意。可是没有，他消失得很彻底，也许在带她回家之前他就已经决定了怎么做，也许他们真的只剩下冬季。

她偶尔还会想起那卦，上面分明说他俩是良配无疑，他没付钱买这卦，她就一直没告诉他。春天开始的故事，秋天就已结束，冬天来了，1998 年过去了。她不知从哪儿听到过，现代爱情，仿如火锅，食时酣畅，回味索然。

（刘巍，辽宁大学文学院教授，博士生导师，大学期间发表作品。）

猫 女 儿

李婧妍

一楼孙二平的女儿婷婷是我小时候最好的朋友。那天我们又在捡石头玩儿，她说："明天我就要上学啦，以后你就见不到我了！"说完她用手摸摸我的脸蛋。我说："学校难道一天都不让出来玩儿吗？真可怕，我可不想上学……""别用手摸脸，小婷，手多脏啊！"在一旁溜达的奶奶及时阻止我们把手上的细菌转移到脸上，喝止了我的想法。

第二天下午，刚出楼洞，我看到孙二平抱着一只硕大的白猫在院门口乘凉。第一次看到这么白、这么大的猫，我走得近了点儿，想摸摸它的头，这时一只有力的手把我提溜走了。"哎呀，疼啊，别拽我！"我的手腕有点儿痛，生气地对奶奶嚷道。"这猫身上有病毒，被咬了怎么办？被抓了也……""什么猫？大姨，这是我闺女！这是婷婷，你不认识了吗？"奶奶的话被二平粗鲁地打断了。

"叔叔，我还想问你呢，婷婷昨天说去上学了，今天怎么还没回来？原来她变成猫啦！好好玩儿啊，奶奶，婷婷不会咬我挠我的，咱俩可好了，我要和她玩儿！"猫的蓝眼睛在夕阳中一闪一闪的，真的和婷婷有几分相像，而且婷婷的皮肤本来就是白白的，原来她是只猫哇。

"小白，回家吧，该吃饭了，快上楼！"我伸出手，向白猫跑去，忽然肩膀上的衣服把我使劲儿往后拽，脚也站不稳，整个人被奶奶拖了好远，我一直大叫着："奶奶，我要和婷婷说话，和婷婷玩儿，你干啥呀？这么烦人！"我的身体和声音似乎都被奶奶揪得离开了地面，飘浮在整个院子里，直到上楼梯了，我的脚心才踩住地。

"为什么不让我和婷婷玩儿啊？"我粗粝而歇斯底里的质问响彻整个楼道，还好我家在二楼，很快便被粗重的关门声锁在了屋里。

"小白，你别号了！你听我说，楼下那个二平，他疯了。猫是动物，怎么可能是他女儿呢？你也五岁了，这还不知道吗？不能和疯子说话！他不一定啥时候就会打你。你记得之前吃垃圾的那个穿红棉袄、绿棉裤的女疯子吗？有个修车的人看了她一眼，她就拿起石头把那个修车人的脑袋砸一个大口子，流了好多血，你怕不怕？你还要和他的猫玩儿，你不要命了！"对疯子的恐惧成功地镇压住了我喷薄欲出的愤怒和伤心，我乖乖地将胡乱踢打的四肢复归原位，不过又好像有什么疑问被我落在了那天下午的楼道里。

晚上吃饭的时候，爸爸边吃饭边说："楼下的二平真的疯了吧？婷婷在的时候，总打她、骂她，现在抱个猫说是婷婷，亲得不行！"奶奶使劲儿向爸爸使眼色，试图阻止他语句的延伸，可惜为时已晚，我听了爸爸的话，把目光从动画片上移开片刻，婷婷和猫的脸在我的脑海中重合，我说："对了，爸爸，你知道婷婷去哪儿了吗？她真变成大白猫了吗？我想和她玩儿！"

奶奶叹了口气，随后无奈地说："唉，还是告诉你吧！上午我下楼买菜遇到二平她妈，她说二平不喜欢女孩，她也不喜欢，觉得以后迟早都是别人的，是个赔钱货。现在女人跑了，他又好吃懒做不去上班，他和他妈就趁着天黑，偷偷把婷婷卖给山里一户人家当童养媳了！"我不知道什么是赔钱货和童养媳，但我知道婷婷被卖，人原来也是可以像东西一样被卖吗？为什么他们不喜欢婷婷呢？她那么好，可是我再也见不到她了。心里酸酸的，电视正演到小龙人被科学院的人抓走了，困在屋子里很是难过，不过他还有好朋友们帮着想办法，那么婷婷也会这样被关起来吗？除了我谁还会帮她想办法呢……接下来小龙人的奇遇占据了我全部的注意力，婷婷在我五岁的头脑中也被残忍地赶到了无意识的边缘。

后来，我终于上学了，虽然很怕像婷婷一样从此消失，终归被家人连哄带骗地带去了学校，好在不会被长久地困在那里，中午吃过饭，下午就可以回家了。我也有了新的朋友，婷婷和那只白猫渐渐淡出我的记忆，只是偶尔想起二平叔抱着白猫的那个下午，心里就像被毛茸茸的猫尾巴扫了一下……

读三年级时，老师要我们同桌之间互批周记，同桌小宇看了我写的关于婷婷的文字，马上合上本子，神神秘秘地对我说："那个孙二平是你家原来的邻居吧？他是我表哥的一个亲戚，就是我总和你说的读六年级的苏哥。""咋了？我好久没看见二平叔了。"对于时隔多年的记忆，我突然有点儿恍惚。"什么二平叔啊！他就是精神病，是个大浑蛋！你知道吗？好久以前，苏哥来我家玩儿，他说二平把婷婷卖了的那个晚上就去找女人了，回家的路上遇到一只大白猫一直跟着他，他就开始把那猫当成婷婷了……"小宇的话仿佛把我带回到那个下午，那只大白猫的蓝眼睛里闪着诡谲的光。"然后呢？婷婷呢？"我连忙追问。"后来你家不是搬走了吗？几个月前，二平和他妈煤气中毒死了。你说怪不怪？警察在他家煤气罐上有个生锈的地方发现了两个很深的牙印，好像是啥动物把煤气罐那个地方咬漏了。"小宇躲闪着老师责备的眼光，压低声音继续说，"这个事很怪，大白猫也不见了，所以我哥说那个白猫一定是婷婷派来报复他爸的。""那婷婷呢？她在哪儿？"我不顾老师大声说的"安静"，继续问他。"哎呀，你就知道婷婷，她不是被卖到深山给一个残疾孩子当媳妇去了吗？二平死了，谁知道她被卖到哪儿了？好了，老师走过来了，别说话了。"小宇不耐烦地草草终结了我的疑问。

我抬头看着窗外，外面的树上不知道从哪里蹿出来一只猫，眼睛仍然蓝莹莹的，一道醒目的黑色伤痕蛇一样穿过猫白色的背，尤其是猫跑的时候，那条蜿蜒的蛇好像咬到了我年少记忆最敏感的痛处。

一向遵守纪律的我，在下午安静的课堂上一下子哇地痛哭出来。我想念婷婷。

（李婧妍，辽宁大学文学院中国现当代文学2017级博士生。）

含泪的祝福

刘　巍

你还有话要说吗？她问。眼里充满期待，她其实是不想就这样告别。他不语，黑暗中点燃了一支烟，默默看她。雪已经洒满了她的衣服，她冻得发抖，她的心同样很冷。一阵近乎凝滞的沉默之后，她开口了：那么，再见。她终于走了，走得极轻极慢，像是不忍心在刚下的雪上踩出脚印，不忍心一步步地和这段感情走远。

他们的相遇很偶然，相遇之后却很投缘，于是他们相爱了，爱得很深。她说她要嫁给他，要随他去辽南的小镇相夫教子。为了他，她宁愿放弃都市。可惜，她没能这样做。他有一个青梅竹马的未婚妻，在他家乡的中学当老师，认识她以前，他认定这辈子不会有什么浪漫故事。她只知道爱他，其他的，她都不管。他并不是没有责任感的人，所以他们的爱只能是无奈。

他回过家，去跟他的未婚妻说永远分开，但他屈服了。他无法带着十几年的往昔与父母乡情同别人走进结婚礼堂。他没有勇气无负累地前行，没有力量担起她的爱。走到了最后，他说别恨我，她说你有你的理由，我不怨你。他本来想笑着说句祝福的话，泪却流了下来。

很长时间之后，她收到他结婚的照片和他妻子的一封信。信上说很感谢她对他的照顾，感谢她最后的选择，说有时间欢迎她来家里做客。合上信，叹了一口气，她突然很庆幸当初的决定，毕竟远离给了他们足够的自由，可以无牵无挂地在风雨中停泊。

（刘巍，辽宁大学文学院教授，博士生导师，大学期间发表作品。）

给对方一个空间

刘　巍

电话响起的时候，我正在洗头，拿起听筒急急地说了声"喂"。对方很迟疑地说：你——有时间吗？我的血一下子涌到脸上，心脏都快要跳出胸口了，是的，已经没有必要问话筒那端的人是谁，这声音远离我已经足足五年。的确，他回来了。

挂了电话，我呆呆地坐着，本来我是该去化化妆，去换身衣服见他，我应该和从前一样漂亮。但我没有，我只是坐着，仿佛是在等待，不知是在等他来，还是等他去，等他来到之后说离去或是离去之后再说来到。在似乎是很漫长的等待中，我的心静了许多。门铃响了，他站在我面前，比原来高了，比原来瘦了，比原来黑了。他笑了笑说：嘿，我回来了。一切都和从前一样，好像电影重复着回忆的镜头。我礼貌客气地让他进来，告诉他我的房间没什么改变，只是落了些灰尘。我曾经幻想过好多次重逢的场面，却怎么也没想过我会这般平静，和他隔桌对坐，云淡风轻地聊着天气，聊着我在国内的生活和他在国外的学习。

他是我的初恋男友，陪我用年少的足迹走出了一条倾斜而美丽的路。处在花季年龄的我们曾经一起做过很多梦，但梦终究是要醒的。梦醒时，他说要去国外读书，他说要离开五年。五年，一千八百多个日夜，谁都想不到会有多少事情发生。青春只有一回，青春又有几个五年？谁愿意用这珍贵的五年去换一个未知的期待？

我们选择了分手，这一抉择在常人看来是很不可思议的，我们的内心也确实受了很多煎熬，但我们还是很友好很理智地告别了。我清晰地记得，那天离开时他也像这样站在门口，笑了笑说声再见。

如今，他又坐在我的面前，他说在国外也爱过、也痛过、也奋斗过、也失败过，他说每经历过一件事、一种心情之后，胸中闪过的念头就是——写信给我，但每次又都忍住了，因为不知我在这边如何，怕万一——打扰了我的平静。我无语，心想这是心有灵犀的另一种表现，怎么我在这边的想法会跟他想得一模一样。

面对近在咫尺、伸手可触的他，我很想告诉他这几年我怎样度过的，四处飘零，四处碰壁，像找不到归宿的孤雁，极目远眺，苍茫一片，哪里是可以停留、可以依靠、可以相信、可以叹息、可以哭诉的地方？但，忍住了，毕竟走过来了，现在，我很好。我所追求的，都还没有失去，摇摇头，不说也罢。

时间没在我们身上留下印痕，看着依然熟悉的他，我忽然很感谢当初的抉择，因为一切都是会变的，只有爱是永恒不变的。若是当时我们选择了苦守，那么或者他变了，或者我变了，或者这个世界变了，总之我们要为此付出很多，而结果却不是尽如人意。人有时是需要放弃一些东西才能无负累地前行的，尽管放弃会让人心痛。假如当初没有给对方一个空间，怎么会有今天我和他的这般从容？不论结局如何，到今天我们还能真诚面对，这就足够了，我想。

（刘巍，辽宁大学文学院教授，博士生导师，大学期间发表作品。）

何以报殇

任含笑

以德报怨，何以报殇？

——题记

"铛！"法槌落定在红木长桌上。

"传讯第1213号证人——戎红到庭！"大厅四角的喇叭里传出一句中文。

"证人，请如实回答本庭提问，你的姓名？"

"戎红。"

"年龄？"

"十九。"

"证人，1937年12月13日及此后四个星期，你在哪里？"

"中国南京。"

"请向庭上讲述你当时的经历。"

…………

东京连续一周的雨，下个不停。

1937年2月·南京

戎红穿着爹给买的红袄，乐滋滋跑在前面。她二姐在后面追着，两人一溜烟跑出巷子口，边跑还边唱着那首民谣："大中华，中华大，中华遍地安宁家……"

"哎！这俩孩子！快吃饭了跑哪儿去？"女人从门槛上站起，扔下手里的韭菜正要去追，却被二嫂一把拽住："由她们吧，好几天不让出门了，估计呀，又去邮局看看有没有四儿的信了。"

二嫂口中的四儿，便是这女人的丈夫，戎红的爹——戎四。要不是给政府办事脱不了身，几个月前，他就跟娘儿俩一块从北平来二哥家里避难了——谁不想跑哇，那时候鬼子都快要打到北平了。这说好的一个月来一封信，打7月起，已经俩月不见踪影了。最近又听闻北平像是给打下来了，戎二一大家子的心天天吊得高起来。

自打逃过来，安生日子没过多久，城里气氛又不对了。国民政府开始调兵出城，也不晓得去了哪里，留下的守军少之又少。

这年哪，戎红九岁。

1937年12月2日·南京

"轰！"

"轰轰！"

城外响起连天炮火，这战火这么快就烧到南京了？城中人心惶恐，无不缩在家中，男人怕被抓了壮丁，女人担心男人，孩子被老人攥得紧紧的。

自打昨日起，已经有枪声在城外不断响起了。今儿个更是来劲儿，好像还能听到飞机打头顶掠过的声音。

戎二一家大门紧闭，两个孩子更是吓得两眼发直，紧紧缩在自己娘怀里。女人安慰吓得直哆嗦的戎红："红儿不怕，有娘在。要想着咱们大中华遍地都是安宁家，不会有事的！"转过头，却紧张地皱了皱眉。

干粮不多了，几口子人省一点儿是一点儿地熬着，就这么一连过去了十天……

1937年12月12日·深夜·南京

城外头打仗的声音好像停了。没有轰隆的炮火声，没有嗖嗖的飞机掠过，没有士兵们的叫喊了，好像一切都安静地结束了。

戎二打开门，听不到什么声音，夜已深，他决定出门看看。女人拦住他："二哥，家里不能没有男人，我出去看看，你在家吧。"

"不行！这怎么行！"二哥坚持说。

"别！万一我有个啥不测……家里得留个男人撑着。二哥我去吧……"

女人摸着黑出了门，一探究竟，留下两天没合眼、早已困得响起轻鼾的戎红。

老天爷亮堂了，鱼肚白翻了上来，还是不见女人回来。一家子人越来越紧张。

"二哥！开门！快开门！"忽地，门外响起女人的声音！

"快进来！快进来！"门呀的一声被打开。

"二哥二嫂！政府军败啦！鬼子进城啦！这下咋办！"

"咋办？还说啥，快往后山跑！"

一家子人顾不得收拾行李，裹了些衣服、干粮就慌忙往外跑，这下都慌了神。可跑到人街上一看，哪儿还有个去处？街上站满了一身黄皮的鬼子，张狂地四处扫视着，挥舞着手中的长枪，狰狞不已。再看城里的百姓，大都嘴里含混不清地大喊着什么，四处乱窜，却又怎么也逃不出鬼子的枪口。枪声不断响起，不断有人倒下，鲜血眼看就要铺满大地……

一大家人傻眼了，这往哪儿跑？戎二狂吼："快回家！回家！"

砰！枪声几乎盖过他的嘶吼，戎二双目圆瞪，直挺挺倒在两对母女面前……

1937年12月20日·南京

约莫七天过去了，戎红紧紧抱着娘："娘，我怕。"

"抱紧娘，不怕！"女人言语中露出最后的坚定。

二嫂和孩子已经失踪三天了，又或许，正躺在哪堆尸体当中。大街上布满铁丝网和血迹，只剩下活着的日本兵和死了的中国人。空气中弥漫着阵阵腐气。

母女俩挤在被铁丝网困住的人群中。"你们！要吃的！跟我走！"远处，一个挎着刀的鬼子操着蹩脚的汉语，指着人群说道。

"娘，饿——"女人才想起，娘儿俩三天没吃东西了。

"娘给你找吃的，你可千万别走，娘马上回来找你！"抱着绝望之中最后一丝希望，女人走上卡车，再次留下被泪痕擦花了脸的戎红。

呼！呼！车开走了，没过几分钟突突突的机枪声在远处响起。

一天过去了，戎红呆坐在原地，她早就没了说话的劲儿……

娘咋还不回来？哇——她一下子哭了出来，九岁的她似乎明白了……她的双眼变得空洞，眼前出现无数种惨象，老人被推到大坑里活埋，男人被绑在柱子上当作刺刀靶子使，女人被日本人无情地糟蹋……她不敢再想，她不能再想！她想不出娘是怎么被杀害的！这泱泱中华动乱不堪，何处才是安宁家呀！

哭了好久，乏力的她终于没有了一丝力气，昏死过去……

1945年9月15日·南京

八年了，每到年关，戎红的心都揪个不停。古城恢复了些许生机，但四处仍旧是断壁残垣。八年前，昏死中的她被教会医院的德国医生从死人堆中背回，她奄奄一息，竟昏了半个多月。这期间，德国人将纳粹旗挂在门口，才免遭日本人的侵扰。

"号外号外！"窗外响起一个响亮的童声，"日本无条件投降！向盟军递交投降书！"

什么！日本人投降了？真的？是真的！那一瞬间，失踪的爹、遇难的娘、二叔二婶还有二姐的身影忽地都来到眼前，娘还张开双臂呼唤着她："红儿，娘给你找到吃的啦！"戎红双手颤抖着，泪无声地滴落下来，洒在双手上……

国之殇，无可忍！她要报仇！一瞬间，那积压八年的怨恨喷涌而出。

报仇！

那一年，她亭亭玉立，年方十七。

1947年·日本东京

"证人！证人？请整理一下情绪。"法官韦伯爵士的声音蓦地使戎红的思绪回到证词上。

"对不起，法官。在那四周时间里，我目击了人类历史上最惨烈的恶性屠杀之一，那是一个极具侵略性的民族对一个爱好和平的民族的无情滥杀与屠戮，是一次将安宁中华破坏的暴行。那将是永远受到世界人民唾弃的卑劣行径，那是我们家族的灾难，更是我们中国的国殇。我相信，今天，我在远东国际军事法庭审判上的发言，务必会被历史与人类文明所铭记……"不一会儿，泪水涌出双目，她还是没能抑制住，一如曾经。

此后多日，她出庭十多次，将整理数月的证词完整地阐述。

戎红，年已十九。

1948年·德国

养父走来对她耳语几句，她怔在原地，十多分钟后仍一动不动。

"多名日本甲级战犯被判处绞刑。"

她闭上双眼，十一年了，终于结束了。

窗外广播不知何时竟响起那首中国童谣："大中华，中华大，中华遍地安宁家……"

国殇已逝，忍无可忍；卅万余人，魂断金陵。

愿死者安息，生者自强。以德报怨，何以报殇？

二十岁，戎红终报国殇。

（任含笑，辽宁大学文学院汉语言文学专业2016级本科生。）

玉 茗 殇

刘 洁

楔 子

你看见过凋谢的山茶花吗?

山茶花不像牡丹那样惊心动魄,整朵整朵地凋落,而是一瓣一瓣地凋零,小心翼翼地,就像喜欢一个人的心情。

我以为我会永远像山茶花凋落一样,谨小慎微地爱着他,日复一日,年复一年。我不知道自己竟会如牡丹花凋谢般轰轰烈烈地死去。

一

我的一生都用来爱那个叫汤海若的男人。他是临川城最有才华的男子,也是频频入我梦中的人。虽然梦里的他只是一团模糊的白影。

十五年前,我第一次见到他。那时我九岁,他三十三岁,母亲二十七岁。

梦里的白影霎时间变得清晰,一个身披白袍的儒雅男子,在开满山茶花的山谷迎风而立,宽大的袍袖灌满了风,一派仙风道骨。

在他的目光掠过母亲和我的那刻,他眼底含笑,似有动容。

新寡的母亲一身缟素,发髻间别着一朵绢制的白花。苍白姣好的容颜,雾气弥漫的双眼，更衬得母亲柔若无骨，美丽得不可方物。

如果非要比拟这种美丽，就像……

"就像早晨带露摘下的白色山茶花。"汤海若脱口说出了我心里想的话。

我承认，就在这一瞬间，我喜欢上了他——才华卓绝的他，大我二十四岁的他。在我还是一个九岁小姑娘的时候，我无可救药地喜欢上了这个男人。

我吃力地踮起脚看他的眼睛，我知道我的眼睛里全是他，但我看到他的眼睛里是母亲。

他目光灼灼地恳求母亲留下，承诺给她锦衣华服。

不，我不接受他的恩惠。更确切地说，我不要母亲接受他的恩惠。

我所喜欢的人，他喜欢的竟是我的母亲，是那个酷爱白色山茶花、为女儿取名素茶、像山茶花一样美丽的女子。不，我不接受！

十五年前，母亲用她的纤纤素手抹去我夺眶而出的泪水，牵起我的小手，头也不回地离开了。

十五年后，泪流满面的我搀扶着病弱憔悴、却依稀可见昔年美丽的母亲回到临川城。

我央求汤海若收留我的母亲，我希望他能念在昔日情分上，尽心救治我可怜的母亲。

"好。"坐在紫檀木椅上的他啜了一口茶，淡然应允。

我偷偷打量他，他穿一件灰色长衫，气质洒脱，面容平静，仙风道骨依旧，眼角则爬满细密的纹络，眼眸幽深，无波无痕。

"多谢，素茶告退。"我起身略施一礼，准备离开。

"但有一个条件，"他的声音倏地响起，将目光移向我，"你必须留下！"

我迎向他的目光，看见他本来平静无波的眼眸此刻仿佛有两团火焰在燃烧。那样灼人的眼神，一如当年他在我面前恳求母亲留下时那样。

嗬，我是母亲的替身吗？一袭素衣、泪眼婆娑、承袭母亲绝世姿容的我，可不就是母亲的替身！

我只能苦笑，眼睛的余光瞥见他紧紧攥着茶盏的手，关节处微微泛白，似乎在极力抑制着什么。

"你可以选择离开，若你不愿意，就如当年你和你母亲离开那样。"他低声说，缓缓放下茶盏，手无力地垂下。

"不，我留下。"因为在与他对视的瞬间，在那两团火焰里，我看见了自己。

此刻，毗邻花园的厢房里，缠绵病榻的母亲正在忍受着病痛的折磨。

二

用过晚膳，我来到母亲房里，小心侍奉汤药。

"也许我们不应该回来，"母亲望了我一眼，幽幽地说，"素茶，当年你不愿意在这里……"

"现在我愿意了。"我掏出手帕，轻轻拭去母亲唇边残余的药渍。

"这样也好……"母亲顿了一下说，"你也不小了，在我像你这般大的时候，你都六岁了，而你如今还……还没许人家。终究是娘拖累了你……"

"素茶要和娘亲在一起，要永永远远照顾娘亲……"

"傻丫头，"母亲叹了一口气，颤巍巍地伸出瘦骨嶙峋的手拂去我腮边的泪水，"汤公是个好人，儒雅多才，情深义重。虽然年纪比你大些，但十五年前，你九岁的时候，他便承诺要照拂你一生……"

"什么？娘亲，你说十五年前……"我吃惊地睁大眼睛。

"是啊，十五年前，那时我信不过他。心想：名震天下的大才子汤海若怎么会对一个九岁的小姑娘动心？况且你当时那样抵触他，甫见他你便哭闹不休，似乎有他在的地方你一刻也待不下去。我便带你离开了，他也只好放手。

"但这些年他从未停止过对我们的帮助。我一介女流，缝补浆洗又能挣得多少家用？你要读书，我要看病，这些又从何而出？这些年，多亏了他。

"这么多年过去了，我也总算略微明白了他的心意。他平生钟爱白色山茶花，而你——我的女儿素茶，正是他此生不换的那朵白山茶……"

母亲絮絮叨叨地说着，微微有些咳喘，我轻抚她的后背，嗳嚅着说："可娘亲，我明明记得，他说你是清晨带露摘下的白山茶……"

"是啊，带露摘下的白山茶，"母亲凄然一笑，"就是那种离开泥土、毫无生机的花，即使插入瓶中，清水供奉，不消几日也会凋谢。而你不一样，素茶。汤公说，你是曾经出现在他梦里的那朵白色山茶花，是在冬天凌寒绽放、傲视群芳的山茶花，是真真正正有血有肉、活色生香的山茶花，是当之无愧的花中之冠！"

一下子说了那么多，母亲显得尤为疲倦，我服侍她躺下，嘱咐她好好休息。

在我吹熄灯烛，起身离去之前，黑暗中母亲跟我说的最后一句话是："素茶，汤公他喜欢你。"

三

他喜欢我？是的，他喜欢我。

在我白白怨恨了母亲十五年之后，我被告知我喜欢了十五年的男子他喜欢我！但仅仅是喜欢罢了。

我并没有过上母亲弥留之际为我勾勒出的那种琴棋书画诗酒花的生活，但柴米油盐酱醋茶的琐屑也无须我过问。

我更像是他养在后花园的一株花，受到精心照料，却无人欣赏。

如此年华如此貌，为谁修饰为谁容？我徒有绮年玉貌，却换不得他半点儿怜惜。

为了取悦他，我费尽心思。有一次，我竟然效仿起老莱子彩衣娱亲的戏码来。传说在春秋时期，七十岁的老莱子为了不让父母见他有白发而忧心，于是穿五彩衣，扮小儿状，引父母发笑。古有老莱子彩衣娱亲，今有素茶女彩衣娱君。我像九岁时那样，身着霞衣窄袖，梳着双鬟垂髻，一脸粲然的笑，笨拙地讨他欢心，但这些统统都是徒劳。

定居汤宅的这些日子，我与海若甚至见面寥寥。他整日整日地窝在书房里，冥思创作。

有时，他兴致来了，会邀我花前小酌。每到这时，他便用温热的掌心轻覆住我苍白的手，兴高采烈地对我讲起他笔下的那些人物。他最爱讲的是"她"。

"她"是谁，长什么样？除了他，无人知晓。

"她"只存在于他的脑海中，他的构思里。"她"是他个人的结晶，专属于他。虽然"她"只是个尚未成型的人物形象，但"她"享受着他的所爱。

是的，他爱"她"。像他这样的男人，不会爱上现实生活中任何一个女子，他最爱的永远只是他想象中的、如诗如画如梦如幻的"她"。

我无法容忍自己深爱的男人心里有另一个女人，尽管"她"不是活生生的人，更不可能存活于世。这对我而言，是挑衅，更是侮辱。

我无法无视自己的内心，我无法像以前那样蒙昧无知，我无法再和他生活在同一屋檐下。我决定出走。

四

我没有料到自己还能再见到他。在我离开临川、深居内江之后，我竟然能如此轻易地见到他。

我看见他双鬓斑白，不禁忆起自己以前在汤宅彩衣娱君的蠢事。海若老了。他的白发令我触目惊心，我微微颤抖起来，接受不了他的老去。

海若老了。这世上可还有永恒？美丽，还是爱？

美丽如母亲，也有人老珠黄的一天；深爱母亲如父亲，他的爱亦随他生命的终结而终结。

终有那么一天，我也会老去，青春不再，朱颜非昨。我无法接受他的老去，我更无法接受他发现我也老去的那一天。

我越来越明白，他喜欢我，像喜欢山，喜欢水，喜欢蓝天，喜欢白云，喜欢山茶花一样喜欢我。在他眼里，我和它们一般无二。我们都只是他写作的素材，是他艺术长河投影的依据。一旦连做年轻鲜活的素材的资格也不具备，我的生命还有何意义？

毁灭定格美丽。这是一条永恒的定律，尤其对青春貌美的女人而言。

于是，在与海若不期而遇的这天，我义无反顾地投身水中。

耳边响起轰鸣的刹那，湖面激起巨大的水花。名为素茶的我，仿佛化身成告别花季的牡丹，整朵凋零，轰轰烈烈地死去。

在我死后，海若完成了那部轰动一时并流传千古的名作——《牡丹亭》。"她"终于拥有了自己的名字——杜丽娘。

"素茶的死，成就了《牡丹亭》。"他梦呓般地说。

哦，海若，汤海若，本名显祖，海若是他的号，玉茗堂是他的居所。玉茗，也就是白色山茶花。

尾 声

两百多年后的清朝，焦循著有《剧说》，书中记载，内江一女子读汤剧后，愿托身于汤显祖，后因见其为皤然老翁而投水身亡。

（刘洁，辽宁大学文学院中国古代文学专业2014级研究生。）

绣春刀前传

赵禹佟

一

今年的严寒来得格外早，刚一进入十一月就已经冷得让人不想出门了，可雪来得格外迟。已至大雪节气，北京城里仍旧是灰秃秃的，等待着雪来洗白、掩盖。

屋子里的炉火生得旺旺的，仿佛要把人烤化一般。

"沈哥哥，不要再添柴了，这火已经够旺的了。"

沈炼回头看了看那有些热而面庞微红的姑娘，笑着放下手中的柴："还不是因为你身子弱，一进冬就手脚冰凉。我这儿又不比你家里，门窗都严丝合缝的。既然我这个破屋子抵御不了外面的严寒，就只好从里面热起来，才不会冻坏你。" 说罢，沈炼直起身来，走到姑娘身边，接过了姑娘手中刚缝补好的衣衫，轻轻地把姑娘的手握在自己的手中："炜彤，你看你，手还是这样凉，一点儿也没暖过来。"炜彤有些不好意思，想抽出被那人紧握的手，却又舍不得，只好任那人攥得更紧了。沈炼看着这个自己喜欢多年的与自己青梅竹马的姑娘，这个纵使自己家中经历变故还对自己不离不弃的姑娘，这个冒着寒风来给自己缝补衣衫的姑娘，不知是炉火太旺熏人眼还是怎么，沈炼眼前忽然蒙上了些许雾气。

"沈哥哥，还有不到两个月就要过年了，要不……你来我家过年吧。"听到这话，沈炼的脸上闪过一丝有些复杂的表情，有亏欠，有尴尬，有无奈，还有……不过幸好炜彤没有捕捉到。"到时候再说吧。"沈炼又是一脸宠溺的笑。

"时候不早了，炜彤，我送你回去吧。这天黑得早，一会儿伯父伯母该担心了。"

"嗯，好。"

两个人就这样默默地并肩走在街上。十一月的风刮得人脸疼。残照催行影，街上的人都行色匆匆，唯有他们二人，走得不紧不慢，颇为享受，仿佛这街上有勾人眼的好景致一样。一阵凛冽的西北风兜头掠过，竟带来了几片小雪花。

沈炼脱下自己的外衣披在炜彤身上，露出了他那身还没来得及换下的飞鱼服。炜彤垂下眼睑，轻声道："你何时才会脱下这身衣服？"

"炜彤，对不起，我……我忘了换。"

"我是问你什么时候会脱下它。"炜彤加重了语气。

沈炼怔了一下，收住脚步，炜彤也随之立住。短暂的哑然让气氛骤然尴尬。"炜彤，我需要这份差事，而且，你也需要。"

"你需要的只是一份差事，而不是当锦衣卫。"炜彤顿了一下，"而我需要的，只是一个凡俗的沈炼。"

听到这话，沈炼有些慌张。炜彤很少直呼他的名字。虽然二人就此事一直意见不合，而炜彤总是让步，但这次沈炼听得出炜彤一定是真的生气了。沈炼慌忙解释道："炜彤，我是个平凡的人，我只是一个小小的总旗，我的任务只是完成大人交代给我的差事……"

炜彤堵住沈炼接下来的话："沈炼，你的确是个平凡人，但有的时候，虽然我并不想说，你是个平凡的恶人。"

话一出口，便如箭已离弦，不但回不了头，还必定会造成伤害。果然，沈炼的目光在一瞬间直直地定住了，整个人像被击中一样，所有的表情和动作都如被灼热的液体浇铸一般停滞在这一时空里。沈炼手足无措地定在那里，他无力，也无奈。

炜彤这时已意识到自己的话太伤人了。她想说些道歉的话，却又觉得自己好像并没有说错什么，便也没了言语。

人总是仗着有爱，才会肆无忌惮。于是那些对待旁人的耐心与婉转，便仿佛与爱背道而驰。

还是沈炼先打破僵局："前面就到了，我就送到这儿了，你快回家吧，以后出门多穿点儿。"

炜彤诺诺地应着，便转身离去。

沈炼目送着炜彤的背影，才发觉不知何时，自己与炜彤的头上、身上已落满了细细碎碎的雪花。直到炜彤的背影消失在那扇大门里，沈炼才转身离去。

二

一转眼，已到年底。

沈炼拎着路上买的吃食，快步走回家中。这样冷的天气实在不宜当差，可即便是心里这样想着，沈炼还是熬到放衙方才回家。

刚迈进院门，沈炼便听得房中有谈笑声，不用想，一定是大哥和三弟，除了炜彤也只有他俩才有这小院的钥匙。

沈炼这样想着，还没来得及进入房中，便听得大哥卢剑星的声音："必是二弟回来了。"

沈炼笑着放下手中的吃食，笑着说："大哥好耳力。"

三弟靳一川插嘴道："大哥常跟我说，咱们锦衣卫干的都是把脑袋挂刀尖上的差事，倘若不能耳聪目明，就是有一万个脑袋也是不够掉的。"

沈炼心下一沉，想起一个月前炜彤对自己说过的话，不禁在心中慨叹：炜彤啊炜彤，你只道我干的都是严刑拷打、杀人害命的恶事，可我又何尝不是时时命悬一线呢？这样想着，沈炼不免苦笑。大哥看在眼里却未作声。

酒过三巡，三人都已微有醉意。大哥小心地问道："二弟，你和那陈家姑娘有些日子没见了吧？是不是闹什么别扭了？"

"是啊，是啊，有些日子没见了。莫不是二哥你移情别恋了？"靳一川也打趣道。

沈炼喝了一口酒，放下酒杯，作势要去打靳一川，被一川躲过了。倒是靳一川又给他倒上一碗酒。

大哥继续说道："其实你不说我也知道，你们俩就那么点儿矛盾，肯定又是因为你当锦衣卫的事吧？"卢剑星见沈炼没作声，便知定是此因。他呷一口酒，又继续说道："其实人家陈炜彤是个好姑娘，重情重义，人又漂亮贤惠，你俩还有这么多年的感情。要不是你家变后怕委屈了陈姑娘，这会儿你们早成亲了。人家姑娘不让你干这个其实是为你好，咱们杀戮太多，毕竟不是什么好事，你可别一时糊涂辜负了人家。"

听了这话，沈炼放慢了喝酒的速度，心想：是啊，经历了这么多的坎坷，自己和炜彤之间的爱情早已升华成亲情，谁也离不开谁了。况且自己一直欣赏的，不就是她那带着些许孩子气的执着嘛。炜彤在自己面前向来是有什么说什么，那单纯的正义感，不也正是自己所羡慕的吗。想到这儿，沈炼豁然笑道："大哥，你放心，我不会的。"

"二弟，你这么说就对了。其实咱们做锦衣卫不就是为了混口饭吃吗？至于捕谁不捕谁、杀谁不杀谁，那也是由不得咱们啊。说白了，咱们就跟这绣春刀一样，不过工具而已。你赚俸禄娶你的陈姑娘，一川娶他的医馆姑娘，我养我娘，这不过就是个生计，一川你说是不是？"

一听到"医馆姑娘"，一川有些不好意思地道："大哥，八字还没一撇呢。"

"还没一撇？我看连那一捺都有了。你那腰上挂的是什么？我怎么不知道你还会做香囊呢？"

被沈炼这么一抢白，一川有些急了："大哥二哥，你们不要再逼我啦，我……喀……"一川又咳了起来。他这个病也只好找个医馆的姑娘吧。

大哥看着不停咳嗽的一川，心疼道："等来年咱们再干几件要紧的差事，赚够了俸禄，你们俩就带着自己的姑娘离开这是非之地吧。寻个正经营生，该治病的治病，好好过日子吧。"

"那你呢，大哥？"一川道。

"我？我娘还等着我补爹的百户呢。"

其实个人有个人的难处，大家都是兄弟，彼此心里都清楚。有些事，说出来呢，是深情；不说出来呢，是美德。

三

这还真是不寻常的一年。沈炼感觉自己好像已经很久都没休息过了。总有干不完的差事，取不完的性命，搞得他都没时间去看炜彤了。上次的不愉快之后，沈炼终于下定决心，忙完这一年的差事就辞官离开京城，带着他的炜彤去看小桥流水人家。沈炼一想起炜彤听到这个决定时的笑脸，便觉得日子好像变得特别有盼头了。终于要守得云开见月明了，沈炼虽然身体疲累，但心里却是卸下重担般地轻快。自从父母双双离世后，沈炼已经很久没有过这种感觉了。

这八月里的京城，还是那么热，热得人不耐烦。蝉鸣心愈躁，沈炼望着烈日下"知了知了"鸣叫的蝉，竟生出几分怜意，这样热的天，想必蝉也忍耐不住吧。想到明日就要与大哥和三弟北上执行任务了，沈炼松了一口气，终于要逃出这闷热的京城了，北边终究是会凉爽一些的吧。

过了许多日，兄弟三人才悄然回京。这并不是件棘手的差事，目标人物申甫青位卑言轻，却屡次上疏直谏，弹劾朝中权臣，被谪配边关。人在关外，仍出言讨伐奸佞，其事迹在百姓中广为流传。皇帝和朝中权臣对其不满已经很久了，这次不过是皇帝授意，寻了个由头，便派锦衣卫去结果了申甫青。本就是欲加之罪，且人人心里都跟明镜似的——锦衣卫要杀的人救不得，所以兄弟三人做起来也没有什么阻碍，顺利结果了申甫青，杖毙了其长子，只是不慎让其次子申粲逃脱。锦衣卫做事一向是"十步杀一人，千里不留行。事了拂衣去，深藏身与名"，只是这次竟失手让目标逃脱，沈炼不得不承认是自己心急赴命、疏于防范了。兄弟三人在当地秘密追踪数日无果，便只好回京复命。一路上卢剑星和靳一川都在安慰沈炼，说一个受了重伤的书生能有多大的杀伤力，说不定早已暴毙于荒野。话虽有理，叫沈炼还是觉得心中隐隐不安。幸而那个胖胖的百户大人没有再追究下去。赏银已领，这事就算结了。

四

终于入秋了。

这一日，炜彤拿了自己为沈炼新制的衣衫去他家找他，恰好在路口遇见正等她的沈炼。炜彤说道："前日我并没有告诉你我会何时来，你这样巴巴地傻等做什么？"

沈炼牵过炜彤的手缓缓道："若是没有约定，我们还能遇见，可见你我二人很有缘分，心意相通。况且我今日无事，这偶然一等便等到你，炜彤，你说我该有多惊喜？"

炜彤抬起头，恰好遇上沈炼深情的目光。在短暂的对望中，彼此的心意已是了然。

一推开院门，炜彤便忍不住笑了出来："沈哥哥一定是走的时候太心急了，连房门也忘了关。"

沈炼也笑了，可他怎么记得自己出门的时候似乎是关上了房门的，难道是自己高兴得糊涂了？不过，沈炼并没有多想。

炜彤一进门就开始收拾屋子，她越来越像这里的女主人了。沈炼心想，用不了多久，自己就可以和炜彤在那个小桥水巷多的人间天堂日日过着这种平淡的幸福日子了，自己终于可以不再委屈炜彤了。当年因自己双亲遭逢不测，耽误了与炜彤成亲；又因家道中落，不忍委屈了炜彤，便一再推迟成亲。到如今，沈炼终于可以给炜彤也给自己一个交代了。

沈炼拿起桌上的茶壶边慢慢地斟着，边跟炜彤说话："上次给伯父伯母带的礼物，他们可还喜欢？"

炜彤边收拾边笑道："很喜欢呢，爹爹说等你忙过这一阵，想请你去家里吃饭呢。"

沈炼只顾着与炜彤说话，连茶水早已溢出来也未发觉，还是炜彤按住了他仍在倒茶的手。沈炼便将茶杯递给炜彤道："收拾了半天，你也渴了，快喝口水润润吧。"炜彤笑着接过茶，一饮而尽。

两个人就这么说说笑笑了半晌。突然间，炜彤变了脸色，整个人开始抽搐，倒在沈炼怀中，口中的"沈哥哥"尚未喊完，竟已抽搐得无法说话。炜彤汗如雨下，面部表情极其痛苦，只是死死地抓住沈炼。沈炼一下子慌了神，不停地喊着炜彤的名字："炜彤，炜彤，你怎么了？走！我带你去找大夫！"沈炼抱起炜彤便要冲出去。

这时，门外传来极重的脚步声，沈炼大喝道："谁？"

只听那人低声道："北镇抚司总旗沈炼沈大人，这么快就忘了在下吗？"

五

等卢剑星和靳一川赶到沈炼家的时候，陈炜彤早就停止了呼吸。沈炼把她从医馆抱了回来，她已面无人色。

原来那门外之人，便是之前从沈炼手中逃脱的申甫青的次子申粲。当日他目睹父亲和兄长的惨死，家中女眷悉数被送入教坊司，他也被折磨得不成人样。他趁着看守换班时侥幸逃脱，便存了那宁死也要为家人报仇之心。他一路乞讨来到京城，打听到当日锦衣卫中领头者的姓名，先寻得沈炼的居所。趁沈炼外出，他便在茶壶中下了那无色无味的剧毒——春风面。这是来自漠北的一种剧毒，毒性极烈，且发作极快，给人带来的痛苦也极大。巨大的痛楚会使得人面目扭曲可怖，宛如人在画中，难辨其原本的容貌，因此叫作春风面。食此毒者，从发作到身亡不到半个时辰，因此就算华佗再世，也难救治。

那申粲见伤了旁人，知下毒这招已不能奏效，便持了匕首来跟沈炼拼命。

怎奈他一介书生，匕首尚未刺出，已被沈炼刺成血葫芦，倒在沈炼脚下，只剩一口气了。沈炼本无心理会他，一心要送炜彤去医馆，却不想被申粲死命拖住，不得脱身。那申粲拼尽最后一口气向沈炼说道："人尽皆知我爹是被奸人陷害，我们已被贬出关，为何……一定要赶尽杀绝？你……你这个走狗！你这个恶人！"沈炼急着要救炜彤，便用力将申粲甩开，飞奔而去。

还是晚了。春风面在京城本就不常见，更别提解药了。况且那申粲用了十成的分量，救治又不及时，纵使沈炼把刀架在大夫脖子上，也是别无他法。沈炼看着炜彤的呼吸一点点变缓慢，直至归于平静。

沈炼终于哭出了声："炜彤……是我害了你……"

沈炼怎样把炜彤抱到医馆，又怎样把她抱了回来。

自那日起，卢剑星和靳一川便轮流来陪沈炼。葬了炜彤之后，沈炼便告了假，整日呆坐家中。沈炼觉得炜彤一直在自己身边，在衣衫上，在针线里，在桌边，在梦中，总之，无处不在。沈炼总是能梦见炜彤，梦见与炜彤儿时玩耍的情景，梦见与炜彤一起去湖中划船，梦见炜彤在炉边烤火……枕边梦去心亦去，醒后梦还心不还。

沈炼也常梦到申粲。梦中申粲总是站在沈炼身后，一声又一声地对他说："你这个走狗！你这个恶人！"时间一长，仿佛在白天沈炼也听得见。

六

炜彤一走已是三个月了。渐渐地，沈炼不再经常梦见炜彤了，他很害怕。沈炼感觉自己就像燃尽了油的孔明灯一样，飘啊飘的，却始终找不到一个坚实的落点。

又到了大雪节气，雪花已如期而至，纷纷扬扬了大半天。沈炼想起去年的这个时候，炜彤来给他补衣衫，便推门出去走了走。或许，还可以遇见炜彤，他私心想着，不知不觉来到了炜彤家的故宅。自炜彤走后，她爹娘便辞了官，去了炜彤生前最爱的地方——苏州，这宅子已空了有段日子了。

那天的雪远没有今天的大，沈炼没有撑伞，任雪花覆盖全身。他忽然想起那天他和炜彤似乎也没有撑伞，两个人在雪中争执了几句，雪也是这样落了满身。

背后忽然有女孩子的声音，略带笑意地唤着："妙彤！妙彤！"妙彤，我的炜彤名字里也有一个"彤"，沈炼想着，循声望去，那被人唤作"妙彤"的姑娘正和女伴在挑着冰糖葫芦，背对着沈炼。沈炼不禁讶异，那背影竟和炜彤有几分相似呢。等妙彤转过身来，沈炼才真的呆住了，他以为他的炜彤回来了，那是炜彤的脸！她在吃冰糖葫芦。他以为他终于不用再做梦了，他的炜彤真的回来了。沈炼不顾一切地朝他的炜彤奔去……

沈炼不知道，他奔向的是人生中更大的噩梦。

（赵禹佟，辽宁大学文学院文艺学专业2015级研究生。）

第二章

乡间传奇

邵三爷的眼泪

林静怡

　　打小我就知道，邵三爷是个铁骨铮铮的汉子，虽然那时候我并不懂"铁骨铮铮"是什么意思，但我看到的邵三爷就是个顶天立地的汉子。

　　邵三爷长得精壮，身高八尺，若不是皮肤黝黑，我想他一定能迷倒一群姑娘，虽然他看上去黑黑的，可丝毫不影响他眉目之间的英气。有一个问题我一直想不明白，这样一个邵三爷没老婆没孩子，为什么？有一次我问妈妈："邵三爷为什么不结婚？"妈妈说："有的人一辈子就动一次心，错过了那一次就错过了一辈子。"然后妈妈讲了个故事，说邵三爷年轻时在一个电器车间工作，那真是一把好手，手巧效率高。经了他的手，就是破烂儿也能变成宝。邵三爷有两下子，左邻右舍的谁家电器坏了、谁家东西破了都来找他。邵三爷技高心好，自然是都答应下来。有一个傍晚，邵三爷应了隔壁李大爷的请求，去李大爷的弟弟家帮着修缝纫机，不承想却修出了桃花运。邵三爷去了人家家里，就开始检查缝纫机，上手修东西。这家人家里有两个闺女，姐姐叫美惠，妹妹叫美英。邵三爷修机器的空当里，姐妹俩一会儿送水果，一会儿端糕点的，邵三爷顿时就来了精神头，果真修好了老李家的缝纫机。从邵三爷的手里过的机器千千万，但从来没过过姑娘的手。说也巧了，妹妹美英过来送水的时候邵三爷多看了这姑娘一眼，一个心神不定就碰到了人家姑娘的手，邵三爷感觉自己全身的血液都涌上了头顶。机器修好了，邵三爷没敢多待，推说有事慌里慌张回了家。那天晚上邵三爷破天荒地失了眠，满脑子都是美英的长发和蓝呢裙子。

从此邵三爷就有了这个心思。

过了半个月，有天吃午饭，邵老太爷突然说："连国，你今年都二十四了，该成个家了。你有中意的人吗，要是没有的话……"邵老太爷话音未落，邵三爷猛地一下碰翻了酒碗说："爹，我觉得老李家的闺女挺好的。"这事来得也够快，没几天邵三爷就跟李家姑娘正式见了面，据说双方都满意，也就正式敲定了。可谁承想这现实生活里会上演一部电视剧的情节。

订婚那天邵三爷心里像吃了蜜似的甜。可是老天也爱开玩笑。早前有多甜，后来就有多苦。订婚宴上，邵三爷看到了他即将共度一生的新娘，一瞬间他只觉得天塌地陷，慢慢地，听不见众宾嘈杂的声音，看不清宾客了，他晕倒了。醒来之后，邵三爷以自己身体不好为由退了亲，然后去外地打了五年工，回来之后的邵三爷变得沉默寡言了，仿佛苍老了很多岁。他瘦削的背影总让人有种落泪的冲动。

邵三爷话不多，但是对小孩子极好。谁家的小孩子有个灾啊难啊的他都帮。小乐是一个长得干干净净的男孩子，约莫比我小个四五岁，有两个大酒窝，笑起来露出一对小虎牙。小乐的爸爸妈妈很能干，肯吃苦，日子过得也是有滋有味。幸福的日子谁也不会嫌多，只可惜祸不单行。那是2007年吧，小乐的爸爸做生意被骗了二十几万，多年的积蓄都成了空。他爸爸经受不住这个打击终日以酒浇愁，他妈妈有一天突然肚子痛得厉害，去医院检查了一下，医生直接就下了死亡宣判——尿毒症晚期，说是还有六个月的活头。小乐的爸爸四处筹钱，但最后也没有留住老婆的命。小乐在2008年的冬天，成了没妈疼的孩子。转过年去，小乐的爸爸为了还债辗转他乡，撇下小乐给他的爷爷奶奶照顾，可是孩子上学那么多的费用，爷爷奶奶怎么负担得起？是邵三爷把小乐带到了他那里，像个父亲又像个哥哥一样照顾着他。小乐初中毕业没考上高中，读技校也是邵三爷辛辛苦苦赚来的血汗钱交了学费。小乐终于满了十八岁，想要去当兵，可是小乐的爸爸已经几年没回来了，这个事要跟谁商量？还是邵三爷鼓励小乐去实现他的当兵梦。大家都说："邵三爷，你这是何苦？替别人养儿子。"邵三爷说："可是他有困难，找到我了，我哪有不帮的理？"我记得，前几年已在弘扬郭明义精神，感动中国的颁奖词说："他总看别人，还需要什么；他总问自己，还能多做些什么。他舍出的每一枚硬币，每一滴血都滚烫火热。他越平凡，越发不凡；越简单，越彰显简单的伟大。"时常会有人拿这个打趣邵三爷："你咋不去评个'感动中国'十大人物呢？肯定行！"邵三爷笑笑不说话，我感觉他黑黑的面庞又瘦了几分，眼睛里的光芒闪了闪。邵三爷像一棵长在崖边的松树，刚劲而骄傲。

小乐的爸爸却斥责邵三爷："我让你给我儿子拿钱了？你猪鼻子插葱装哪门子象？我家的事轮得到你管！你能安啥好心？"从没掉过眼泪的邵三爷哭得像个孩子一样无助。小乐的爸爸回来了，带了不少钱，并且给小乐带回来了后妈和后姐姐。人有钱了硬气了没什么，可是小乐他爸说的不是人话，做的不是人事。邵三爷瞅了瞅低着头的小乐，站起来甩了小乐爸爸一巴掌，小乐的爸爸没敢怎么样，邵三爷离开了。也真是应了那句老话：叫唤的狗不咬人。小乐的爸爸虽知理亏，但言语上不能落后于人，于是逢人就是那套说辞："他没儿子讨好我儿子，谁知道他安的什么心？来这装好人来着，我呸！用得着他？"

晚上在街上碰到邵三爷，他腰板挺得笔直，连他手里的烟冒上来的烟圈儿仿佛都带着点儿不容亵渎的气概。邵三爷还是那个邵三爷，没有争辩，也没有讨说法，日子还是那么过。有一天妈妈问他："三叔，你说这事你冤不冤？你对他那么好，回过头来有什么用？还不如对自己好一点儿。"邵三爷说："小乐这孩子当初多难啊，重来一次我也还会帮他，帮他也是让我自己心里舒坦，不图他回报个啥。"

我问我妈："邵三爷人这么好，当初为什么还会退婚？"妈妈说："你还记得我跟你说老李家有两个姑娘吗？他看上的是老二，正式见面那天老大老二都去了。我们那个年代人都羞涩，都不好意思说那么多话。他以为是老大陪着老二看的，其实，那天是老二陪着她姐姐，看人的也是她姐姐美惠。你邵三爷不想跟自己不喜欢的人过一辈子，也不想耽误人家姑娘一辈子，就把责任都揽到了自己这里。"

邵三爷去年报团旅游，回来之后开朗了不少，近来也比以前更爱笑了，瞅着就像是有喜事。原来真的是我要有一个邵三奶了，还是旅游的时候两个人认识的，想着这棵五十岁的老铁树终要开花了。

那天从饭店走出来的时候，邵三奶扶着带着醉意的三爷，我觉得路灯照下来的光有点儿暖，要说冬天这空气还是有点儿凉，不然为什么我的鼻子那么酸。

（林静怡，辽宁大学文学院中国现当代文学专业2016级研究生。）

四 子

林静怡

　　四子的爹在腊月二十七那天去世了，没有过完这个年。晚上下了一场大雪，隔天的风有点儿刺骨。村子里很多人家的鞭架上都挂了灯笼，心急的人对联都贴好了。去奶奶家的时候，我看到四子愣愣地站在他家门口，目光呆滞，看着邻居们来来往往地帮忙料理他爹的后事。风一个劲儿地吹，吹得我眼睛生疼。四子今年有五十好几了吧。

　　刚对四子这个人有记忆是在我四五岁的时候。那个时候四子已经快四十岁了，但是我一直以为他和大我五六岁的哥哥姐姐一样大。那时候我并不知道为什么四子长不到我们正常人的身高，也不知道为什么四子总是呵呵笑着，更不知道为什么大人不让我们小孩儿和四子一起玩儿，他总是冲我们呵呵地笑着。

　　老家的村子不小，是一个很大的村落，因为大多数人世代居住在这里，所以村民们相互都熟悉，小孩子走在大街上看见长辈也大多是可以叫出称呼的。四子辈分还是不低的，但是从来没有人喊他叔叔还是哥哥，所以小孩子也跟着喊他四子，我也是这么喊的。有的时候看到他问一句："四子，你吃饭了吗？"他就会嘿嘿笑起来，眼睛眯成一条缝，告诉你他吃了。他的脸黑乎乎的，总是有人喊他"傻四子"，但是他从来不恼。

　　四子不喜欢待在家里，喜欢到处溜达，遇到谁家缺个人手让他帮忙干活儿，他都乐呵呵地答应，好像是他分内之事，也从来没听过他抱怨，他还会边干活儿边大声哼着歌。他曾经也来过我家帮忙干活儿，干的大多是帮忙剥玉米这样的小活儿，等他干完活儿，爷爷奶奶会留他在家里吃饭，并且给他一些我喜欢吃的他从没见过的新鲜小玩意儿。每当这个时候，四子总会乐得合不拢嘴，然后把东西揣在兜子里说："我回去和我爹一起吃。"

我问奶奶："四子他只有爸爸吗？他妈妈在哪儿？"奶奶告诉我：他妈妈在他小的时候就去世了，只留下他爸爸和他一个光棍儿哥哥一起生活，因为他们家太穷了，所以他哥哥都四十岁了也没有娶到媳妇。我又问奶奶那为什么四子那么矮呢。奶奶说是因为他小时候生过一场大病，命都差一点儿就被阎王勾走，所幸是后来捡回来一条命，所以就不长个子了。

我十岁那年第一次感受到生命的痛苦与无力。虽然我当时无法形容，很多年过去了，回想起来，那种恐惧的感觉就像你落进了一口爬不出的井。一天下午，我看到路边聚了好多人，因为好奇所以走过去看个究竟，没想到看到了让我很多年后依然觉得揪心的场面。我看到四子躺在冰凉的地上，双脚抽搐着，嘴里不断吐出白色的沫子，我当时捂着眼睛吓得哇哇大哭，被爸爸抱回家后我以为四子要死了就一直哭，后来妈妈告诉我四子被送去医院后就没事了，那是癫痫病，他从小就得了那种病，不长个子，人傻傻的也是因为有那种病。后来，我在街上看到四子，他还是呵呵地冲我们笑，还是大声地唱着《好日子》，还是会帮别人家干活儿，还是要让他爹喊他"四子，回家，吃饭了"，看到邻村的小娜姑姑，他也还是会眼珠子都不转地盯着她傻笑。

在四子犯病之后的第二年吧，一个夏天的傍晚，天边晚霞红得像小孩子哭得通红的脸。吃完晚饭，我抱着小板凳儿坐在院子里逗小狗乐乐玩儿。街上突然变得很吵闹，爸爸出门去街上看，不一会儿，爸爸急急忙忙地跑了回来，告诉妈妈说四子丢了，很多人都去帮忙找，说完爸爸也出去帮忙找人。天渐渐黑起来了，爸爸还没有回来。快到晚上九点了，我看到大街上有摇摇晃晃的车灯光和手电筒的光，就知道乡亲们大概回来了。我和妈妈出去找爸爸，就看到浑身沾着湿漉漉的泥巴水的四子坐在石头上，然后四子的爹什么都没说，给大家跪下了。大家七手八脚地把老人扶了起来，吵吵闹闹的环境里四子他爹有点儿说不出话。大家就让他赶紧带四子回家，四子他爹转身的时候，我看到老人的眼角好像是湿的，反着点儿光。很多年后我看到罗中立的油画《父亲》时，幼时见到的那一幕腾地就浮现在眼前，才知道掺杂着一辈子苦涩艰辛的浑浊老泪流在沟壑纵横的脸上其实是看不出来的，真正的苦只会让你沉默或哽咽，剥夺你发出声音的权利。

我上初中的时候，听大家说四子家喜从天降，他大哥找了个媳妇。据说四子的嫂子以前结过婚，有一个快到二十岁的儿子。以前的丈夫经常打骂她，婆家也不把她当人对待，她想和丈夫离婚，丈夫还不应允，所以她就跑了出来，后来遇见了四子的哥哥。四子的哥哥虽然没什么大的能耐，但是吃苦耐劳，人靠得住，对她也好，所以她也就死心塌地地跟着四子的哥哥过了。四子的嫂子，是一个胖乎乎又很白净的女人，看着没什么心眼儿，很温和质朴。就是说话跟我们当地人不一样，听说她是从内蒙古过来的。我看着地图，在心里估摸着内蒙古与家里的距离。放学的时候再看到四子，我发现他穿的衣服比以前干净了，脸也比以前光亮了，也在心里暗暗地为四子高兴。四子家里多了一个女人来照顾他们爷仨儿，一定会比之前三个单身汉的日子好一百倍，对于四子来说这也是福气，虽然他不明白什么是长嫂如母，但是他也一定觉得很幸福。

小孩儿总是希望过年，可以有吃不完的糖果，可以有闪亮的新衣服，可以走街串巷地放鞭炮，四子也有一颗小孩儿的心，也喜欢和一大群小孩子一起放鞭炮，热热闹闹过大年。正月初三是老家那边传统习俗送年的日子，过了初三，就要和爸爸妈妈一起去给七大姑八大姨拜年，2008年的正月初四让我一辈子都忘不掉。那天早上，我早早地起来收拾得漂漂亮亮要和爸爸妈妈一起去亲戚家，临着爸爸要开车走的时候，听到街上有吵闹声，听声音好像有四子，我们就去看一下怎么回事。等我走过去一看，脑子轰的一下就大了，然后眼泪就下来了，陪伴了我八年的小狗乐乐血肉模糊，就躺在马路上，一身雪白的短毛沾满了血。我大概明白了四子为什么要和人争执，就因为他在路边捡小孩子玩儿的鞭炮时看到了这辆车轧死我们家的狗，所以他就大胆地拦住了这辆车不让车主走，直到我们家人出来他这才退到一边。

有些人会让你相信，善良和正义是与生俱来的，一个人让你尊敬和感动也不需要刻意制造，甚至可以与家世和受过的教育无关。

因为四子的情况特殊，所以每年腊月政府都会下乡来给四子家送点儿年货。四子的哥哥因为家里有了老婆，负担轻了，在外面干什么活儿都像老黄牛一样铆足了力气干劲儿十足。大家都觉得四子家的日子是一点点好起来了。可好景不长，过了几年，四子嫂子之前的婆家居然找了来。四子的嫂子宁愿死也不跟他们走，四子的哥哥也不示弱，不让那家把老婆带走，那几个人也没什么办法，就砸了点儿东西愤愤地走了。这件事还是没有完，有一天四子的哥哥出去干活儿，谁料那家人又来找事，这一次四子的嫂子没办法，躲也躲不过，结果就把自己锁在屋里喝了农药，等人破门进了屋子已经晚了，人已经咽气了。四子的哥哥守着他嫂子的棺材三天三夜不吃不喝。人终归是不在了。那个时候我刚初中毕业，我觉得四子又成了没妈疼的小孩儿，一个老小孩儿。没见过四子哭，可是我觉得这个时候他心里一定也很苦。不知道他的哥哥会和他说什么。后来，我听说四子的哥哥去了很远的地方打工，大概也是想忘记曾经的这一段伤心事。他每隔一段时间都会给四子和他爹寄来生活费，四子和他老爹相依为命。不管什么时候，见到四子时他依旧是笑呵呵的。他好像从来就没有过伤心事，不会计较别人，不会怨恨别人，所以经常有人说他傻。我觉得如果这样是傻，那么世界上的人如果都能傻一点儿，是不是就距离天下大同更近一点儿呢。

我从当初没有四子高的黄毛丫头，到和四子一样高，再到现在我比他高出了快有两个头，时间就像魔术师，可是从来没变的是挂在他脸上的笑容和他身上那股不同寻常的傻气。

四子要去敬老院了。

妈妈说四子在敬老院一定也会坐不住，帮着那儿的人干活儿，妈妈还说四子肯定还会乐呵呵地笑，妈妈说其实论辈分她应该喊四子叫四叔，妈妈还说四子其实没像大家想的那么傻，他什么都懂，只是不计较罢了。

（林静怡，辽宁大学文学院中国现当代文学专业2016级研究生。）

繁星之下

毕聪正

一

安塔赤着脚在原野上奔跑，脚下是刺骨的冰冷。

大地才刚刚走出严冬，泥土还散发着冰雪融化的那种潮湿气息。偌大的一片原野，在这个复苏的季节里除了晒晒太阳、懒散地释放些凉意外，几乎是无所事事。

此时，安塔已记不得自己跑出了多远。回头望去，寨子里族长家高屋上那挺拔的尖顶早已被地平线抹去。成群结队的族人在她的四周跟她一起奔跑，其中有手握猎矛、鱼叉的汉子，有裹着毛毯的妇女，也有和她一样来不及穿上鞋子就奔出屋的少年。

清新的早春气息不停地扑打着面庞，随着奔跑的继续，早春的冰冷正在脚底散去。那种凉冰冰的刺痛感逐渐被大地子民坚韧的皮肤吸收。

安塔曾经无数次跟着玩伴在原野上奔跑嬉闹，也追随过父亲手下最杰出的猎人踏着冰冷的原野追踪各种野兽。每当这时，安塔总是展现出超人的速度和耐力。此时此刻，在强烈的好奇心的驱使下，虽然前方没有奔跑的猎物，身后也没有凶猛的野兽，安塔却比平时跑得更快、坚持得更久。有生以来头一次，她感到身体里仿佛蕴含着无尽的能量，可以支撑自己奔出无穷远。

即便如此，那可怕的异象依然挂在远方的天边，看起来依然遥不可及。

那异象出现得实在太过突然，一颗星星突然间出现在黎明的天穹上。随后，星星划过深蓝色的黎明，拖着长长的刺眼的尾焰，向远方坠落下去。微微泛白的天空在那一瞬间被彻底照亮。瞭望塔上守卫惊慌地吹响了号角。人们纷纷拥上街头，本打算应对未知敌人的进攻，却无不呆立于天空奇异的景象之下。从族长的高屋中跑出来的安塔，也立即被天空中的这幅景象惊呆了。

等安塔回过神来，父亲和大萨满早已经跨上马，带着一大队骑兵绝尘而去。

安塔只能和其他族人一起，怀着惊恐而好奇的心情，跟随在飞扬的尘土后面，向星星坠落的方向奔去。头顶，星星的尾迹已然切开了小半个天穹。一股烟尘不知何时从前方极远处的地平线上升起，与天空的划痕交叉于一处，显得既壮美又诡异。

二

在一大群窃窃私语的族人身后停下脚步时，安塔早已累得上气不接下气了。滚滚烟尘在人群前方直冲云霄。

安塔气喘吁吁地走进人群，向站在最前面的父亲和大萨满挤去。不一会儿，那坠落的"星星"便展现在她的面前。

"星星"的模样与安塔的想象大相径庭。它的形象十分怪异，那种外形是安塔无论如何都无法想象出来的。

安塔看到，"星星"坠落时的巨大撞击力在湿寒的土地上造成了一个巨大的坑。潮湿的深色泥土四溅在坑的四周，那样子看上去仿佛被星神的大手翻了个遍似的。那个从天上坠下、划破黎明天空的"星星"就插在坑的中央。它呈现出一种很不规则的形状，几乎超出了语言能够表达的极限。它的主体乌黑，形状近似一尊方形石碑。其表面凹凸错落，布满相互纠缠的曲折纹路。其中一些纹路上面泛着微弱的光芒，有白色的，也有蓝色的。"星星"顶端连着一个透明的半球，透过半球的表面可以看到里面闪烁着许多五颜六色的星星点点。"星星"的另一端则深深陷在泥土下面，看不出究竟是什么样子。从"星星"中间偏下的部位，突兀地伸出数只狰狞的爪子。这些爪子泛着铁一般的光泽，或指头张开，锐利的指尖戳入泥土；或指节弯曲，紧紧抓着一些形状更为奇异的物体，物体上满是碰撞造成的银色刮痕。

安塔移动视线，在"星星"四周扫视，突然不由得倒吸了一口冷气。她看到，距离坑不远处，有两个奇怪的生物。这两个生物同安塔一样长着头、躯干和四肢，它们的身体一片银白，头上只长着一对硕大的眼睛，头顶围着一道黑色的缎带，上面镶嵌着许多五彩的宝石。它们看起来身形十分强壮，甚至可以说有些臃肿。

此刻，那两个生物中的一个倒在泥土里，胸口的地方破了一个大洞，血一样鲜红的液体从伤口处不住地流出。这个生物的四肢也遍布着许多伤痕，从中渗出同样的红色液体。

另一个生物则坐在同伴身旁，胸膛仿佛喘息一般地起伏着，类似的裂痕和血一样的液体也遍布在它的身上。

安塔再次移动视线，更加惊讶地注意到在两个人形生物几尺开外的地方，横七竖八地堆着十多具血肉模糊的尸体。她顿时明白那两个人形生物身上的裂痕和破洞究竟是何物所赐的了。她默默地盯着刀锋一样的利爪和额前碗口粗的触角，心中生出了对两个银色生物的畏惧。

这时，那个伤得较轻的银色生物把它的同伴安放在地上，头顶的宝石闪烁着五颜六色的光芒，开始挣扎着站起来。它艰难地靠在"星星"的一只铁爪子上，硕大的头颅缓慢而犹疑地左右转动，仿佛是在环视四周的族人。安塔注意到它右侧的上肢攥着一根类似某种武器的细棍子，棍子的顶端不安分地闪动着红光。

拱卫着族长和大萨满的骑兵们看到那根发光的棍子，迅速发出一阵紧张的低语。刀剑出鞘的声音顿时此起彼伏。安塔感到空气仿佛在一瞬间凝固了。

那个银色生物仿佛觉察到了众人的紧张情绪，动作突然变得缓慢而恭顺。它单膝跪在原地，扔掉那根细棍子，棍子顶端瞬间便不再闪光。它用一只伤痕累累的上肢扣住头顶的五色宝石，随着一阵短促的声音响起，另一只上肢从脑后啪的一声将整张银色的"脸"连同宝石缎带一起扯了下来。

人群中立刻发出一阵惊呼，因为那张银色的"脸"下面，又现出了一张同族人别无二致的脸庞。

"看哪，星神在上，它是繁星子民！一个星神派到凡尘间的使者！"

"啊，繁星子民！看他和我们长得多么相像啊！"

"可是，仔细看他的模样，跟我们大地子民终究还是不同的！"

"真的是繁星子民吗？据说繁星子民个个都会神奇的巫法！"人群中顿时议论纷纷，骑兵们则满怀虔敬地将刀剑收入鞘中。

听着众人没什么头绪的议论，安塔开始仔细端详那个繁星子民。她发现他的相貌确实同棕发黄肤的大地子民有几分不同。他的皮肤比她要白许多，墨绿色的眼睛不同于安塔熟悉的深棕色眼睛，那种色泽让她联想到了敏锐的獾。他的发色也与众不同，呈现出黄铜般的颜色，并被刻意地剪短，贴在头皮上。

安塔突然发现眼前的一切都似曾相识，她想起了大萨满带她看过的那些壁画。

"老师，他真是繁星子民吗?"带着疑惑，安塔挤到大萨满身边，低声问道。

"我也在怀疑，安塔。不过这场面和古洞里的壁画实在太相似了。"

"是啊，马尔甘。不过不管怎么说，既然他是个人，又以这种前所未见的方式拜访我们，我们就该好好招待他。"站在大萨满马尔甘身旁的族长盯着前方，插话道，"安塔，你是冒洛嬷嬷最好的学生，你就暂且来帮助马尔甘大萨满料理他们的伤口吧。"

说完，安塔的父亲，白树部族的族长、河西联盟的大统领、诸部族的眼与耳，拍拍安塔的肩膀，回过身开始向他忠诚骁勇的骑兵们下达命令。

三

安塔跟在大萨满马尔甘后面，不时回头打量着山路外逐渐渺小的长河。观星山那种厚重却并不凛冽的风吹动着他们的头发，他们马上就要到达观星山的山顶了。圣洞，河西诸部族世代守卫着的圣地，就坐落在山顶。

每隔几年，白树部族的大萨满都会带着一名最优秀的学徒，穿过漫长的"学识栈道"，登上长河源头这座静谧肃穆的观星山，走进圣洞，让学徒一睹从河西诸部族时代积累下来的壁画。

在山顶，圣洞那朴实无华却尽显庄严神秘的青铜大门矗立在二人面前。大萨满亲自拿出嵌着象牙装饰的青铜钥匙，为安塔打开圣洞的大门，将她带进历代先贤们关于大地和繁星的壁画之中。

安塔跟在大萨满身后，穿过看不见尽头的岩洞，大萨满手中的火把将连绵不绝的壁画映照得无比清晰。安塔一边看着壁画，一边听着大萨满逐一讲解，心脏在胸膛中激动地颤动。

安塔看到，繁星子民们骑着被驯服的星星在天穹中四处旅行；工匠们用石头和金属构建出无比明亮的新星；还有高大而健壮的星神，低头俯瞰着穿梭在群星间的繁星子民，亲口向他们传授学识。所有这些，都被先贤们毕恭毕敬地刻画在洞顶。安塔仰头看着这些奇异而宏伟的场面，感到洞顶仿佛真的变成了浩瀚的星空，而一切奇景都仿佛真实地在空中上演着。

在大萨满的指引之下，安塔又看到，在洞壁的中下部分，从观星山下面走出的大地子民，开始赤身裸体用石块狩猎。后来，大地子民们开始结成部族，逐水草而居。再后来，一个个大小不一的部族联合起来，组成了庞大的部族联盟，人们开始构筑高城大寨，开始用武力和联姻的方式将联盟兼并，将大地分割。这是大地子民们自己的艰辛历史。安塔伸出手，轻轻抚摸洞壁上的大地子民，似乎可以穿过时间厚重的屏障，触摸到那些为生存而战的先人温热的躯体。她注意到，壁画上的大地子民除了少不更事的孩童和少数低头苦耕者之外，其余无不抬头仰望洞顶的繁星世界。

"在我还是个学徒的时候，前任大萨满把我带进了这处圣地。看着这些壁画，我当时无比震撼。从那一天起，我就立志要接过大萨满的衣钵，替整个河西联盟侍奉头顶的星神，传承历代先贤的智慧。"解说完那些壁画后，大萨满对安塔说道。

此时，四周的壁画已渐渐稀少，慢慢消失在岩石的褶皱间。在大萨满的引领下，安塔走到了洞穴的最深处。

一排排巨大的书架出现在安塔眼前，书架上放满了一卷卷象骨和白石穿成的书卷。

"这里安放着历代大萨满撰写的象骨文书。其内容大致是他们担任大萨满期间地上或星空发生的一切重大事件。"马尔甘从架子上挑出几卷象骨文书，递给安塔。

"你不止一次地问起过关于天象、繁星及其子民的问题。看看这些记载吧。这是大萨满牙末的文书。里面记载了河西联盟第一百七十七年头顶的星象大变，将近一年的时间里，流星频频划过天际。"马尔甘并未打开文书，只是凭着记忆缓缓背诵，"而在大萨满熊图干文书里，河西联盟二百零三年，绿色流星划过夜空。二百零七年，又有淡紫色流星在远方出现。二百二十九年至二百三十一年，连年有异色流星掠过天穹。其中第二百三十年，飞流河畔更是下起过一阵五颜六色的碎石之雨。"

马尔甘沉默了许久，说道："这些是河西联盟建立以来具有代表性的一些记载，距离今天约几千年。"

随后，马尔甘又拿出一卷看起来古老许多的象牙文书说："这是一千五百多年前的象牙文书。在这卷大萨满德络的文书里，保存着繁星子民最后一次乘坐燃烧的星星降临大地，并与大地子民交谈、宴饮的记载。

"三千五百多年前，大萨满火方第一次在象骨文书中记载了繁星子民造访大地的事件。在之后的两千多年当中，陆陆续续有许多繁星子民降临大地，其中不乏多次往来于星空和大地之间者。最近这一千五百年里，他们却再没有造访过大地。"

马尔甘说罢便不再言语。安塔皱着眉头，盯着手中捧着的象骨文书，同样一言不发。大家陷入了沉默。

过了良久，安塔开口道："可是，从那些流星和陨石的记载可知繁星子民并没有完全从大地子民的生活中隐去。"

大萨满马尔甘点了点头，目光里有几分赞许。他开始在摆放象骨文书的架子前默默踱步，说道："这一千五百年的岁月里，我们大地子民从壁画上为了领地而征战不休，演变成今天这样居住在木城高寨、渔猎农耕并举的统一的部族联盟。而繁星子民呢？他们又发生了怎样的变化？我敢说，他们一定不会停滞着。但是，我却无法想象他们还会发生怎样的变化，无法想象他们操纵星星的力量会变得如何强大。数千年前我们的祖先仰望着繁星子民，而今天呢？他们可能已经获得了如同星神一般的力量也未可知。假如有一天流星再度降临，大地子民和繁星子民之间的对话又会是怎样的呢？我实在无法想象。"

四

安塔一行人护送着受伤的繁星子民回到了城寨，族长决定将他们安置在族长高屋里。

随后的几天里，繁星子民一直处于昏睡之中。安塔继续承担着照顾繁星子民的工作。族长则带领众人将那位死去的繁星子民安葬在了圣洞之中，与古代的伟大族长们长眠一处，这是河西族人最大的荣耀。在那之后，大萨满马尔甘便开始起草信件，将繁星子民时隔一千五百年后再次造访大地的消息传递给河西联盟诸部的萨满们。很快，来自河西联盟其他部族的萨满们带着各自的学徒，背着一袋袋文书与草纸，络绎不绝地来到了白树部族的族长高屋。

于是，一群又一群的萨满和学徒出现在繁星子民身边。他们围着昏迷的繁星子民，轻声讨论着。负责记载的学徒们则时刻紧握着用羊毛和兽骨制成的毛笔，在纸上记下一切要点。萨满和学徒们的探讨研究仿佛永远没有止境，对繁星子民的好奇也没有尽头。因此族长不得不规定每个部族的萨满在高屋里有限的逗留时间。安塔有时会坐在屋子的角落里静静地听那些讨论，有时则故意跑到其他屋子里去。

萨满和学徒讨论的每个话题都大同小异，永远围绕着圣洞里的壁画和象骨文书中关于繁星及其子民的叙述。

安塔想要了解更多。她知道，河西联盟甚至整个大地之上，能像马尔甘一样精通壁画和象骨文书的萨满寥寥无几。可是连大萨满本人也告诉安塔，大地子民对繁星及其子民的了解远远不够。繁星子民的生活必定充满各种各样的奇异景象，那恐怕是连撰写象骨文书的贤者都难以理解的。

几天之后，在安塔和姐妹们的细心照料下，繁星子民恢复了意识。

萨满们对此欣喜若狂，他们开始热切地对繁星子民说起话来。很快大家就发现，繁星子民根本无法听懂他们在说些什么。不管四周的人说什么，繁星子民都不曾开口答话，只是好奇地打量着每一个人，面带恭敬谦和的微笑。有时候，在萨满们无尽的说话声中，繁星子民干脆低下头沉默不语，闭目养神。

渐渐地，萨满们陷入了失望、消沉之中。他们要么愁眉紧皱，盯着沉默的繁星子民，陷入无尽的沉思；要么干脆垂头丧气，作别族长和马尔甘踏上了归途。

安塔也开始被失望的情绪包围。在她的心目中，繁星子民是受到星神祝福的种族，他们早在数千年前便造访过大地，在古老的部族火坑边、在族长的帐篷里同大地子民谈笑风生。而今再次降临，却为何连大地子民的语言都听不懂？她也曾在为繁星子民换药、帮助他进食的时间里试图与他说话，可是，结果与萨满们一样，得到的只有沉默。

她不止一次地徘徊在繁星子民的房间外面，希望看到繁星子民开口与萨满们讲话。夜深人静的时候，她则不时趴在门上静静聆听，希望听见繁星子民的声音。每当这时，走廊尽头的窗子透进缕缕星光，照在安塔身上。美丽的星光仿佛是来自未知世界的一种无声召唤。

这一天，随着夜幕将城寨完全吞没，最后一批萨满也在晚餐后离开了族长高屋。

晚饭后，父母和弟弟妹妹们聚在厅堂里聊天，安塔却完全没有那份心情。她独自坐在走廊的阴影里，心里充斥着当日在圣洞里所经历的一切以及从小父母和大萨满讲过的那些关于繁星子民的故事。

那天她随着队伍一路护送繁星子民回到城寨，一路上心情是那么的激动与兴奋！她相信自己终于可以接触到繁星子民，终于可以了解到繁星子民真实的世界了。现在，一切似乎都走进了死角。那些兴奋与激动，仿佛一下子被一盆冷水无情地浇灭了。

时间慢慢地流逝，安塔独自坐到夜深人静，耳畔传来父亲的鼾声。突然，一种莫名的情绪涌上她的心头，她悄悄地打开繁星子民的房门，来到他的身边。她看着睡梦中的繁星子民，鼻子一酸，泪水涌上眼眶。她伤心地低声说道："繁星子民啊！你们的生活，你们的一切，都是我们无法想象的。我曾经贪婪地向星神们祈祷，希望在有生之年能够见到你们。可是现在你们来了，就躺在我的面前，我却什么答案都无法得到。"

繁星子民仰面躺在床上，并没有睡着，听到安塔的声音转过头来。他看着安塔，看着她被泪水打湿的脸庞，眼睛里半是好奇，半是同情。

安塔的目光与繁星子民相对，因为知道他完全听不懂自己的语言，心里反倒平静了许多，她开始自顾自地说道："你们的世界是什么样子？老师说你们生活在硕大的星星上面。那些星星是那样大，以至于站在凹凸的表面上的感觉同站在平坦的大地上一模一样。

"老师还说，你们骑着小的星星从一颗大星星旅行到另一颗大星星上。你们穿过天空中那些沉默的空白，虔诚地向星神朝拜。

"星神是你们的导师。我记得一卷象牙文书上是这么写的。星神传授你们知识，作为回报，你充当星神的使者，来往于繁星与大地之间。"

繁星子民目不转睛地看着安塔，安塔觉得自己仿佛被他的目光穿透。此时，他的眼神中似乎又多了一些无法读懂的东西。

突然，繁星子民的脸上浮现出笑容。他吃力地想从床上坐起来，安塔连忙上前帮忙，心中却惴惴不安起来。他背靠墙壁坐好，伸手指指空出来的床尾，示意安塔坐下。安塔心里疑云密布，突然一阵紧张压上胸口，压得她想要转身跑出房间。身体却并不听从这种恐惧，她最终还是坐在了繁星子民的面前。

"我们确实住在巨大的星星上面，但我们驾驶的不是星星，而是飞船，一种会飞的船。"

安塔无论如何也想不到，眼前的繁星子民竟然开口说话了。她惊得一下子从繁星子民身边跳起来，目瞪口呆地看着他。

繁星子民对她报以微笑，说道："不要如此惊讶，安塔。坐下来，让我们慢慢谈。你的疑惑我可以一一为你解答，而你也可以帮我回答心中的许多疑问。"他再一次伸手拍拍身边的床，示意安塔坐下。他补充说："我的名字是'星神降临之夜的极光'，你可以叫我极光。"

五

安塔心中满是震惊，她在原地呆了半晌，才乖乖地坐回繁星子民身边。繁星子民的微笑平和而坦诚，这让安塔七上八下的心顿时宽慰不少。

"想不到你不仅听得懂我们说话，还会说我们的语言。可是为什么之前你不跟我们说话呢?"安塔坐下后，小心翼翼地问道。

繁星子民冲她颔首，表示感谢。而后他指了指耳朵说："在我离开家园踏上探险之旅前，我的同胞在我的大脑皮层植入了一种装置，它与听觉神经相连，以数千年前采集的大地子民语言标本为基础，可以据此分析你们的语言，并加以破解和掌握。这种装置需要采样与处理，一套程序下来需要花费许多天的时间。"

大脑皮层、植入、装置、听觉神经、破解和掌握……这些安塔无法理解的词汇拥入她的脑中。它们确实是属于大地子民的语言，但是从来没有人使用过这些词汇，更没有人知道其意义。它们是一堆无意义的大地子民词汇的组合。

"简略地说，是这种装置学会了你们的语言，然后又快速地教会了我如何说你们的语言，但是这个过程需要耗费数天的时间。其实直到现在我也没有完全掌握它，因此可能有些地方会显得十分生硬。"繁星子民似乎读懂了安塔脸上费解的表情，意识到自己的解说过于复杂，于是干脆如实告诉安塔。

"可是我们没有人使用过这些古怪的词汇。"安塔眉头紧皱说道。

"是的。我知道你现在无法明白这一切，但是我使用的这些词汇都是来自于语言发展计算系统的模拟，是在将来最有可能出现的词汇。这个问题涉及一系列非常复杂的统计和计算，解释起来的话要花费很长时间。"又是一句晦涩难懂的话，安塔心想。作为得到大萨满真传的学徒，安塔一度以自己灵敏的头脑和缜密的思维引以为傲。但是，她的聪明才智在这个随和而奇怪的繁星子民面前显得毫无用武之地。

于是她叹了口气，对极光说："那么我们还是回到刚才的那个……飞船吧。"

飞船。安塔在心里反复咀嚼着这个词汇。突然脑海中浮现起一幅奇异的画面：仲秋时节，族人们划着独木舟在长河中捕鱼，突然，独木舟一个接着一个从水面跃起，飞向天空，水珠随着腾空的独木舟向四处飞溅。

"首先你要明白，那并不是什么星星。从我乘坐的叫作"着陆机"的小飞船到能够容纳数万人的巨型飞船，不管是外形、内部构造还是组成部分都与宇宙中的天体大相径庭。那些天体，才是星星。

"嗯……你可以这样理解，我们的飞船就好像是能够穿行于宇宙间的房屋。我们躲在飞船内部，可以获得氧气，并免于太空中的各种威胁。我们居住的星球，就像你们的这颗一样，包裹在厚重的气层之中。这些气层削弱了外层空间中那些致命的威胁。因此我们可以生活在星球表面。"

"你的意思是，我们大地子民也生活在星星之上？"还不等极光说完，安塔便吃惊地问道。繁星子民的话实在让人震惊，几乎颠覆了大地子民最基本的自我认识。她本想从极光口中了解繁星子民奇异的生活，却不料连带着使自己的常识受到了威胁。

"不，你一定弄错了，我们之所以被称作大地子民，是因为我们生活在一块平坦的大地上。这块大地飘浮在虚无中，与头顶的星空共同构成了星神统治着的宇宙。"安塔试图纠正极光的"错误"，说道。

极光用柔和的目光看着安塔，眼神似乎带着些许理解，但他并未就此多做解释，只是说："那些飞船，并不是我们驯服的星星。而且建造飞船的本领也不是我们繁星子民靠一己之力就得到的。不过关于星神，你们的说法倒是正确的。没有星神，我们永远不可能离开最早生活的那颗星球。

"起初，我们是一个爱好建筑与种植的种族。很长一段时间里，我们都沉迷于其中。那时候，我们除了建筑与种植之外，别无所知。我们驯服野兽替我们劳作，在山顶建立宏伟的高塔和宫殿，在广阔的平原上开垦出片片农田。我们的高塔直插云端，站在顶端能够看到层层云海；我们的宫殿金碧辉煌，仿佛庞大的迷宫；我们的农田里生长着美味的粮食和蔬菜，还有人工培育出的各种奇花异草。我们建立了一个又一个强大的王国，这些王国就如同你们的部落一样，忠诚地保卫着一群人，并努力反抗着另一群人。

"我们以这种状态生活了数百年。数百年间，我们的建筑技艺日益完美，种植作物的水平也日益进步，可是却没有任何达到今天这种科技水平的迹象出现。先祖们把所有精力都放在了建造更宏伟的建筑、培植更可口更丰产的作物上。直到有一天，先祖们建造的高塔穿破云层的最高点，达到了前所未有的高度。可怕的事也随即发生了。那穿破天顶的高塔在封顶的刹那突然倾倒，四分五裂的塔身向大地上的众生砸来。就在这时，伟岸的星神从云层中俯下身来，用他们无比坚强的臂膀替惊慌失措的人们挡住崩落的石块与残骸。星神们就这样降临到我们的生活之中了。

"星神教导我们保持建筑稳定的原则，向我们揭示宇宙活动、星星运行以及生命消长的神秘规律。几乎手把手地教会我们建造神奇的飞船，让我们能够摆脱大地的束缚，突破云层抵达宇宙其他角落。

"这听起来多么荒诞不经，简直如同童话一般，可是这些却是真实发生在我们繁星子民身上的事情。"

"你们真是太幸运了！"安塔感叹道。极光的故事让她无比沉醉。虽然自己的常识刚惨遭撼动，但极光口中星神的事迹还是令她感到无比温暖，无比振奋。安塔觉得，星神们此刻就在天穹之外俯瞰着他们。

"是啊，起初我们也是这样想的。有人开始相信繁星子民是宇宙间最幸运的存在，但也有人以为，是那些宏伟建筑为我们赢得了众神的青睐，让我们成为茫茫星海中最幸运的星神宠儿。诸如此类的猜测，在几百年间不断地在我们族类的学者口中喷涌出来。直到四百年后，在星神们重新回到他们神圣而无迹可寻的居所后，我们才发现了许多其他的族类。与其中的一些族类交流后我们才知道，星神同样在他们文明出现危机之时降临过，为他们带来了福祉。我们这才知道，星神的降临并非是我们繁星子民独家的幸运，星神一直在世界的某处暗暗庇护着每一颗星星。"

竟然除了大地子民和繁星子民外，还存在着其他的族类！又一个惊人的论断钻进了安塔的脑海。她的惊讶毫不掩饰地表露在脸上。如果换在其他场合，她的自尊心使她绝不会如此不加掩饰地表露自己的惊讶之情。在这位繁星子民面前，安塔却仿佛成为一个幼稚的孩童。

繁星子民为我们揭示了一个崭新的世界。在他们面前，所有大地子民都是孩子。安塔在心中如是想到。随后，她决定继续满足自己的好奇，一口气问个不停："其他族类？你是指不同的部族？就好像我们河西部族和雪原部族一样？或者更大一些，如同大地子民和繁星子民一样？抑或还存在着与我们完全不同的种类？"

"那些族类中，有些与你我相差无几，似乎只是另一群素未谋面的繁星子民或者大地子民而已。另一些，则以我们无法理解的形态存在着。我曾经到过一个小星球，那里的族类以石块的形式存在，他们不生活在星星上面，而是飘浮在星星之间。在另外一个星星上面，唯一拥有智慧的族类竟然是天空中千万条变幻莫测的光线。也正是从这些睿智的光线生物口中，我们得知许多伟大的族类都是星神创造的产物。星神如同父母一般，看护着他们的孩子。

"虽然在几千年的远航和探索中，我们发现了数以百计的族类，但在那些我们尚未涉足过的宏大宇宙空间中，必然还存在着更多更神奇的族类。只是，几百个族类分布起来十分零散。几乎所有的族类都与其他族类相隔甚远。在你们大地子民居住的星星之外，很大范围内都不曾存在过其他的族类。"

六

不知不觉中，两个月过去了。暮春把最后的野花插进五颜六色的草原，夏天则蠢蠢欲动地爬上树梢。经过两个月的疗养，繁星子民的伤势已经几近痊愈。极光开始在马尔甘和安塔的陪伴下四处走动起来。他们带着极光走遍了城寨的每一个角落，详细地为他介绍大地子民的生活。

出现在街道上的极光，成为族人们瞩目的焦点。他们每到一处，定然有成群的孩子跟在他们身后，好奇地指点，激动地吵嚷，直到被同样好奇的大人们驱散。驱走了孩童后，大人们便开始以更为成熟也更为隐秘的方式偷偷观察起只出现在神话中的繁星子民。

起初，安塔觉察到极光的尴尬与不适，但随着与族人们交流的增多，她发现极光的无所适从也逐渐消失。有时，极光会回转过身去，向那些好奇的孩子招手，甚至主动上前搭话。

在城寨中走动的时候，极光会十分认真地观察大地子民的生活与劳作，每每有看不明白的细节，便向马尔甘和安塔问个清楚。等到夜晚回到房间时，他会用安塔看不懂的符号在纸上歪歪扭扭地记录个不停。

极光把更多的时间用在同大萨满的交谈之中。他们的谈话就在族长的书房里进行。

同安塔预料中的一样，极光与大萨满马尔甘十分谈得来。在安塔的多次请求下，马尔甘同意让她担任记录员。极光对安塔的出席显得十分愉快，在他与马尔甘大萨满交流时，总会特意向安塔解释一番。

族长有时会出现在书房里，他大多时候都在默默倾听，有时也会参与到与极光的讨论中来。出乎安塔意料，她的父亲在谈话中表现出了与马尔甘师父不相上下的思维能力。

安塔本人几乎没有参与过他们的谈论。她只是在一旁的书桌上记录着，头脑不停地接纳着、思索着。她在纸上写下的文字让她惊奇而又陶醉。她知道，当大萨满与极光的交谈结束后会从这些笔记中精挑细选出一部分内容将其刻成一卷崭新的象牙文书，永远收藏进观星山上的圣洞里。这一卷文书必然成为圣洞里千百年来最有价值的一卷。

河西各部萨满也带着他们的学徒重新来到族长高屋。有时他们围坐在极光和马尔甘周围，谦恭地聆听繁星子民的智慧，并在超出理解能力的时候，恭敬地提出他们的问题。很多时候，极光也会主动和他们攀谈。令安塔吃惊的是，极光竟然记得这些萨满，甚至能说出其中大多数人的名字。

安塔也发现，她听得越多，心中某种莫名的焦虑就越加严重。她不知道这种焦虑究竟从何而来，只知道它们与极光的到来息息相关。某些问题在她的心里生根发芽，而繁星子民的一切，他们的历史、科技以及社会运行方式，一切的一切，则在不断地浇灌着她心里的疑惑与好奇。同时，似乎还有另外的一些东西在慢慢地滋长。

七

仲夏里的一个傍晚，极光跟随着安塔和马尔甘在城寨的街头漫步。突然极光对安塔说："安塔，可以带我回飞船坠毁的地方吗？我需要找几件重要的东西，以把我对大地子民风俗人情的研究储存下来。另外，更重要的是，我需要检查飞船的受损情况。如果我无法回到故乡，我的研究对我的族人来说也就没有任何意义了。"

安塔面露难色地转向马尔甘，马尔甘告诉极光，现在的时节，草原上巨兽横行，要穿过草原到达坠落地点，必须有族长的骑兵保护才行。"不过请你放心，族长一定愿意动用他的勇士，以保护你取回你的东西。"马尔甘许诺。

于是，几天后，族长亲自率领着大队骑兵，驰入草原。极光显然没有骑马的经历。他紧张地坐在安塔身后，双手紧抓着马鞍，随时担心会被颠下马背。族长与安塔双马比肩而行，他一面饶有兴味地看着不安的极光，一面又出言安慰，排解极光的窘迫。

大队人马从草原上穿过，一群又一群的巨兽被此等声势惊得四处逃窜。其中有身形巨大却温顺平和的长毛象，有成群结队啃食草的黑鹿，也有凶猛残暴的狮子。偶尔也有一些自恃壮硕的狮子妄图冲撞河西部族的精骑，结果无不被骑手们用弓箭远远射杀。

"说来惭愧，族长大人，我们繁星子民从未如此完全地驯化过一种动物。"欣赏着狮子中箭倒毙的剪影与骑兵胯下马匹俊美的姿态，极光对族长说道。

"马是我们大地子民的朋友，正如牛羊和家禽一样。我们驯养的每一种动物都为大地子民的生存付出了很多。马为了帮助我们对抗草原上巨大的野兽，放弃了任意驰骋的自由，甘心寄生于马厩之中。为了使我们的作战更有效率，它们又放弃了尊严，允许我们为它们套上鞍配上镫。"族长抚摸着坐骑的灰白鬃毛，说道，"我们每次骑上战马，都会在心底为它们的牺牲表示衷心的感谢。在战斗中死去的战马会得到勇士般的葬礼，伤残和衰老的战马则会受到悉心照料。"

"这也许就是我们始终无法与我们星球上的动物交朋友的原因吧。与大地子民不同，我们族类自古就缺少对兽类的尊敬。繁星子民的缺点之一，便在于我们对非智慧生命与生俱来的傲慢。"

"说来奇怪，大地子民从来不认为其他的动物是没有智慧的。我们只是觉得，不同的生物展现自己智慧的方式与途径不同罢了。"

极光赞许地点着头，颠簸带来的不安从他的脸上一扫而空。他说："当我们的飞船从家乡出发时，星神从云层中显现。他靠在飞船旁告诉我们，大地子民是星神最得意的造物之一。这几个月来，我已经完全领会了星神对大地子民的喜爱。"

说话间，飞船那黑色的尖端已经出现在众人的视野中。安塔望着那如同箭镞般钉进草原的飞船，脑海中浮现起当日的景象。

"星神遣你们到来，究竟是为何？"这时，族长借机追问道。这一问，将安塔从浮想中拉回了现实。

"星神的意图，我们也无从知晓。我们只知道，星神希望我们将知识传授给你们。但是，关于传授的时机，星神并未给出明确的指示。这种模糊性，在我的族人之中引起了争论。"极光若有所思地回答道。族长则点点头。

一群受惊的动物从队伍前方飞奔而过，此时巨坑中的飞船就在眼前。

安塔翻身下马，帮助极光跳下马背。大地子民中男子要为女子做的事情，却在他们之间颠倒过来，想到这，安塔不免发笑。

族长和安塔跟着极光走近飞船的残骸，骑士们在他们身后手持弓箭。

极光在飞船表面那些突起的地方敲敲打打，突然，一扇门从飞船上豁然打开，极光随即走了进去。

"感谢星神！"过了半晌，极光双手各拎一个黑色的大箱子走出飞船，"我一直相信，星神在庇护着我们，从未放弃我们。星神在绝境之中赐予我们一线希望。虽然飞船在坠落中受到了致命的损坏，但可以与族人联系的通信设备却完好无损。"

"这意味着，我与他们取得联系之后，很快就会有其他繁星子民来接我回家。"看到安塔呆呆地注视着自己，极光补充道，欣喜之情溢于言表。

八

安塔意识到极光终将重返故乡的事实后，自己竟然并不替他感到高兴，至少从极光重返飞船的那天起，她一直难以高兴起来。

许多天来，安塔把自己关在房间里，不再参与极光同父亲、马尔甘三人的交谈，也不再加入他们惬意的街头漫步。她心烦意乱到了极点，不得不花费数天的时间来集中精力理顺自己纷繁如乱麻的思绪。

她突然意识到了问题所在，自己无论如何也无法再忽略这些问题了，至少不能把它们全都忽略。

"马尔甘师父告诉我，星神无所不能。而你告诉我，星神在暗暗观察每一个族类，并在困难之时帮助他们。可是我们从未见过星神，我们的祖先与繁星子民有过沟通，但星神却从未向我们显露真容。"一天夜里，安塔敲开了极光的房门，向他说出自己心中缠绕已久的问题。

"极光，请告诉我，星神究竟是什么？他们也是宇宙中众多族类中的一个吗？为什么他们掌握着建造飞船、翱翔于宇宙的技术，自己却并不运用呢？"安塔问道。

"星神是种族的创造者，他们无所不能，却又极力做到无所作为。他们隐藏在无形的空间中，俯瞰并保护着群星间的亿万生灵。

"星神们硕大无朋，其中有些高大的，脚踩在大地上站起来，头就已经伸出了大气层。他们在群星之间任意遨游，完全通过他们自己的力量，而不需要借助任何工具。在我漫长的星际旅行中，就曾见到过一位星神，他从一颗星球上一跃而起，转眼间化身为光团一般的物体，以极快的速度消失在宇宙空间中。

"星神大度地允许我们尽我们所能去研究他们。这项研究已经持续了很长一段时间，并且已经衍生出了许多分支学科。我们目前所得到的，还只是许多零散的假说和对少数现象的合理解释。曾经有一位星神研究领域的泰斗告诉我，其实研究星神的秘密归根结底等同于研究整个宇宙的秘密。"

"那么星神究竟从何处而来呢？他们如何诞生，又是何时诞生的呢？"

"无所不能的星神与世界同在，他们的存在没有始也没有终。"安塔记得，她曾经向马尔甘师父提出星神从何而来的问题时，马尔甘面露不悦地如此回答她。

　　想到这里，安塔急忙补充道："对不起，我想我太不礼貌了。马尔甘大萨满说过，繁星子民曾向大地子民暗示过，星神无所不在。"

　　"不，这问题没什么不好。安塔，要知道繁星子民的知识并不是金科玉律。我的祖先在一千五百年前造访过你们，向你们透露了当时繁星子民对星神的思索。在这之后的千年里，繁星子民的知识也在发生着巨大的改变。我们曾经坚信，星神无所不在，可直到我们的一支探险队在遥远的星系与一位星神相遇并受到这位星神的教导后，我们才了解星神的真正来历。

　　"那位星神告诉我们，在数万亿年之前，他们，也就是今天的星神只是一个再平常不过的种族而已。他们的独特之处，只在于身躯高大而已。他们与其他上百个种族一起生活在一个庞大的星系里。

　　"后来，时间从这个星系里慢慢流过，带走一些种族，又带来另一些新生的种族。可是，这些巨大的生物从时间的潮汐中瞥见了宇宙运行的某种规律。于是，他们开始研究，开始思索，从匆匆流淌而过的时间到宇宙空间最遥远最轻微的震颤。他们孜孜以求，从此以对整个宇宙隐秘知识的求索作为他们生存的唯一目的。

　　"那位星神说，他们的祖先曾经不止一次陷入过困境。他们停滞不前，几代人在智慧的瓶颈上焦虑地度过余生。可怕的焦虑和致命的绝望开始慢慢吞噬他们。一些星神选择了在宇宙中自我流放，从此音信全无。还有一些星神放弃了全部的追求，沉浸于浑浑噩噩的物质享乐之中。而另外一群星神，陷入了可怕的癫狂，开始肆无忌惮地屠杀同类，随心所欲地毁灭星系中无辜的星球。

　　"整个种族走进了死胡同，直到无所不能的'造物者'降临他们的土地，将他们从停滞中拯救了出来。受到'造物者'指点的星神们开始大跨步地前进起来。用那位星神的话来说，'这简直称得上是飞跃'。

　　"若干个世纪之后，星神不仅熟练地掌握了'造物者'的科技，更获得了足以创造出更多科技的强大智能。执着于钻研宇宙的他们开始与整个宇宙结成一体。他们不再是宏大宇宙中的某个物种，而是完全变成了宇宙的一部分。正如那些更古老的'造物者'一族那样，星神们可以化身为光束，于瞬间穿越，可以像宇宙那样去创造和毁灭星体，甚至创造出一个个全新的星系。他们开始如同宇宙本身一样培育出新的生命，并开始日夜看护他们的创造物。

　　"于是，给予他们指引的'造物者'决定让星神来接替自己。数万亿年前的某一天，'造物者'一族退隐到宇宙某个隐秘的角落中，从此销声匿迹。留下星神接替他们管理整个宇宙。"

九

在安塔的记忆中，极光总是面带祥和的微笑，可是在圣洞里，安塔见到了极光面露哀伤，甚至黯然落泪的样子。

那是极光康复后不久，安塔和马尔甘带着极光进入圣洞，祭奠那位长眠在先祖墓群中的繁星子民。

"他叫录墨，是研究大地子民文明的专家。录墨很多年来一直充当我的助手。我们是很好的朋友。"极光围着录墨的石棺走了几圈，伸出手轻抚着棺盖。他的表情悲伤不已，猛一抬头，安塔发现他双眼已经噙着泪水。看到极光如此难过，安塔也蓦地一阵心酸，竟不觉流出眼泪。

"录墨一直对大地子民的文明着迷，想不到，他至死也没能亲眼看到大地子民。"极光叹道。

"谢谢你们将他与大地子民的祖先们安葬在一起，希望他的心愿，在星神的灵魂国度中，能够得到永恒的满足。"过了一会儿，极光缓缓对他们说道。

三人无言，在墓室中沉默良久。

待三人默默走出圣洞，极光的表情已经缓和如平常了。他站在圣洞大门之外，远眺着观星山外辽阔的河西平原。安塔站在极光身旁，也随之眺望。此时，在山顶上看，白树部族那河西平原上最大的城寨，不过形同大海上的一只小舟。城寨外，几乎看不见游荡的巨兽。头顶是无云的天空笼罩着河西平原。

突然，大萨满开口打破了沉默："你走后，还会有新的繁星子民到来吗？"

极光沉默着点了点头。

马尔甘笑了，说道："说实话，我不知究竟该兴奋还是该担忧。"

"当星神首次出现在我们的家园时，我的祖先，恐怕与你现在的心情颇为相似。"极光同情地说道，"我的一些族人认为，几千年来，你们的文明并没有任何实质的发展。他们认为大地子民已经陷入了科技瓶颈。"

马尔甘叹了口气，凝望着平原尽头延绵不断的群山。过了许久，他说："我们的族人相信，那片草原有它自己的意志。它自己决定如何生长、向何处生长，自己决定孕育哪些野兽，并自己决定这些野兽的生死。

"可是即便是从前最有智慧的萨满、最英明的族长，也还是无法干预草原上的一切。有时即便是帮助草原疏通河水之类的善意之举，事实上也是在干涉它自由生长的意志。虽然我们自认为是草原孕育出的一种生灵，可是无论我们如何敬畏它，归根结底仍然在干预它。"

极光点点头道："繁星子民虽然深受星神的恩泽，可我们毕竟不是星神。我们的智慧让我们无法做出如星神般准确的判断。我始终坚信，群星之上存在着比单纯的科技更为高尚、更为珍贵的东西。"极光说罢，他将目光从遥远的地方收回，与马尔甘四目相对。一旁默不作声的安塔看到他的眼中充满真诚。极光伸手拍拍马尔甘的肩膀，说道："一切都还没有定论。这也就是我此次探险的目的所在。而就我个人而言，我会尽一切努力避免我的族人莽撞地打破你们平静的生活。"

十

自那一晚安塔向极光道出关于星神的疑惑后，安塔感到不再那样心烦意乱了。至少，她可以确信，来自繁星子民的那些知识并没有撼动星神在她心中至高无上的地位，对头顶的星空那些翻天覆地的新认识并未侵吞掉她心中应许给星神的空间。

安塔松了口气，她默默向星神祷告，希望星神不会因为她的动摇而远离她。

安塔却不能否认，一切终究还是不同于往日了。窗外那片星空仿佛换了一副崭新的面容。星神，也不再是从前安塔所想象的模样了。对此，安塔仍然感到些许惆怅。

她披上一件衣服，轻轻推开房门，赤脚走过族长高屋安静的门廊，打开大门，走入宁静的夜色之中。

头顶，仲夏的星空依旧绚丽异常，闪亮的星斗，仿佛在与夏日繁茂的大地遥相呼应。安塔在门前的草地上坐下，抱着膝盖，像从前无数个难以入眠的夏夜那样，仰望星空，陷入遐想。

从前，安塔总会想象着无数肉眼不可见的繁星子民，骑着小星星在那些亮点之间往来穿梭。那是一群无忧无虑的神圣的旅行者。无数星斗，此起彼伏地闪烁在他们的四周。他们穿越由无数颗星星组成的天河，伸手捧起如水的星辉，向旅伴扬去。偶尔一个顽皮的繁星子民从星神静坐冥想的身影旁走过，搅动星神微妙的思绪。星神巨大的身影投在一片繁星之上，给上面的居民带来宁静的夜晚和甜美的睡眠。

想到从前的那些时光，一阵悲伤突然向安塔袭来。繁星子民带来的那些前所未闻的东西让她神魂颠倒，可随之远去的回忆也同时令她哀伤不已。

除此之外，极光的必然离开也让她心中不住地疼痛。她无法想象，这个在一夜之间改变了她全部生活的人离开之后，她自己要如何面对未来的生活。重返过去的世界，早已是不可能的了，即便那仅仅是一个由她自己独享的小世界。

几只萤火虫在不远处的草丛间打转，安塔不再凝视星空，而是将注意力转移到萤火虫身上。看着这些轻盈的生灵无忧无虑地享受着仲夏的夜晚，安塔的泪水不知不觉地流了出来。

不知过了多久，泪水不再奔涌，安塔慢慢从情绪的激流中抽出身来。她感到身后有人在一声不响地注视她。她连忙擦干脸上的泪痕，回过头去，发现极光一直倚在树旁。

如果天色再亮一些，极光一定能注意到安塔脸庞腾起的绯红的火焰。安塔很庆幸极光并未注意到这些。极光见安塔发现了自己，便走到安塔身边坐下。

"你看起来有很重的心事。"

"我只是出来看看夜空。每年的这个时候，我都会出来看。"

"嗯，这里的夜色实在太美了。"

"你们的夜空是什么样子的？"

"远没有这里美。"极光思考了一会儿，说道，"据说从前也很美。但后来我们得到了一些东西。要知道，有许多东西一旦得到，都必须付出相应的代价。"

"美丽的夜空就是你们付出的代价？"

"算是其中之一吧。"极光沉思了许久，继续说道，"安塔，我很抱歉。我早该想到，告诉你这么多事情，肯定会令你陷入某种痛苦之中。"

安塔笑了，听了极光的话，突然感到十分开心，随之而来的是莫名的释怀。她对极光说道："我一直相信，同我获知的一切相比，我付出的这些代价都是值得的。"

极光微笑着点点头，远远望着夜空，不再说话。

安塔突然觉得，极光似乎也释怀了。

十一

极光打开他的大黑箱子，从一堆杂乱的物件中取出一只二尺见方的白盒子。盒子上布满古怪的纹路，极光将这一面对着窗外，然后轻轻按了盒子上方的按钮，那些纹路突然间亮起五颜六色的光。随后，盒子里发出了声音。起先，那是毫无规律的吱吱声，过了一会儿，盒子里面便传出男人的嗓音，但所说的不是大地子民的语言。

"救援队已经到了，他们确定了失事飞船的位置。"极光仔细听了一会儿，对族长和大萨满简明地翻译道。

又听了一会儿，极光拍了拍盒子，声音旋即停止。他转过身来说："三天以后，救援飞船将降落在失事飞船东南大约七百步以外的地方。"

安塔的父亲点了点头，说道："我的卫队会护送你到达那里。如果你的朋友们愿意，我希望他们可以在这里做几天客。"

"他们可没有这份幸运。救援飞船上的人员配备很少，因此并不会亲自来到地面。飞船将停在行星轨道上，而后在指定地点降下一艘小型登陆船，飞船将牵引登陆船升空。"

"难道这样不危险吗？"安塔担忧地问道。

"这种登船方式，已经沿用上百年了，事故率不到万分之一。"极光微笑着看着安塔，语调中带着安慰补充道，"你忘了，我们繁星子民都是从小骑着飞翔的星星长大的？"

大家都笑了起来，安塔微笑着低下了头，心里却难受得要命。如果不是父亲和马尔甘在身边，她想此刻一定会冲上去抱住极光大哭一场。现在她只能笑着，努力把试图夺眶而出的泪水憋回去。

聊了一会儿，马尔甘便告辞离开了。族长则拿出珍藏的米酒，请极光与他共酌几杯。

安塔走出屋子，将门掩上，独自坐在没有点灯的走廊里。极光与父亲的谈笑声从门缝传出，在安塔的耳畔不住地回响。他们说了什么安塔并没有听进去，她沉浸在自己的世界里。刚才还拼命向外涌的泪水，现在却无论如何再流不出来了。

安塔用双掌捂着脸，静静地坐着，仿佛是湍急河水中默然伫立在水中的一块岩石，任由父亲和极光的说话声、屋里露出的灯光以及窗外淡淡的月色混为一体。

不知过了多久，安塔从自己的世界中回过神来，说话声、灯光以及月色依然如故。这时候，父亲和极光的谈话已经接近尾声。

她听到父亲对极光说道："我们大地子民的祖先说过这样一句箴言：星神给了每一个部族一只陶杯。马尔甘大萨满担心大地子民的这只陶杯会在你的手中打碎。可我必须告诉你，自从你的祖先降临大地，走进我们开始，大地子民的这只陶杯上面就已经有了关于繁星子民的印记。这印记也许会是一条不断扩大并最终毁灭陶杯的裂痕，但它同时可能会是一条使陶杯身价倍增的神来之笔。不管它是何者，这都是我们大地子民无法回避的命运。或许这一切星神冥冥之中早已安排了下来。

"虽然我认同你的猜测，但我也相信现在还不是时候，我必须做好准备。从今天开始，每一个大地子民都必须做好准备。没有人可以永远生活在某个人生阶段，我们的族群也是一样。极光，请记住，无论结果如何，你永远是大地子民的朋友。"

尾　声

早上，安塔起得格外早。已经整装待发的族长卫队无疑起得更早。纪律严明的卫士们在大屋外面整齐地列着队，没有喧哗，只有战马偶尔几声打响鼻的声音传进屋内。

洗漱完毕，穿戴停当，安塔坐在窗前向外望去。

只见一道紫色的光柱从天空中直插下来，投射到远方的地面。想必那正是飞船残骸所在的地方。光柱仿佛将天空烧出了一个洞来，柱旁翻卷的云彩染上了妖冶的红色。

安塔凝望着那道光柱，她下意识地伸出手，想象着触摸那能量奔腾的光柱会是什么样的感觉。有那么一刻，她仿佛感受到了光柱的温度，感受到了星神在繁星子民的簇拥下将目光投向自己。

过了一会儿，门外的脚步声渐渐多了起来。"该出发了。"她轻声对自己说道，随后低下头，转身向门外走去。

（毕聪正，辽宁大学文学院文艺学专业2014级研究生。）

六 爷

马明明

昨日和父亲打电话，不知怎么就聊到了村里的六爷，父亲告诉我现在的六爷身体很不好，当年一天走十几个村子卖货物不喊累的硬汉现在瘫痪了，只能躺在床上靠药物维持生命。在这个初春到来之际，一切都像刚睡醒时的样子，而我记忆中那模糊的六爷也越发清晰了。

没错，六爷是一个货郎，在20世纪六七十年代走村串巷卖货。因为老家在当时交通不便，所以一些日常必需品，如妇女用的针头线脑，小孩子的书本、零食，都需要货郎从外面买回来再挨个村售卖。因此，六爷是小山村和外面世界的连线人。六爷来到哪个村子，哪个村子里的人都像现在的追星族一样围绕在六爷的身边，看看六爷又从外面带来了什么洋气的好货。看，那个年代六爷就是我们当地的"明星"了。

"明星"六爷的一生并不光鲜亮丽。听奶奶说，六爷出生在逃难的马车上，这也注定了他一生的颠沛流离。因为在家里排行老六，被大家从小六、六哥、六叔、六爷叫到了现在，反而他原先的名字马胜利渐渐被大家遗忘了。他是一个苦命人，十岁时成了孤儿，青年时因生病坏掉了一只眼睛，终身未娶，只靠做一些小买卖养活自己。记忆中的六爷是一个中年模样的大叔，他身材消瘦，总是穿着黑色粗布的衣服，腰间扎一根粗布腰带，微弓着腰，挑着一副担子，笑眯眯地让我们叫他"六爷"，但顽皮的我们并不买账，总是叫他"独眼龙"。他也不恼，只是拿那只完好的眼睛认真地看着我们。我每每会在这种认真的目光里看看他的脸，再不好意思地叫他一声六爷。我至今记得六爷的这种眼神，现在想来，那也许是无奈和宽容，还有历经世事后的淡然。俗话说面由心生，六爷长着一张和善的面孔，黝黑的脸盘上嵌着一双圆眼，挺翘的鼻子下是常年起皮的被烟熏紫的嘴唇，加上见着谁都笑眯眯的表情，六爷在十里八村的人缘很好。小时候，每当六爷到村里吆喝，小孩子只要对父母说一句，六爷来了，就像一个信号一样，父母就会心照不宣地要给自家的小崽子买零食了。因此，六爷每一次到村里，对小孩子们来说就像过年一样。

后来，因为经济的发展，村里开始有了小卖铺、便利店，物品琳琅满目，到六爷那里买东西的人也就越来越少了，六爷失业了。正当我们为六爷以后的生计担忧时，六爷不声不响地做起了他的废品回收生意。他推着三轮车，挨着村子收一些废纸、水瓶子、旧衣服等废品，然后再拿到废品收购站卖掉。六爷的职业虽然变了，但脸上的笑容却一直没变，见到以前常买他东西的小孩子们还会笑眯眯地问他们最近学习怎么样。最让我感动的是六爷竟然还记得我，和父亲通电话时，父亲乐呵呵地告诉我，六爷在教训十里八村那些不认真学习的毛孩子时总是拿我作为榜样，他说："老马家的明子啊，以前常在我这里买零嘴，那孩子有出息啊，走出咱们这个小山村了。还是要读书啊，读书好啊！"父亲还刻意模仿了六爷的声音，听得我哭笑不得，原来同村同学说我是家乡的名人是有原因的，全是六爷的刻意成全啊。

后来在小学群里聊天时，同学们讨论了一件至今让我震惊不已的消息——六爷差点儿上电视了。在当地电视台工作，最知道内情的秀秀告诉我们，六爷竟然不声不响地用卖废品的钱资助了两个贫困儿童上学。事情缘于六爷资助的一个孩子高考失利后打算去打工，六爷知道后劝他再努力一年，这孩子也争气，后来成功考上了一所211高校。懂得感恩的孩子写了一篇关于六爷的文章寄到当地的报社，大家这才知道六爷的事。消息出来时人们震惊了，一个连自己的生计都艰难维持的老人做了一件这么了不起的事。大家对六爷肃然起敬，不仅因为他的人缘，还因为他的行为。这么一个伟大的老人拒绝了电视台的采访，他朴实地表示："这没有什么，我自己也花不了几个钱，娃娃只有读书才有出息。"

电话那头，父亲还在跟我说起哪天谁去看了六爷，乡里乡亲的，大家都不约而同地帮忙照顾生病的六爷。为此，我不禁想到，每个人的身边总是有一些像六爷一样的人，他们平凡得不能再平凡，但平凡中却闪现着伟大的光芒，这种光芒让任何人都无法忽视，像太阳一样温暖着世人，照亮着人们日渐冷漠的心灵。

（马明明，辽宁大学文学院中国古代文学专业2015级研究生。）

榕城旧事

仲　皓

榕城靠河，也守着它入海。

一

我小时候赶上过一次7.3级大地震。地震时，地光闪闪，地声隆隆。棉被上细密的针脚、残留着米饭香的瓷碗、将变成瓦砾的烟囱都充斥着惊惧和混乱。整个榕城似乎先是慢慢沉下去，过了一会儿，又在岩石的碰撞中慢慢浮上来。不久，在"本次地震因为榕城地质特殊和预报及时几乎零伤亡"的特大喜讯里，榕城人民又开始新的生活。后来这次地震被外国专家称为"人类征服地震的第一次成功"。老人们谈起这次地震总是带着夸耀的神色。"榕城是个宝地。"他们这样念叨。

没人能否认榕城的确是个好地方，空气干净，虽不太繁华但烟火气十足，连我那从北京过来探亲的二叔都夸赞不已。榕城人也大都安土重迁，不只因为舒适的环境，也因为城北红火运转的工业王国。

榕城不大，但榕城的造纸厂在全国是响当当的。中国有那么多造纸厂，榕城的造纸厂销量能排在全国第四。我们的胶印书刊纸，曾被指定用来印《毛泽东选集》，外行见了感叹，内行看了竖大拇指。造纸厂是我们榕城人的骄傲。

造纸厂依河而建，被一大片职工宿舍区环抱着。如果有人曾经在这里走过，看到纸厂三街路标边一群嘻嘻哈哈的孩子，其中一个也许就是我。

十岁时的一天上午，阳光精神百倍地洒在纸厂三街上，全区都沸腾起来，爸妈的脸上满是骄傲，叔叔阿姨的眼睛里流露出兴奋，老人们也喜气洋洋地出来晒太阳。从牙齿整齐和牙齿破碎的嘴巴里，我知道我们的造纸厂从澳大利亚引进了新机器，年产三万五千吨。

大人一开心，小孩子就可以四处撒欢。我拖着鞋子，一路小跑去找安淳玩儿。

安淳住我家隔壁，和我一个班，无论做什么，我们都是最好的搭档。有时我们也会带上对面孟叔家的孟筱筱，她只有四五岁，梳着夸张的朝天辫，拖着两条鼻涕，摇摇晃晃地跟在后面。

那是造纸厂辉煌时代的开始，大有烈火烹油、鲜花着锦之势。高耸的烟囱冒出白烟，空气里满是燃烧芦苇的气味，数十吨的浆板纸和白板纸被唱着歌的卡车送到各地。纸厂三街的每个人都为自己是这里的一分子而骄傲。

过了一段时间，安淳的表哥家从外地搬过来，我们又有了新伙伴。安淳的表哥比我们大两届，长得很高大，因为爱吃猪蹄，我们管他叫"老猪"。

我总是嘴贱地调侃安淳："你看你家一只老猪，一只鹌鹑，干脆开个养殖场发家致富吧！"

安淳瞪我一眼，嘴很笨的他憋了半天扔出一句："乔小滨，你再废话我就把你家母鸡抱走吃它的肉！"

"你敢！"

我妈的智慧在纸厂三街是出了名的，表现之一就是我家的鸡格外的肥，同样的鸡子，到我妈手里就又肥又壮，毛也油亮亮的，别人只能望鸡兴叹。尤其有两只花鸡，大花和二花，在职工宿舍区很有名。它们也不怕人，每次放学回家，看到它俩在胡同口溜达，我蹲下摸摸它们，然后抱起来带回家。

后来，安淳并没有来抱鸡，但大花还是丢了，被人抱久了的鸡不知道危险也不会反抗。当然，也不会再回来。

我们彼时都同大花一样，扎根在纸厂三街，随随便便被风吹着，对未来的生活一无所知。

再也没有一只探头探脑等着我来领它回家的鸡了。大约一周，我都闷闷不乐。老猪和安淳鬼头鬼脑地摸进来，对我说："小滨，别想鸡了，我们去河边玩儿。"

顺着职工宿舍向北走，路尽头是一片荒草地，杂草掩映下是一条废弃的铁轨，枕木被乱石枯草遮盖着。跨过草地就是榕河，直直地铺开在眼前。

榕城有两副面孔。一副温软缓慢，它把岁月中漂浮不定的东西镌刻在这片土地上，那是切实可感的生活，有三姑六婆，有家长里短，有柴米油盐；一副凛冽沧桑，北风贴着荒草呼啸而来，一切便销骨毁形，抖落一地仓皇。不知是谁的手，直直地把这两副面孔切割开，泾渭分明。

不远处立着两个船坞，老猪对我说："你看，你趴在上面，风一吹，它自己就会转。"我爬上去，船坞真的就在风中转了起来。荒草齐刷刷地摇着脑袋，丢鸡的难过好像就这样慢慢地飘远了。

恍惚间，听到老猪在那里嚷："这是我们的船坞！我要给它取一个与众不同的名字，就叫……就叫海洋转转！"

我不知道老猪怎么会想到这么个怪名字，但还是很开心，就朝他竖了竖大拇指。风从老猪刚吃完猪蹄的嘴边吹过去，他咧开嘴笑了。

<h2 style="text-align:center">二</h2>

老猪的可爱之处就在于他总能找到有趣的事做。他大我们两届，懂得比我们多。他带我们去旧书摊租书，小人书放在门边，用橡皮筋捆扎着，首尾相叠，五分钱一本，是给小一点儿的孩子看的。往里走是大孩子看的武侠书。老猪让我和安淳坐在门口看小人书，我俩死活不答应，偏和他挤在里面的木凳上抢《神雕侠侣》读。下过雨，老猪还带我们去水塘捞蝌蚪，慢慢养成青蛙后再放回去。捉的蜻蜓如果死了，老猪就小心翼翼地熔化一块松香，把它做成琥珀。后来，老猪甚至搞了几颗向日葵种子埋在院前，说要吃瓜子，我和安淳就拿着铲子和他一起挖土。

夏天来了又走了，向日葵发了芽，又慢慢长高，终于，我和安淳吃上又软又涩的葵花子时，老猪毕业了。

老猪毕业那年正好赶上一批老员工退休，他就直接进了造纸厂，被分进了抄造车间。工作不累，而且是家大业大的国企，旱涝保收。看老猪工作得很开心，安淳也打算接他父亲的班去造纸厂工作。初中快毕业时我也求我妈，让她看看有没有退休的老员工，我也想直接去工作，结果是被我妈骂了一顿。我妈平时是很好说话的，但她认定的原则问题就决不纵容，况且我两个哥哥已经在读高中了，我也不敢不听话。

可我不喜欢老老实实坐在教室里背古诗、做几何题。于是，趁没课的时候，我跟照相馆的兄弟学照相，去饭店当学徒，跟造纸厂的工人打乒乓球，跟打更大爷学了三弦琴，除了学习，能玩儿的都玩儿了个遍。

老猪、安淳下班后常找我一起聊天，他们和我讲厂里的事，我和他们说新学的好玩儿的游戏。老猪总是嚷嚷累，我羡慕他们又能赚钱，又不用背书，安淳却对我说："乔小滨，你别身在福中不知福。"他们不再是往日嬉皮笑脸的贱样子，慢慢变得稳重起来，尤其是老猪，他已经算是老员工了，还刚提了班长。

一次，我们坐在胡同口的石头上乱侃，安淳忽然说起有一次他去办公室盖章，看见城东印刷厂的工头刘胖子给他们主任送了几瓶酒。"哎，"老猪冷哼一声，"那保准是搞批条来了，这帮老鬼！"安淳听后气愤地说道："好处全让这帮人给占了！"

我瞅瞅安淳，我俩从小混到大，我还自认为比他聪明一点儿，现在看他很多事都摸得门儿清，我只能坐在边上发呆，心里有点儿不舒服，就调侃安淳说："你又懂了。"安淳撇撇嘴，没说话，倒是老猪哈哈大笑，说："小滨，你别不服，也别着急，该懂时自然就懂了。"

三

1989年时，听老猪说，厂子看现阶段业绩不错，准备再进购一台年产四万吨的机器，明年就可以投入生产。于是，为了庆祝，这一年的年尾，纸厂三街和周围的群众在造纸厂的工人俱乐部里举行了一次盛大的新年晚会。

那天下着小雪，暮色尚未完全包裹榕城，剩余的天光跟灯光混合出一种朦胧的亮度，迎接新年的歌声从俱乐部里涌出来。它一视同仁地流经那些橙黄路灯映着的马路，等待月华散落的小巷子，穿过工厂烟囱的白烟，也拂过趴在路边的黄狗和环绕它的人间烟火，最后抚过我的眼角眉梢，也抚过每个人的眼角眉梢。工厂领导放下官架子笑容满面地唱了一首接一首，工人平日的抱怨融化在雪里，此时此刻，大家都只是骄傲的榕城居民而已。

一阵掌声中，孟筱筱和一帮小姑娘上了台，站定之后，她扬起手，做了个预备的手势，音乐响起，那帮小姑娘就跟着她的指挥唱起来。孟筱筱穿着白衬衫、喇叭裤，头发绾得高高的，很是秀丽。我们才意识到，我们长大了，流着鼻涕跟在我们后面的小丫头也长大了。

安淳说："孟筱筱天天在我家对面晃我还一直没注意，今天一看，好像忽然之间就这么大了。嘿，你还别说，这么多女孩子里，就数我们筱筱最好看。"我和老猪也很满意地点点头，有种"我家有女初长成"的自豪感。

过了一会儿，我们也上台，和一群朋友一起大跳当时流行的霹雳舞。霹雳舞在那时真是火得能呼风唤雨，不会跳好像就不是城里人似的。我们这群年轻人跳得都不错，不少跳摇摆步和战斗舞步炫技的，老猪还会传说中的"擦玻璃"，这个节目就像鞭炮一样，点燃晚会气氛的最高潮。

晚会最后，大家走到礼堂旁边的食堂，墙壁粉刷一新，铺上水磨石地面，大堂中央吊只魔鬼灯，挂上花花绿绿的彩带绳，装上立体声音响，四周装上射灯，俨然像个舞池模样。乐手演奏着《甜蜜蜜》等舞曲，人们手挽手步入"舞池"。末了，伴着三点星辉、五分月色、一盏等候回家的灯，人们相继散去，最后一分未知，留给自己。

这是我们八十年代最后的狂欢，而我也在这天遇到了陈嘉琪。

晚会结束之后，老猪是骨干职工，得留下来帮着打扫卫生，我和安淳就在门口那儿等他。站在门口的台阶上，看着兴尽而归的人群，慢慢从密集变得稀疏。余光瞥到一抹白色的影子，我向旁边看去，有个女的坐在台阶上。

她穿着白毛衣，头发刚到肩，正在那儿发呆。左右无事，而且来这里玩儿的大都是街坊，不熟也能打个照面，我就和安淳过去闲聊。

她不怎么爱说话，只是说她不是这边的，家里有事来姑妈家住一段时间，她哥哥正在里面干活儿。不咸不淡地扯了几句之后，老猪出来了，我们就简单地道个别，走了一段我回头看她，她仍坐在台阶上，孤零零的。

年后，安淳提前退休的老爸在家闲不住，总是想做点儿小生意，一来二去就在街口架了个炉子，开起了烧烤店。安淳他爸的手艺很好，以前就给我们烧过鸽子吃，这下，我们又有了新阵地，还有好口福。

一天，安淳和我往他家的烧烤店走，边走边说："小滨，你猜我前几天在店里看到谁了？"

"谁呀？"

"就是晚会那天，咱俩等我哥时碰到的那个女的。"

"白衣服那个？"

"对，听说是不想在亲戚家白吃白住，就出来找点儿活儿干。"

我们到了店里，先进后厨帮着干活儿，在几个胖阿姨身形的缝隙里，我还真看到了那个女生。我过去和她打招呼，她好像还记得我。再从我身边走过时，她递给我一瓶汽水。

"你拿公家的饮料给我啊？"我逗她。

"这是我买的。"她径直走开了。

当时是白天，我看得更加清晰。她站在门边，等着把饭菜端给顾客。她特别瘦，脸色很苍白，不同于其他系着脏兮兮围裙的服务员，她穿着一条五彩斑斓的棉裙子。她的目光不知落在何处，嘴角微抿着。

眼前是噼啪作响的炭火鱼肉，身后是食客们的推杯换盏，可她就那么站着，裙角就在风中摇摇摆摆。那感觉就像丢了大花后，和抱着"海洋转转"的我擦身而过的风。

我突然决定带她去河边走走。

那天打烊后，我向她提出这个建议后，她歪头想了一会儿，没拒绝。

周末那天，我们绕过职工宿舍，穿过覆盖着白雪却已点点泛青的草地，寂静如练的榕河便直直地铺开在眼前。

榕城浸染了晚霞，纸厂三街的居民迈进灯影中，仍会伴着工厂广播坚韧向前。唯有河边，这里的时间从来不是依附钟表指针行走，它似乎是静止的。

陈嘉琪就站在寂静的旷野里，她就那么站着，旷野滴水不存，却有日月星辰。我默默地掏出相机。

她只在烧烤店工作了一个月，春天还没到，就离开了。自此以后，我再也没见过她。

多年以后，站在造纸厂满目萧条的老旧厂区外，我还会想起陈嘉琪望着夕阳的样子，她说："正午的太阳尽管耀眼，可夕阳才更让人感慨。"

四

1984年的时候，城市企业改革已经开始，只是我们当时太小，什么都不清楚。时间来到1992年，社会主义市场经济成为不可逆转的大方向时，全新的生活正在逐渐显像成形。

怀抱着各种梦想，无论是老师还是公务员都有人下海经商，每天都有新工厂开工。传送带急速运转，钞票翻滚着，召唤一批又一批人收拾行装，奋身跃入万千热望汇成的热气蒸腾中。

就在全国迈上高速发展路的时候，老猪和安淳抱怨造纸厂都已经三个月没开支了。以前的浮动工资，好的时候能达到好几百，那是何等的神气。很多人挤破了头想进造纸厂都进不来，发不出工资这件事，更是想都没想过，很多人都慌了。

安淳叹了口气："现在销路不景气，没有计划，没有批条，很多小厂子都自己进制浆的机器了。"老猪也说："我们以前神气惯了，价格不压低，服务又没有私企好，很多印刷厂就不愿意买我们的纸了。"安淳点点头："我一个同事认识印刷厂的老王，老王告诉他印刷厂的工头把各部门都打点好了，该塞钱的都塞了，最后装车时，不请叉车司机吃饭硬是不给装车。"我吃了一惊："要是这样，难怪印刷厂不来买纸了。"老猪挠挠头说："不知道以后会怎么样啊。"

我马上就要高中毕业了，取出相册一张一张回看这些年拍的照片和照片背后潦草的字。安淳和老猪停工又复工，复工再停工，两年后，工厂承包给了一个给工厂送氯气的工头。

那段时间大家都很低沉，唯一值得高兴的事是孟筱筱考上了师范学校。孟筱筱成绩好、性格好，确实很适合当老师，心满意足的孟叔请周围几个邻居吃了顿饭。孟叔一直不停地夸她女儿，孟筱筱不好意思，就跑过来和我们一桌。老猪满脸堆笑，说："筱筱，以后你当了老师，我们这圈人可都仰仗你了。"边说边拱手，全桌人都笑了起来，只有安淳一直低头喝酒，也不说话。我拍拍他说："安淳你倒是说几句啊，这么多年人家筱筱喊哥都白喊啦？"又转向孟筱筱："筱筱，你看你俩就住对门，有什么知识多熏陶熏陶他。"全桌又是一阵哄笑，安淳依然没有说话。

回去之后，我和老猪问他怎么连句话也不说，太不像样子。他仍是不说话，转头去杂货店买了两瓶红星，坐在石头上一口一口地灌。老猪看情况不妙，赶紧把酒抢下来，急得骂他："不要命啦，哪有这么喝酒的，胃根本受不了。"安淳抬头看看我们，两眼猩红。我和老猪也坐下来，静静地看着他。

半晌，老猪打破了寂静，说："兄弟，你是不是喜欢孟筱筱？"

安淳点点头，他艰难地张口道："我看着她长大的，以前……厂子红火时，还能想想，现在……算了。她以后是老师，是文化人，我连工作都不能保证……"

从小到大，我都没看见过安淳这个样子。不是小时候恶作剧被发现后挨揍时讨饶又夹着撒娇的哭喊，而是震耳欲聋的痛哭。我忽然发现从前肩并肩的朋友已经走得很远，在我还被别人庇护的时候，他已经成长为一个男人。他知道生活的无奈，也狠得下心去面对现实。

毕业之后，我去了影楼帮人拍照。各色服饰开始流行，照相的人也多了起来。三天一小忙，五天一大忙，日子过得还算充实。

这天，我拍完外景刚回到影楼，进门就看到老猪和安淳坐在休息区的长椅上。"你俩怎么来了?"老猪笑得神神秘秘,说:"小滨你天天拍别人,咱仨也好好合个影!"然后冲旁边的师傅说:"师傅,小滨是这儿的员工,我们仨拍能给个优惠不?"师傅笑了:"那是自然!"老猪很认真地试了服装,还对着镜子弄了好一会儿头发。

"老猪,别弄了,这可不是你平时的风格啊,说,你怎么突然想来拍照片了?"我问老猪。他一脸得意,晃晃脑袋说:"心情好!"我哑然失笑,去问安淳,谁知他也学着老猪晃晃脑袋说:"心情好!"

拍完照,老猪把我和安淳拉到饭馆里,点了好多菜。我越来越感到奇怪,拦住老猪道:"别点了,你赶紧说到底怎么回事!"老猪给我和安淳倒上酒,清了清嗓子说:"兄弟们,我要去深圳了。"

我瞪大了眼睛看老猪,又看看安淳,安淳点点头。

我猛灌了一口酒。"想好了?"我问老猪。

"嗯。"老猪呷了一口酒说,"送氯气的那个工头承包了造纸厂,从中敲了不少好处,来的时候到各部门走动,把资产评估压到最低,现在不想干了,再评估,所有东西都是他的。"安淳接着说:"而且这几年设备也不维修,就那么一直生产,坏了就用库房里的备用零件。照这么看,根本坚持不了多久了,他下海说不定比在这苦守工厂好得多。"

这点我很认同,老猪虽然学历不高,但办事和为人都是一流,到哪里都能干得很好。"那你爸妈呢?"我问老猪。"他们还算支持,虽说'父母在,不远游',但他们也觉得出去看看更好,成功了更好,如果不行就再回来。"

虽然很舍不得,但还是祝福更多一些。"那你呢?"我问安淳,"你不会也走吧?"安淳摇摇头:"我……想看到筱筱毕业再走。"我拍拍安淳的肩膀:"也好。"

老猪离开那天,黎明还被压在夜色之下,天边缀着几点残星。他硬是没让我们送他到火车站,我们和他爸妈就站在巷口,彼此话都很少。他爸只是拍拍他的肩膀,苦笑了一下。我掏出前几天拍的照片,塞到老猪的包里,说道:"有事跟兄弟说,天南海北我们都过去。"就像很多年前一样,风从老猪刚吃完猪蹄的嘴边吹过去,他咧开嘴笑了。

五

老猪离开以后,安淳一边断断续续地上班,一边帮他爸打理饭店,还抽空去酒店做学徒。我知道,他还抱着希望为了孟筱筱努力。看他太辛苦,我劝他："要不你直接跟筱筱说了吧。"他摇摇头，说自己现在还配不上她。

安淳继承了他爸爸的厨艺，在烹调上有很高的天赋，勤奋又肯琢磨，很受师傅赏识，师傅也时不时教他一些技巧。安淳用这些技巧改良了很多菜，每次请师傅验收前，都会让我和孟筱筱尝尝味道。

这一天，安淳和我一起去接刚放学的孟筱筱，一路上，安淳大讲特讲他新改良的鱼头汤。"要花鲢鱼头，最好一刀下来连着少许鱼身。起锅热油，油不分了放鱼，加水加黄酒，还有葱段生姜，焖住锅，慢慢熬。盐不能早放，一定要起锅前再放，不然汤不白。出锅后，鱼头连带的白肉都酥烂了，真是又白又嫩……"我和孟筱筱听得直流口水，相互催着快走回去吃饭。

突然，孟筱筱站定了，抓住安淳的袖子，往后退了几步。安淳闭嘴不再说鱼汤，直勾勾地看着眼前的几个人。他们的头发染得花花绿绿的，黑背心里伸出满是文身的手臂。他们盯着孟筱筱说："哟，筱筱，这谁啊？"说着上来搂她的胳膊道："走吧。"

"你是谁啊？"安淳上前拍掉那只手。

就像香港电影里那样，那人后边的几个小弟围上来了。我和安淳一边护住孟筱筱，一边问孟筱筱他们是谁。孟筱筱声音有点儿抖，说她也不知道他们是谁，一个月之前他们跑到她学校门口指名要看她，之后就隔三岔五在她回家的路上堵她。安淳气得青筋暴起，说道："筱筱你怎么不早告诉我？"孟筱筱紧紧拉着安淳的衣角，说："我……我害怕。"

我走上前说："都是这片的，大家谁也别为难谁，筱筱是我妹妹，以前是我们不知道，现在知道了，肯定不能让筱筱受欺负。这事我们不会张扬，但你们以后也别来找筱筱了。"说完我瞪着领头的人，手已经开始扯背包带了，想着他们要是动拳头，背包也能做武器。

那只文满了龙虎图案的手臂伸了过来，照着我胸口就是一拳。我身子一偏，顺势扯下背包，朝着他的脸就砸了过去，背包的铁锁扣从他脸上划过去，一下子就是三道血口子。

"兄弟，咱讲理，是你先动手的，别怪我们不留情面。要我说，到此为止，谁也别和谁过不去。"

"哪那么多废话！"对面一个矮胖子握着双手，关节咔咔作响，"我们老大喜欢孟筱筱，管她是谁妹妹，我们老大看上了，就是老大的……"还没说完，啪啪，就挨了两记耳光，矮胖子还没反应过来就已鼻血长流。安淳的眼睛冒着火，说道："你说话给我放尊重点儿！"

看到同伙吃了亏，剩下三个人立刻围上来，很快我们就扭打在一起。我们两个对他们五个的确很吃力，我感觉自己被拦腰抱起又被重重地摔在地上，脑袋一片眩晕，喉咙一股腥味，全世界好像都能听见我和安淳沉重的喘息和孟筱筱的哭声。我挣扎着站起又被推倒在地，我看见那只满是文身的手臂扯着孟筱筱的头发把她往外拖，又突然停了下来。安淳定定地站在那儿，某一瞬间触电般松开手跟跄着退了几步，我拼命睁着双眼，看到手臂的主人因痛苦而扭曲的表情时好像一条冰凉的蛇在心上爬过，我的全部血液涌向大脑，瞬间清醒——他的胸口插着一把刀。刀柄上的花纹精致又熟悉，那是不久前安淳的师傅送他的雕花木柄手工刀。安淳很欢喜，天天带着，现在它就在别人胸口上，那人缓慢倒地的钝响在行人的刺耳惊呼声中如同雷鸣。

其他人一看不好立马作鸟兽散，估计是去报警了。安淳也冷静过来。孟筱筱跟跟跄跄地走到安淳身边蹲下来，带着哭腔说："安淳哥，警察要是来了，就说是我做的。"安淳拍拍她，还是挤出一个笑容说："别傻了，快回家吧，不过……这鱼汤可能是喝不上了。"他转过身，对我说，"小滨，带筱筱回家，什么也别说。""不行！你不能自己在这……"我还没说完就看到安淳用已经布满血丝的眼睛哀求我，好像在说："带她走吧。"

孟筱筱已经哭得快不省人事，却坚决不走，我用仅剩的一点儿力气一步一步把她拖回了家。回头看，安淳就坐在那儿，像一座雕像。远处，警笛四起。

我们备感焦灼地等了一个半月，我们很清楚等到的会是什么，只是自欺欺人安慰自己会有转机。安淳他爸妈苍老了很多，他们本以为安淳在酒店很受师傅赞赏，自家的小店也经营得不错，就算安淳下岗也会过得很好。可是，哪有那么多的本以为，最后到来的仍是那个百般抗拒却是意料之内的判决。

行刑前的一天，我们和安淳的爸妈一起去看安淳。我搀扶着步履颤抖的两人，每一步都无比沉重。烈日惨白，我的鼓膜听不到任何声音，孟筱筱漂亮的眼睛里满是空洞，自从出事那天开始，她就开始萎靡了。

安淳的父母先进去和他说话，两人抹着眼泪出来后，对我说："小滨，你去看看吧，他只想你一个人进去。"然后转向孟筱筱说："筱筱，你就在这儿等小滨吧。"孟筱筱嗫嚅着，他爸妈就已经相互搀扶着回去了。孟筱筱看着我，就像好不容易被粘好的瓷娃娃碎片一样，轻轻一碰，又归于破碎。我只好安慰她："筱筱，你先在这儿等一会儿，我一会儿就带你进去。"然后我走进看守所，孟筱筱站在看守所屋檐投下的巨大荫翳之下。

安淳见了我，苦笑一下说："以后我爸妈你多帮衬。"我点点头。"我哥还不知道吧？""没，按你说的，除了你爸妈谁也没告诉。""你没告诉他，他一定会生气，你就说是我拦着你的，我不希望他在那边刚站稳脚跟又回来。""我知道，你放心。"我试探性地说，"筱筱在外面。"

安淳平静地说："你带她走吧，你告诉她，孟筱筱从来不认识一个杀人犯。"

他好像想起了什么似的，说道："对了，小滨，你以后每年给我烧一张我们厂子的照片吧，破没破产都烧。"我说："好。"

有人说，人遇到很不愿意接受的事会开启自我保护机制，会选择性地忘记很多事，也许他们说的是真的，走出看守所之后的事我真的再也想不起来。

六

后来，生态环保被提上日程，造纸厂这种重度污染轻工业成了重点考察对象。环保设备实在耗费太多，原先的承包商看无利可图，甩手不干。后来，听我爸说有一个投资公司投了一笔钱，打算进一批蒸发设备来处理蒸煮红液。红液是蒸煮苇浆的废料，污染极大却也是重要的化工原料，在高炉炼钢、耐火材料的制备中都是首选。他们打算以这个为突破口着手环保，开始生产。搞投资的那些人都是无利不往的，他们提出要以三点五亿收购，把造纸厂变成他们的私企。我爸说到这时，啪啪地拍着桌子，义愤填膺地说："这么大个厂子，养活了几代人，就这么收购了？一万多人的工厂，每个工段的机器还在运转呢，三亿多就收购了！"我妈在一旁安抚道："行了行了，消消火，能不能收购还不一定呢。"

果然，企业规模太大，市里不同意直接收购，必须先进行清算盘点。我爸一进门就冲我妈嚷嚷："还是你说得对，我们主任跟我说了，清算结果你猜多少？""多少？""50亿！"我爸还在说着什么，我只是苦笑。

耗资太多，投资公司撤了资，也没有其他单位愿意来搅浑水，我们造纸厂像一只奄奄一息的巨兽，疲惫地趴在榕城城北，骨骼还在，血液已经慢慢凝固。

就像陈嘉琪说的："正午的太阳尽管耀眼，可夕阳才更让人感慨。"

城北的旧日辉煌被放逐到边界，榕城早已被翻飞的信息和资本带得健步如飞，港口发展成了新的宠儿。沿河一带都竖起了隔离板，卡车的呼啸渐渐被施工的声音掩埋。通向河边的路已经被封死，我再也见不到我们的"海洋转转"，就像纸厂三街的荣耀再也不会回来。

站在荒芜的老旧厂区前，我就像被留在原地的后天的盲人，摸索着榕城的骨节。我徒然回到曾经惊羡的地方，但绝不可能重新目睹它们，因为它们不在空间中，而是在时间里，因为重游旧地的人不再是少年。

被记忆拼接起来的一切将被镌刻进不会唱歌的河床，被淤泥掩盖再被侵蚀。我们生于榕城，长于斯，却从来没有拥有过榕城，但我们也不会失去它，榕城就在我们体内，总有一些时候，它会跳出来，让我们看到它。

（仲皓，辽宁大学文学院汉语言文学专业2014级本科生。）

第三章

校园守望

我给老外当家教

刘　巍

很偶然的机会，我认识了一个老外。很偶然的机会，我成了他的家教。

我的学生是韩国人，不仅在年龄上长我七岁，而且在学历上也比我这个本科生高出许多——他取得了哈佛工商的MTA。这些都没什么，"弟子不必不如师"的古语告诉我丝毫不要惭愧，重要的是：我跟学生相处得很好。

我教学生教得很开心，学生是个很幽默的人，他开玩笑的手段本来就很高明，再加上极不流利的汉语，就越发引人发笑。记得那次我去给他上课，刚进门他就说："今天我们不上课，我们练谈话。"他特意拉长声音着重地强调了"练谈话"三个字。我听了很高兴，因为练谈话很轻松而且还可以借机了解很多国外的事，于是我很爽快地说"可以"。没想到学生一反常态，又用很生硬的汉语问了一遍："练谈话，真的可以吗？"我有点儿奇怪，练谈话用得着这么紧张吗？就再次告诉他："好吧，今天不讲课，今天练谈话，你先说吧。"可是他并没有说话，而是用怀疑的眼光看我，然后突然像想起来什么似的翻开辞典，急急忙忙找到一页，看完之后哈哈大笑，接着把辞典上的一个词条指给我看。原来他想说的是"谈恋爱"而并非"练谈话"！难怪他见我这么爽快地答应感到奇怪。这个玩笑尽管没开成，却让我俩笑了好长时间。这可真是语言的隔阂产生出来的美啊！

当然语言的隔阂也给我们带来了很多麻烦，他经常问我一些稀奇古怪的问题：什么叫"难受"？"是"为什么跟"的"连用？"虽然"和"即使"有什么区别？诸如此类在中国人看来不成问题的问题。料想我们学外语也是如此滑稽吧！不过对于中文系的我来说，回答他的问题并不难，难的是学生向我表达他的意思。

学生对我说话，很吃力。学生刚来中国时，我们之间的交流多用英语。后来为了锻炼他的口语，他不得不一个字一个字地往外挤汉字。就是在他断断续续的汉字里，我懂得了很多，我们真正做到了教学相长。

学生已近而立之年，曾经走南闯北，足迹踏遍大半个欧洲，有着丰富的人生阅历。这也让他在走人生路这方面成了我的老师。中秋节那天我去给他送月饼，看到他呆呆地站在窗边看月亮，触景生情，我不禁想起了我在异国求学的男友，"月圆人不圆"的感慨让我的泪流了下来。学生告诉我："人生是很难的，你想得到什么，你同时也必须失去什么。"他上大学时爱过一个女孩子，那个女孩也一样深爱着他，他们曾经一起度过了一段很美的日子。后来他去了美国，繁重的学习让他无暇给国内的女友写信，渐渐疏远了这份感情。就在他完成了学业准备回国时，意外地收到了那个女孩子结婚的请柬，他说他当时就哭了，他不敢相信手中的文凭弄丢了他心爱的人，但是，毕竟走过来了。他说他不怨她，她有她的自由。学生告诉我记住这么一句话：这个世界时刻都在变，只有变是永恒不变的，所以对任何事情都要宽容地对待。我学生的这种精神感染了我，他说的这些话我时刻珍藏着，它让我在阴云密布时看见了阳光。

学生回国快一个月了，再有一个月他才能回来，还真有点儿想他，我等他回来！

（刘巍，辽宁大学文学院教授，博士生导师，大学期间发表作品。）

脸上的泥块

毕聪正

U老师站在讲台上，心情糟糕透了。

他努力不去理睬那些马上要笑出声来的学生，把注意力集中在眼下的数学题上。根本没有人在听，他们到底在笑什么？这个念头像水蛭一样死命地往大脑里钻，数学问题在其强大的攻势下变得苍白无力。U假装看着黑板上的公式，用眼角偷看黑板旁边的钟表，还有十分钟就下课了。这可是今天唯一令他欣慰的念头。

这时，从一个角落里传来一声大笑，笑声从某张涂着唇彩的嘴里爆发出来，还没迸发多远，就被拦腰截断，戛然而止。U有些惊慌地循声望去，看到一个女学生捂着肚子在书桌后面缩成一团。她不停地痉挛，拼命想把那半截吞进去的笑声消化掉。其他学生——那些偷笑了大半节课的学生，仿佛受到这女生的警示，害怕激怒U，这时纷纷摆出一副认真听讲的姿态，一本正经地望着U和他身后的黑板。

U倒是希望他们继续笑下去。此时他的头脑已经被愤怒、羞赧和独处的冲动塞得满满的了。他恨不得自己变成透明的，让学生们可以透过自己直接盯着黑板。也许是学生们都感受到了U的愤怒，现在，就连刚才不小心笑出声的那个女生也挺直腰板，摆出一副专心致志的姿态来。教室里再一次被学习的氛围填满，刚才那种感染了每一个学生的可笑氛围消失得无影无踪。

U只得无可奈何地拿起粉笔，匆匆忙忙地讲解数学题，赶在下课前完成今天的教学任务。他知道，当他背过身讲课的时候，那些"专心致志"的学生又开始笑得蠕动起来，有几个胆子大的，又继续交头接耳。U决定不去管这些学生，把自己重新塞进数学题里，用粉笔写在黑板上。根本没有人在听课。可那又能怎么样呢？

突然，下课铃声响起来，击碎了U完成教学计划的企图。铃声仿佛是黑森林里老巫婆的一句咒语，把那些在笑声的烂泥里蠕动不休的虫子唤醒，尽数变成了风华正茂的学生。这时又有两个人没能抑制住笑的冲动，笑声融进了铃声里。有几个性急的学生已经站了起来，打算在铃声结束的时候冲出教室。

学生们这种在最后时刻的放纵行为再一次深深地激怒了U。他转过身，把粉笔狠狠地扔在讲桌上，吼道："我还没讲完呢，谁也不许走！"然而铃声此时仿佛变成了一种古怪的东西，U的吼声成了无法分辨的杂音。某些字眼被过滤掉了，某些新的字眼却被加了进去。于是，正如U所预料的那样，自己的怒吼在铃声富有魔力的转换下，成了另一句话，或者成了一阵无意义的噪声。它没能阻止学生们收拾东西走出教室，更没能把他的愤怒和不满传达给学生们。

铃声在一种嘲笑般的声音中渐渐停止。挂在走廊里的电铃满足地颤抖着，仿佛在为自己施与U的恶作剧而感到喜不自胜。学生们拥出了教室，脸上挂着令U受伤的笑容，走廊里旋即充满了喧哗。U筋疲力尽地跌坐到椅子上，默默接受了自己的失败。

"他为什么脸上沾着那么大一块泥巴？"一个尖锐的嗓音说道。这句话从门缝溜进了教室，徘徊在U的脚边。随后是另一些声音，仿佛来自那个尖锐嗓音的朋友们："那么大一块泥！太滑稽了。""是啊，难道他每天上班之前不知道洗洗脸吗？""哎呀，脏死了，那么大的人，竟然脸上沾着泥块来上课。"

泥巴？这些学生是在说我吗？U警觉起来，他一边摸着自己的脸，一边从椅子上跳出来，四下寻找能反光的东西。然而教室里没有镜子，窗玻璃上满是花纹。他反复摸着自己的脸，除了几个疖子再没有任何不应属于这张脸的东西。怎么今天什么都不顺！U气得直跺脚，想往讲台上啐一口，却觉得嘴里发干，没有一点儿口水。他走出教室，走廊里已经没多少人了。两个男生倚在厕所门口抽烟，两股烟圈儿在半空野蛮地扭打起来。他大步朝厕所走去，两个男生看到U，扔下半截香烟跑开了。U没有理睬他们，挥着手把烟雾驱赶到一边。厕所里有镜子，他倒要看看自己脸上怎么会有泥巴。

然而迎接他的却是镜子冷漠的嘲笑。镜子从正中间被打碎了，裂缝向四面八方延伸着。横向的两条裂璺延伸到镜子尽头，向上翘着，仿佛一张笑得夸张的嘴。U不甘心地靠近镜子，但镜子太过破碎，根本照不出自己完整的面孔来。U气馁地跺脚。他突然很想踢点儿什么东西，好好发泄一下心里的委屈。可这时，刚才在门外抽烟的那两个男生不知什么时候又折了回来，正从门外探头探脑地往里边张望。U突然感到膀胱发胀，浓烈的尿意驱散了他的坏脾气。

从教学楼里出来，初冬的大风给了U一个熊抱。U收紧大衣领子，手继续在脸上摸索着，匆匆往教工楼走去。

为什么我的脸上会有泥巴？U左思右想也想不通。不知不觉间，他走进了教工楼外的阴影之中，因为忙于思索自己的脸，U差点儿被一根树枝绊倒。他回过神来，抬头四望，风在满地的落叶里打着滚，枯黄的落叶落在草坪上，让U想起了乡下清明时漫山遍野的纸钱。真是让人扫兴的一天啊。U在心里咒骂着，推开了教工楼的大门。"下课啦，U老师？"门岗老李像往常一样冲U寒暄道。"刚下，今儿可真冷！"U向老李挥挥手，突然看到老李脸上的表情有些不对劲儿。哪里不对劲儿呢？U一时又说不清楚，只觉得老李的表情跟平时并不一样。"可不是嘛！"老李回应了一句，又重新把头埋进面前的报纸里。

U一边走上楼梯，一边琢磨着老李脸上那表情究竟是什么意思。那种表情，那种意味，究竟传达着什么信息呢？U隐约觉得，那可能也跟自己脸上的"泥巴"有关系。当然，"泥巴"这回事并不能当真，天知道那些学生脑子里在想些什么！以他们那个年纪，拿老师开玩笑不是再正常不过的举动吗？再说，如果自己脸上真的有什么泥巴，自己早上对着镜子洗漱的时候也一定会发现。即便是在上班路上沾上的泥巴，那也不可能带着一大块的泥巴而自己浑然不知吧！这就是了，一定是那群调皮的孩子在捉弄他。虽说现在是11月份，离愚人节还有半年，可是在那些孩子的世界里，难道不是天天都是相互戏弄的愚人节吗？仔细想想，他们这么作弄自己，可能也因为自己平时上课不苟言笑的缘故吧。数学本来就是一门缺少激情的学科，而老师又严厉有余和蔼不足，不会像那些年轻老师那样有幽默感。唉，我是不是也该改改了！U一边想着，一边走进自己的办公室。办公室的防盗门敏捷地闪到一边，然后他看见了那个学生。

那个男生神色木然地站在U的办公桌前。U隐约记得那个男生，个头不高，精瘦的身体，粉嘟嘟的脸颊。这孩子上过他的课。没记错的话，他的成绩还挺不错的。哦，对了，他们以前说过几次话。U想起他们以前曾经在学校的操场上一边散步，一边聊了整整一节课。U想起来，这是个很有想法的孩子，或者可以说，是一个思想很深刻的孩子，而且对数学感兴趣，这在他们这所学校里还很少见。那男生看到U来了，局促不安地向他打招呼。"坐吧，没课？"

U赶紧摆摆手，示意男生坐到沙发上去。"没课。"那男生有些生硬地说道。非常简短的一句话，尾音仿佛被掐死了一般消失在男生的喉结里。"有什么事？"U努力驱散一上午的不快心情，拿出最和蔼的态度问道。男孩的目光在U和墙壁之间游移，嘴巴抿成一条线。

"嗯……那个……"男生低下头，脸涨得通红。他两只手在小腹前方纠结成一团，不知是因为天冷还是因为过于用力，指关节泛着苍白的颜色。U感到局促，这种场面是他应付不来的。他知道自己应该安慰安慰那个孩子，至少也应该鼓励他把心里话说出来，可是他已经被那个男生感染了。他现在恨不得学着那男生的样子，跟他并排站在一起，专注于把自己的双手握到变形。"嗯……就是……"男生还在支支吾吾，U感到自己本来宽敞的内心已经快要被不安和尴尬塞满了。他终于想起了一件事情，于是像濒死的溺水者突然抓住一块漂浮物一样，一个箭步冲到书桌旁，找出个茶杯，提起暖壶把茶杯灌得满满的。至少，现在这茶杯和他自己一样，都被某种异质物装得满满的。

他把茶杯递给那男生。U感到男生被水的热气包裹住了。那苍白的骨节似乎要开始恢复血色。"我其实是想来跟您说一个事情……"男生仿佛受到了这一杯热水的鼓舞，终于说出了一个完整的句子。

U松了一口气，问他究竟是什么事情。"就是……昨天，呃，昨天傍晚的那个，嗯，那个泥巴的事……"

"什么？泥巴？"U大声喊出了这个问题，上午失败的授课经历梦魇般再次回到他脑海中。男生被他吓到了，猛地向后退了一大步，一脸恐慌地看着U，仿佛U随时都会爆炸一样。事实上，从男生瞪得大大的眼睛里，U仿佛看到自己的身体已经膨胀得变了形。

U闭上眼睛，深吸了一口气，心想这孩子性格懦弱又腼腆，可不能吓着他。可还没等他睁开眼睛，男生关上办公室门一路跑远的声音就传进了他的耳朵。

"哎！你别跑啊，你还没告诉我泥巴的事呢！"U几乎是把门撞开的，他大步跑下楼，跑进北风和落叶之中。那个男生早已不见了踪影，教工楼前一片空旷，除了风和落叶仿佛再装不下任何东西了。

"怎么，刚才那孩子去你办公室捣蛋了？"这时老李从门里走了出来，一手拿着保温杯，一手抓着手套，"看他表面上不像是调皮捣蛋那种孩子，看来也不是个善茬儿。"

"没有没有，他去办公室找我，但不知道有什么急事就跑了……"U替那个男生掩饰道。

"好好的突然就跑了，看来也不是什么正常孩子。"老李摇着头说道，然后转身往楼里走去。老李掀开厚重的门帘，在钻进去之前又回过头瞅瞅U。U感到老李的目光在自己脸上停留了一秒左右，顿时面红耳赤。他不知突然哪儿来的勇气，深吸一口气寻着老李鬼鬼祟祟的目光回望过去，想趁这个机会问个清楚他究竟在看什么。可就在当口，老李早已经扭过头钻进门帘后面，活像一只狡猾的穿山甲消失在岩石之间。

此时，教工楼前的空地上只留下U独自一人。冬天模糊而沉默的太阳挂得极低，好像就在教工楼的楼顶一样。U抬头向天空望去，一阵风猛烈地吹起来，把沙子吹进U的眼睛里。

这一天的其他部分过得实在乏味。U老师下午的课让人一如既往地昏昏欲睡。

下午两点钟的太阳暖洋洋地探进教室，U仿佛看到学生们的睡意呈绿色丝带状，在教室里来回飘荡，缓缓上升，最后飞出了教室的天花板。这些浓厚的睡意可能会从楼上教室的地板缝隙中飘出去，从而让那个班级的学生们昏昏欲睡。想到这里，U不禁低头看着脚下的地板，果然，来自楼下教室的滚滚睡意正吃力地从地板缝隙间挤出来。

一阵雷鸣般的呼噜声从教室最前排传进U的耳朵。U感到自己再一次被深深地冒犯了。他狠狠地捏住粉笔头，眉头紧皱，向他刚才在地板上看到的那一股睡意狠狠踩去。

砰！地板激烈地颤抖起来，木头发出愤怒的号叫。U看到那股绿色的睡意像一个烂苹果一样被他踩烂，如汁液般的残骸向四下飞溅出去。这时，另外一股睡意从另一条地板缝隙间探出头来。一不做二不休，U一个急转身，抬脚便向目标踩去。砰！地板更加剧烈地颤抖着，教室前排的呼噜声旋即被不安的尖叫所淹没——那几个神经兮兮的家伙，会被一个除不尽的方程解吓得大声尖叫。U低头凝视着那股睡意的绿色遗骸，心中说不出来的舒畅。他也不理睬刚才那发出尖叫的学生，低着头，以胜利者的姿态微笑地看着几个条件反射般抽搐不停的绿色斑点。

可是舒畅的心情并没能持续多久。

只听啪的一声，U看到一块拇指大小的泥巴掉在了那一堆绿色残骸中间。更细小的绿点被溅起，狠狠淋在U的黑皮鞋上。

U眼睛瞪得大大的，蹲下身凝视那块泥巴。他猛地仰起头，颈椎发出咔吧咔吧的噪声，向头顶白色的天花板望去。他满怀希望地企图寻找到那块泥巴的来源，可是白色墙皮回应给他一个幸灾乐祸的窃笑。这时，他的心里已经隐约知道那块泥巴来自何处了。

他心中胜利的快感早已烟消云散。他沮丧地低下头，想再琢磨一下那块泥巴。这时，第二块泥巴掉了下来，落在距离第一块泥巴不远的地方，又发出啪的声音。U叹了一口气，伸出手反复抚摸着自己的双颊，缓缓站起身来，然后一屁股坐到为授课教师专门准备的木头椅子上，疼痛沿着坐骨向脊柱蔓延开去。

他不顾满教室学生迷惑不解的目光，双手来回在脸上摸着。手指的触感告诉他，他的脸干净得很，除了硬胡楂外没有任何东西带来不和谐的触感。可是，他似乎已经不太相信触觉了。他冷笑一声，把粉笔头扔在泥巴中间，抬头盯着目光疑惑的学生们，前言不搭后语地讲起课来。

就这样下去吧，管他呢。

（毕聪正，辽宁大学文学院文艺学专业2014级研究生。）

奈何缘浅，确曾情深

姜菲菲

我们曾相爱，想想就心酸。可在那些最美的时光里，我们曾在心里刻上对方的名字，曾在对方的生命里涂上最浓重的色彩，留下最难磨灭的印记，那么就不怕终有一天会分开。

——夜色微凉

遇见他之前，她不知何谓缘分，何为爱情。她只是一个简单到有些迟钝的姑娘，每天都过着平静如水的日子，教室、宿舍、食堂、家、家人、同学、朋友，这就是她淡薄乏味的青春里的全部。好像有人说过，青春只属于颜值高的人，那些充斥着暗恋、明恋纠葛缠绕的青春，她只在影视剧和言情小说中见过。那时的她，好像从没幻想过爱情，从没勾勒过她的男孩应有的模样。她沉迷于言情小说，在书中体验那样张狂恣肆的青春，跟着主人公或悲或喜，欢笑流泪。然而放下书，她便将幻想与现实区分开来，不做不切实际的梦。

那时的她，单薄瘦弱，外表平淡无奇，可她有着傲人的成绩和开朗的性格。她不喜欢将成绩作为衡量自己和他人的标准，所以她和班里的所有人关系都还不错。她嬉笑打闹，不拘小节，看起来柔柔弱弱的，骨子里却希望自己是个男孩。所以，她有很多女闺密和男哥们儿，她不觉得在相处中男生和女生应有所区别。可能是她的快乐太刺眼，可能是她的模式太简单，总有好事者将她和各种各样走得近的男生联系到一起，漫天的流言连她都有听说，可她从来都不在乎。她的世界简单到只有亲情和友情，容不下其他。她就这样平静地度过了她的初高中，早恋什么的跟她半毛钱关系都没有。

再然后她就进入了大学，一所师范类院校，放眼望去都是形形色色的美女，在人群中她轻易就被忽略。她以为她的青春就这样平淡地结束了，平淡到略有些遗憾。可就在青春的尾巴上，她遇到了他，然后一切都开始变得不同。她的世界里有了他，就像平静的夜空中忽然绽开了绚烂的烟花，美得有些不真实。彼时彼刻，她从没想过，烟花之所以美丽是因为它只有片刻的绚烂，之后便是永久的沉寂。

遇见他，像是一场命中注定。从小在光环下长大的她，在高考那场战役中战败，于是随随便便地报了一所学校的一个专业。生性不爱学习的她，到了大学更是变本加厉。表面上她依然是大家眼中的乖学生，不逃课，不泡吧，最大的消遣便是追剧、追综艺、看小说，看那种没有多少营养的言情小说，看别人的故事，流自己的眼泪，乐此不疲。开学两个月后，忽然接到院里通知，说要选五个学生组成校队去参加一个知识竞赛，与其他十一所本科院校一较高下。照理说，这种关系到全校荣誉的大事，怎么着也与她无关。可只是因为她是文学院的学生，只是因为学姐向老师推荐了她们班的班长，而她，身为学委，不仅和班长是最佳拍档，还是千年修得的上下铺。就这样，阴错阳差地，并不优秀的她竟成了参赛选手，这也是她大学四年唯一一次参加活动。就这一次，便遇上了他，就这样，没有早一步，也没有晚一步，遇见彼此，遇见爱。

她在环境优美的新校区，而他，在历史悠久的老校区，原本没有交集的两个人，因为这次比赛有了交集，最终成为彼此生命中意义重大的某某。比赛在老校区所在地举行，于是他们一行五人匆忙地赶赴老校区，由于走得匆忙连赛程和要求都没来得及细看。来到老校区，人生地不熟，一切都只能按照安排进行，领了行李就住进了空置的旧宿舍。预赛那天，领队老师公事繁忙抽不开身，便把领队的责任交给了他的得力助手——一名大二的学生干部。第一次见面，他一边自我介绍一边向她伸出手，她礼貌地回握了他的手，微笑着叫了声"学长"。只是当时的她并不知道，她的笑照亮了他的整个世界。后来，她顺利地进入决赛，决赛将在第二天进行，要求所有参赛选手必须穿正装，而她们三个女生根本没有带。时间紧迫，无奈之下，她只能向刚认识的他求助，潜意识里觉得他是一个热情温暖的人，而他果然没有让她失望，细心地问好她们的尺码，第一时间帮她们借好了衣服和鞋子，那样温和自然，免去了她所有的尴尬。决赛那天她们表现得很好，沾了两个博学多才的学长的光，取得了第三名的成绩。比赛就此落幕，而她和他的故事，才刚刚开始。

　　短暂的交会之后，她和他都回到各自原有的位置上，继续之前的生活。唯一的不同，就是朋友的队伍中多了一个名字而已。回去后，他加了她的QQ，那时微信还没有开始流行。他会时不时地和她聊聊天，聊些有的没的，他会经常评论她的动态，还会在感觉她不开心时给她打电话，她不知道为什么，对刚刚认识没多久的他有一种天然的亲切感，那些不会轻易对别人说的事和莫名的小情绪，她会自然地告诉他，而且从没觉得有何不妥。而他呢，不管她说什么，都会耐心倾听，柔声安慰。渐渐地，她提到他的次数越来越多，他们联系得也越来越频繁，而她还只是觉得就是多了一个朋友而已。就算偶尔走神时想到那次比赛时他和一个学姐走在一起有说有笑的画面，心里略微有些酸酸的不舒服时，她都不知道原来已经有一种叫作"喜欢"的情绪在心里开始发酵。

　　转眼就到了大一的寒假，为时两个月的假期，她宅在家里，盯着手机的时间越来越长，因为从假期开始，每天他都会跟她聊天，只要她在线，他就会陪她聊天，也不知道都聊了什么，渐渐地就成了习惯。他说"身无彩凤双飞翼"，她接"心有灵犀一点通"，就当作古诗词填空来做，完全没有思考诗句本身的含义。就这样聊着聊着，过了春节，转眼就到了她的生日，他开始跟她探讨喜欢的含义，探讨他们之间的关系，她说她不知道喜欢一个人是什么感觉，他说他喜欢她，并给她逐条列举喜欢一个人的表现，然后一点点引导她，一点点让她确信她也是喜欢他的，然后就这样决定在一起。没有热烈的表白，没有浪漫的仪式，就这样自然而然，水到渠成。以后每次想起，她都不知道当时为什么会答应，不知道是夜色太美，是时刻太特殊，还是两人心中早已种下的情愫。后来的后来，她每次抱怨他追得太轻易让他重追时，他都一副奸计得逞的表情拼命摇头。她呢，也不会真让一切清零。

　　两个月的假期就这样在他们遮遮掩掩的幸福中结束了，她坐上了返校的客车，他说去接她，那一瞬间，她有片刻的恍惚，好像连他的样子都记不真切。怀着期待与忐忑，她在出站口见到了他，有一点儿尴尬，更多的是羞涩，原来他是这样的，比印象中高。站在他旁边，她只到他肩膀，他们之间有三十厘米的身高差，这样的落差让她生出一丝退却，可他并不介意，他说他喜欢她这样娇小的女孩，让他不自觉地想去保护。他自然地接过她的行李箱，带着她过马路、打车，他给的温暖轻易就化解了她的尴尬，让她觉得安心。原来这一切都是看得见摸得着的真实，原来这就是被一个人呵护的感觉。这样一个人，即将带着她，开始一场爱情之旅。他送她上了校车，短暂的相聚后就是别离。她有些不舍，可她不好意思说出口。他像是看穿了她的心思，轻轻对她说："乖，你先回去休息，明天我再去看你。"第二天，他果真去看她，因为她，他第一次踏入新校区，因为她，未来三年半，他走遍了新校区的每一个角落。他和她之间，隔了四十二公里，和她在一起后，他无数次乘坐校车往返于两个校区之间，明明晕车的是他，可他还是坚持去看她，只因他不舍得她受奔波之苦。

开学后，他说要带她去见他的朋友们，她很紧张，但更多的是兴奋，因为有人说过一个男生若愿意把你带进他的生活圈，就说明他是认真的。她不知道穿什么好，因为在此之前她从来不懂怎么打扮自己，索性就以最本真的面目视人吧。他的朋友们说她娇小，容易害羞，她极力融入他们，跟他们做游戏，可还是会因为紧张出错。他们罚她和他喝交杯茶，他们让他亲吻她额头，她羞得耳朵都是红的。他们让他对她说情话，于是他借了一枚朋友的戒指单膝跪地给她戴上，当着所有人的面说"我爱你"，她慌乱得不知所措，可心里却是满得要溢出来的幸福甜蜜。事后，他说可惜那枚戒指不是他买给她的，后来"五一"的时候他们闹矛盾又和好，然后他带她去银饰店，买了一对情侣戒指，戒指是她挑的，细细的，上面有两三颗小小的钻，上面刻着英文的"forever"。是啊，真心在一起的两个人谁没渴望过永远呢？可惜后来有一次洗衣服的时候，她的戒指不小心掉到了下水道里，她很是伤心。后来他又给她买了一枚有星星和月亮的开口的戒指，可这枚不是情侣戒，也没有"forever"。要是早知道终有一天他们会分开，她一定不会把那枚代表"forever"的戒指弄丢……

他每晚都会给她打电话，用特别温柔的语气。似乎从认识她开始，他就是这么温柔，以致她以为他原本就是这样的人。后来才知道他只是对她温柔，他把她当作一个需要呵护的孩子，稍微生硬的语气都怕弄碎了她的玻璃心。偶尔，在公共场合打电话给她，他用正常的语气说话她会受不了，她不知道他怎么就生气了，语气这么生硬，不自觉地就红了眼眶，声音带了委屈，他就会马上缴械投降，温声细语地哄她，耐心地跟她解释，自动忽略周围人诧异的眼神和有意的揶揄。她有时会无理取闹，无缘无故发脾气，而他总是一味地让着她，哄着她，可他哄女孩的功力实在不高，总是不知道该怎么让她消气，只是一味地承认是他的错，笨得可爱。等她自己气消了觉得不好意思了，就会问他是不是觉得她脾气太大了，他总是说："不会啊。我要一直宠着你，把你宠得脾气大得除了我以外没人受得了，这样就不会有人跟我抢你了。"她嘴上说"放心吧，不会有人跟你抢我的，也就你能看上我"，其实心里特别高兴。那时的她，真以为他会一直宠着她，包容她所有的缺点和坏脾气，从没想过有一天他的耐心也会耗尽，他也会离她而去。

他和她都会给对方很多私人空间，不干涉对方和异性交往。可她还是在意她在他心里的位置。他说要带她请一个朋友吃饭，是他的高中同学，他们不是一个班的，他说他曾经喜欢过那个同学，可是从没告诉过那个女孩本人。这次，他要请那个女孩和那个女孩的男朋友吃饭。她心里特别不舒服，可她又不想说出来，不想让他觉得她小心眼。于是，她开始生闷气，不理他，红了眼眶，任他怎么问都不回答，他急得不知怎样才好，只能不停地说"宝宝，别生气了，好不好？""宝宝，你可以打我骂我，但千万不要自己一个人憋着，好不好？"她最终还是没说，可吃饭、看电影的时候她尽量表现得很开心，她不想让他没面子，她想在他曾喜欢的女生面前证明他的选择是对的，他们很幸福。她问他："我是不是你喜欢的第一个女生？"他说："你是我第一个爱上的女生，是我最爱的女人。"他还说过，"不管怎样，你在我心里的位置都不会变。"她知道他说的是真的，他们是彼此的初恋，那时的感情很纯很真，爱了就是爱了，不掺杂其他。他们真的曾以为他们会一起走到最后。那时，说出口的那些承诺，真的在说的时候无比真诚，说的时候真以为能实现。可是后来，关于永远的那些剧本，终究没能一起演下去。

在一起两年后的"五一"，他带她回家。为了弥补他们间巨大的身高差，她穿了一双高跟鞋，脚各种疼，像上刑一样。到他家的第二天，他妈妈就给她找了一双帆布鞋，她也乐得做回自己。他家人对她极好，她表现得也还可以。他带她去他家的草莓棚里，鲜红欲滴的草莓，咬在嘴里，甜到心里。在他家的那几天，她只负责吃好吃的，他们一家人鼓足了劲儿要把她养得胖胖的。她看他小时候的照片，听他妈妈讲他小时候的趣事，那些她不曾参与的时光，好像慢慢浮现在她眼前。她感冒了，昏昏沉沉地睡着了，一睁眼，他依旧坐在她旁边，看着他爱看的球赛，她忽然有一种现世安稳的感觉。他干活儿回来，她拿一条浸了水的毛巾帮他掸去衣服上的灰尘，门外的阳光柔柔地洒下来，那一刻，他们像一对平凡的小夫妻，享受着万家灯火中属于他们的平淡的温暖。一瞬间，一向懒散自由惯了的她，忽然有了为他"洗手作羹汤"的冲动。若画面定格在那一刻，若时间冻结在那一秒，或许就实现了他们的永远。

后来，他们之间的距离由四十二公里变成了二十八小时的车程，他工作，她读书。他工作忙，压力大，而她课很少，很轻闲，她希望他能多花时间陪她，而他最缺的就是空闲时间。慢慢地，有什么东西发生了变化……她知道两个人之间有了裂痕，可她不知道怎么去弥合，她知道她应该理解体谅，可她不开心的时候越来越多……最后，她赌气说分手，她希望他挽留，他们有四年的感情，他们有太多美好的回忆。他们之间没有多大的矛盾，只是他们终究败给了距离，他们都不确定两年后会发生什么，他们不确定他们能否有结果。他们曾经确信的永远，在强悍的现实面前轰然倒塌。这一次，她知道，他们之间，真的结束了……

守着这样一份无望的感情，他和她都累了，于是选择了长痛不如短痛。可情伤一事，不经历永远不会懂。曾经有多爱，现在就有多痛，分开以后，她才知道他有多重要。她以为她没那么脆弱，可她高估了自己，低估了他们的感情。四年来，他们的感情已成为她和他自身的一部分，这样连皮带肉地撕下来，怎能不痛不流血呢？她和他，都是骄傲的人，都装作不痛的样子。可电话里，他明明是啜泣着的，他的泪滴在她深浅不一的伤口上，疼得她无法呼吸。四年了，她终究把这样一个会为她流泪的男人弄丢了。她有多狼狈，只有自己知道，一场感冒，硬是拖了两个月才好，仿佛病着，就有了憔悴不堪的理由。电话里他听到她的咳嗽声，不自觉地说"你是怎么答应我的？"只一句，便让她溃不成军。是啊，她答应过他会照顾好自己，会健健康康开开心心的。可是，她答应他的，他承诺她的，都已经没有意义了……她觉得不能给他打电话了，因为那样会让她产生错觉，他生疏的温柔，会触碰她结痂的伤口……

刚分开的时候，她天真地以为他们还可以做朋友。身边人都说不可以，说那样两个人都会难过。她不明白，她觉得就算不联系，也要知道他过得好不好。她觉得曾经于她而言最特别的存在就这样从她的生活中消失了好奇怪，她无法接受曾经植入骨血的亲密变成现在两两相离的冷漠。可后来，现实告诉她：她和他从此不可能再问候。原来联系对两个人而言都是残忍的事，无异于伤口撒盐。那就这样吧，不打扰，算是她最后的温柔。

分开后，她任回忆化作利箭，穿心而过，见血封喉。她沉迷于回忆中无法自拔，越想越痛，越痛越想，将自己逼入死局。她像自虐一样，任他的好和那些美好的过往在她心里放大百倍千倍，压得她喘不过气来，她想痛到麻木就不会痛了吧。她能怎样呢？有些爱越想抽离就越清醒，总是在最痛的时刻才感觉最清澈。那些被回忆吞噬的夜晚，眼泪常常打湿枕头，她攥紧拳头，指甲掐进肉里，那种痛勉强能压制住想联系他的冲动。她知道他也是痛的，所以不能让他更痛。她可以对自己残忍，却唯独不能对他残忍。就连分开时，她和他都没有对彼此说过狠话。

最痛的时候，她多想变成一条鱼，听说鱼只有七秒的记忆，什么都不记得，也就不会痛了，可又不舍连快乐一起丢掉。有时，她宁愿没遇见他，没有开始，也就没有结束。或者退回好朋友的位置，可进可退，也就不会彼此伤害。可若真的能退回原点，她还是会陪他重来一遍，幸福的，感伤的，都是他给她最好的礼物。那四年，完完整整地属于她和他，笑与泪，是她和他给彼此最深的印记。因为是他，因为是她，才有了他们的故事，没有轰轰烈烈，也没有感天动地，却有他们自己的刻骨铭心。

　　现在的她，真的觉得痛过伤过好过没爱过，对他，她更多的是感激，感激他给过的一切。她知道：不是在最好的时光里遇见了他，而是遇见他，她才有了最好的时光。

（姜菲菲，辽宁大学文学院中国古代文学专业2015级研究生。）

女孩的羽衣

刘　洁

第一次见到羽氏姐妹的时候，吟词就觉得她们与众不同。到底是哪里不同呢？是因为她们出奇的懒吗？

羽氏姐妹很懒，不是一般的懒，是那种从骨子里透出的懒。

"想必咱们体内有根懒筋！"大姐羽子菱说。

"也就是说，抽去它或挑断它，咱们就变成勤快的姑娘了！"二姐羽子荷两眼放光道。

"姐姐，快择个好日子，帮我抽筋！"小妹羽子菡捋起袖子道。

"择日不如撞日，今天，此刻，就挑断你的脚筋手筋！"三个女孩笑着闹着打成一团。

吟词脑门出现了三条黑线，心想：应该不是这个原因吧！是因为她们稀奇古怪的想法吗？

"外国人的蓝眼睛特别极了，就像蓝色玻璃球，真想抠下来玩玩儿！"子菱玩性大发。好像那真的是玻璃球，而不是眼珠子。

"他们的眼睛是蓝色的，他们看到的世界是不是也是蓝色的呢？"子荷一脸向往地说。

"我们的眼睛是黑色的，我们看到的世界也不是黑色的啊！"子菡不以为然，吟词想三人中好歹有一个正常人，却听子菡接着说："我们看到的世界是五颜六色的，为什么我们的眼睛不是五颜六色呢？"

吟词想，也不可能是这个原因。那么，还是因为她们的爱情？

子菡篇

子菡十六岁辍学，似乎从那时开始，她的桃花便一朵接一朵地开了，大有绵绵不绝之势，但她不为所动。这是因为她有两个英明神武、明明没有恋爱经验却自许为恋爱专家的姐姐啊！对此，吟词深信不疑。

于是乎，子菡在拒绝男生的表白时，便始终以一种千年不改、万年不换的笃定神气堂而皇之地说："我姐姐不同意你和我在一起。"而她在外出打工，脱离姐姐魔爪后便情窦初开，拥有了自己的男朋友，一个瘦小体贴的男生。为了让她吃上热乎乎的蒸饺，男友好像不怕烫似的揣着装蒸饺的纸袋飞奔过几座桥，膝盖磕破了、手指烫红了也浑然不知。子菡不是没有感动过，她想，自己是喜欢他的吧！

"我交男朋友了。"她摁下发送键，给远在家乡的他。

"哦。"他淡然应答。他是她最好的朋友，初中就认识了，在她的手机通信录里他的备注名是"好人"。

"他对我很好。"隔天她又说。

"哦，那很好。"他一如既往地简短回答她。

"他要来见我父母了。"有一天她对他说。

这次他没法淡定下去了，第一次正视自己对她的感情。

他毅然决然地加入了她家人的反抗联盟，一致对外——反对她的男朋友。他们成功了。

"情人节要到了，我却分手了。"她习惯性地向他倾诉。

"我赔你一个情人节。"他说到做到，情人节这天，他捧来一大束蓝玫瑰。

"你怎么知道这是我最喜欢的花？"她的眼睛亮亮的。

"我知道，我一直都知道，"他望着她的眼睛，坚定地说，"我知道自己一直都喜欢你。"

那是他们一起过的第一个情人节，也是最后一个。因为同年年底，他们相携着步入婚姻的殿堂，各自在红毯的一端深情对望着彼此，许下了一生的誓言。

"他长高了吗？"一个追求过子菡的高个子男生问。

"没有啊，和初中那会儿一样。"子菡如实回答。

"长得高又有什么用？"男生乘车离去，临行前留下一地的自嘲与绝望。

子 菱 篇

高三的时候，吟词结识了本校美术班的子菱。

子菱画得一手好水彩，用色大胆，想象奇特，人也娇俏可爱，同画室追她的男生络绎不绝。而她，似乎都不感兴趣。

那时她有个师傅，一个比他高一届的大学一年级学生，美术功底很是深厚。不过，他当时正处于人生迷茫期，看不见自己的未来。

"以后，我能做什么呢？"一天他们溜达到南湖边，他望着清凌凌的湖水呆呆地说。

"是啊，以后，你能做什么呢？"她抱膝坐在湖边，脑袋埋得深深的。

两人一直以师徒相称，就这样淡淡相守着。他们觉得彼此淡如远山，自己呢，不知是在远山之外，还是远山之中。这种状况一直持续到子菱大二那年的寒假，她和他一起去游古城开封。

偌大的清明上河园，人潮涌动。撑死一米六的她只得扯住一米八二的他的衣衫一角，以防走失。走着走着，他反身牵起她的手，十指相扣，再也没有松开。身边依旧人声鼎沸，他们的世界却静好得仿佛只能听见彼此的心跳。

很久之后，大概是看了流潋紫的《后宫·甄嬛传》吧，她才知道这种牵手的方式叫"同心扣"。原来，从那次牵手开始，他们便注定相伴长长的一生。

如今，他们双双大学毕业，回到家乡小城，为两人共同的未来并肩奋斗着。

关于未来，他不再迷茫，她也不忧不惧。因为，他们彼此深知，在红毯的那一端，守候着的，是自己的一生所爱。

回眸往事，一向低调内敛的他对当初自己的主动百思不得其解。

"说，那次开封之行你是不是早就预谋好了，所以，我爱上了你。"有一天，他这样问她。

子 荷 篇

在吟词眼中，子荷是一个书卷气很浓的女生，虽然她也饱食人间烟火，是个不折不扣的吃货，会发出傻傻的笑声。但是，吟词一眼就看出子荷是有故事的人，而且是那种纯白无瑕的故事。

小学的时候，就有同班的小男生追求子荷了，她可吓坏了，因为在小小的她看来：喜欢人的小孩不是好小孩儿，被人喜欢的小孩儿也不是好小孩儿。

子荷的婚恋观很传统，自我总结为：初恋即婚姻，婚姻即一生。

她的爱情理想是做一名守望者，守望生命中那个令她心动又心安的人的出现。心动，是因为喜欢他；心安，是因为信赖他。为了心中的这个执念，为了地毯那一端的那个人，她在姐姐妹妹拥有各自的幸福之后，依然不改初心。

有时，她也想，自己是怯懦的吧！一直固守在一角天地里，始终不敢越出一步。这样的她，合该孤独。

不过，还好，她虽是没有情商，还有智商。

她十分信赖胡赛尼《灿烂千阳》里的那句话"婚姻可以等待，但教育不可以"。所以她考研了，然后考研成功了。不去想考研失去了什么，只想着她得到的已如此丰饶。她向来是一个容易满足的人。

那天，姐姐、姐夫、妹妹、妹夫与她共坐一席，庆贺她考研成功。

子菱、子菡环视一周，相视一笑，一脸诡异地说："貌似少了一个……"

"还好，你们没说多了一个。"她笑得一脸粲然。

现在，吟词懂了，羽氏姐妹并没有与众不同，她们同身边的女孩一般无二。她们也都是披着羽衣的女孩子。

有时，为了追逐所爱，她勇敢地挥动翅膀，飞到他身边；有时，为了守望所爱，她静静地收拢翅膀，等待他来到自己身边。一旦步入红毯，便将羽衣轻轻脱下，暗压箱底，再也不离开。

（刘洁，辽宁大学文学院中国古代文学专业2014级研究生。）

木 兰

刘 洁

默音从来都是这样的女子。定岩想。

第一次见到默音，是在一个春意融融的午后。那天，他刚从学堂下学，行经学校附近的一个小花园时，远远地就闻到满园芬芳，便信步走进去。

就是在那棵高大的木兰树下，他邂逅了木兰花一样的默音。

她并膝坐在阶前，膝盖上摊着一本书，头微微侧着，鬓间的几许发丝在风中轻轻舞动。他从不知道一个女孩颔首读书的样子可以这样美。

一片木兰花瓣从枝头坠落，落在她的肩头，人和花仿佛融为一体。他看呆了。

直至劲风乍起，吹乱她的书页，她抬起头，发现了面前的不速之客。

"我来看花，"一向木讷少言的他赶在女孩走去之前急急说道，"这里的木兰开得多好啊！"

合上书本已迈出两步的她听他如此说，轻轻地转身，浅浅地微笑着说："你知道吗？木兰花开，春天也就来了。"

他想，他的春天是来了。

不承想，以后无数个落日黄昏，小小的花园一隅成为他和默音相约的所在。

只是最初的时候，他守株待兔般，每日踱到这棵木兰树下，只期望与默音一见。倒也渐渐地与默音熟稔起来。知道她姓余名默音，是附近女中的学生，喜欢徐志摩的诗，喜欢花。于是，他也读起徐志摩的诗来，也观赏起花来。

与默音的相逢相知令他喜不自胜，感觉自己仿佛徐志摩笔下那朵快乐的雪花，一颗心要消融了一般。只愿君心似我心，定不负相思意。

一旦确定默音就是他要执手一生的女子，素日怯懦的他也变得异常勇敢。一封封情书从笔端流泻，如雪花漫天飞舞，飞扬，飞扬，飞向默音的方向。

向来浅笑吟吟的默音却躲藏了起来，不再露面，亦失了音信。定岩简直要疯了，每天读徐志摩的那首《我不知道风是在哪一个方向吹》，用笔一遍遍做着记号，书如其人，伤痕累累。木兰花亦已凋谢，湮没在春光里。

直到那天，他寄了满满一信封的木兰花瓣给她。她回了一封长长的信。

应君定岩：

你知道吗？木兰花还有一个名字叫木笔。你看，它的花苞是不是像极了理顺了的毛笔尖。

我喜欢木笔花，因为我是一个喜欢手持一支笔随意涂写的女子。涂写得多了，心也变得敏感了。一直觉得自己整个人仿佛漂浮在水面上，偶遇风来，撩起层层涟漪，在我小小的世界里，记录着我小小的悲、小小的喜。

在这样的我的眼中，女子多半是清幽的山谷，那种特有的美丽深藏其中，有待勇敢者探寻。而芳草芊芊，鸟鸣嘤嘤并不是每一个山谷都会有的。譬如自己，便是那无花的山谷。没有鸟语如歌，没有蝶舞成诗，有的只是我荒芜的心事。

如此薄凉的我，是会冷透你的心的。

蛮谷荒陂，请君自离。

默音书

与默音回信同时寄回的还有定岩那些雪花似的去信。

定岩怔怔地看完默音的信，只回了一行字："倘若你是那无花的山谷，我便是那栽花的人。"

从此，木兰树下多了一抹俪影，那便是默音和定岩。

定岩尤其喜欢木兰花树下的默音，虽然她同那个时代其他女学生一样，身着白衫黑裙，脚踩方头鞋，梳两条发辫，但自有一种与众不同的韵致单单攫住了他的目光，他的心。他想，这也许就是爱。

他热烈地爱着默音，并爱她所爱。那天，他无意间从默音口中得知词牌

"玉楼春"即"木兰花"时，便搬来《全宋词》，一阕一阕地誊抄那些以"玉楼春"为词牌的宋词，还包括"木兰花慢""减字木兰花"，一笔一画，极其用心。他写得一首好行楷，清丽而不失俊逸，丰润而不减锋芒。

最后，当他把这份特殊的礼物赠给默音时，她欢喜得哭了，眼泪流淌着，仿佛帘外的细雨潺潺，一声声叩击着他的心扉。两颗心依偎得更加紧了。

不觉秋去冬来，寒风四起，他的嗽疾又犯了。默音不知从哪儿得来的方子，从中药堂拎出一包辛夷，为他烹茶。他的嗽疾果然减缓了许多。

"这个冬天，你且喝着。待来年春天，我亲手……"说到这里，她忽然缄口不言，只是咻咻地笑着。

"亲手怎么？"他问。

"反正是'年年春日为君藏'。"她脸上的笑意更浓了，眼睛也亮晶晶的。

只是这个春天冷得不同寻常，木兰迟迟未开，时间仿佛滞留在冬日，不曾流转。可斗转星移间，他们毕业的日子终究是来了。

这个春天是一个不得不做出选择的季节。

父母有意让他去银行任职，有意让他娶一个贤淑的女子，生活尽快步入正途。

而默音，她执意继续求学，进入梦寐以求的女子大学。

最后的会面仍旧在那棵木兰树下。此时木兰花残，摇摇欲坠。

回顾往昔，在这场爱情里，他自认为付出了很多很多，既然决定相守到老，默音也该做出应有的让步与牺牲。他是这样想的。

"婚姻可以等待，但教育不可以。"他没想到默音低低地坚定地说出这句话。

这么说，她还是要去上大学，而不是留下来做他的妻子。他眉头深锁，哽咽得说不出话来。

默音轻轻地为他拂去落在他蓝色竹布长衫上的木兰花瓣，浅笑着说："定岩，你记得吗？我说过'年年春日为君藏'，其实，木兰花就是辛……"

"木兰花，又是木兰花。"他不耐烦地打断他的话，她浅淡的笑容凝固在脸上，他全然不顾她此刻的黯然，依旧向她咆哮道："花，花，花，和你在一起，除了谈花，还是谈花，有时我想你也许根本就不喜欢我，你需要的只是一个同你谈论花的人，不幸，我充当了这个角色！"他将心中的悲痛与愤怒一股脑儿地喷向她。

"不幸？"她抬起眼睛看他，眼睛里已有几滴晶莹的泪珠。

"对，不幸！"他怒气未消地说。

她再也支撑不住了，眼泪夺眶而出，转过身，仓皇地跑开。

徒留他在木兰树下，深一声浅一声地叹息。硕大的木兰花瓣落在他肩上，他浑然不知，亦不会再有人为他拂去。

他想，他和默音结束了。

尾 声

多年后，他已是小有成就的金融实业家，却改变不了手边一杯辛夷茗的习惯。这天，他接受了一家报社的人物专访。

记者是个活泼的姑娘，一眼窥到他杯子里的辛夷，惊呼："应先生，您也饮木兰花茶？"

"木兰？这是辛夷……"

"是啊，辛夷就是晒干的木兰花蕾。我也是前不久才知道的。那天，我去采访一位教育专家，那位女士酷爱木兰花，她先生便为她亲手栽种了满庭院的木兰，还将居处题为'辛夷坞'。女士也极爱先生，先生患有咳疾，每年冬末春初，花未开放，女士便亲手采摘花蕾，制作辛夷，说是'年年春日为君藏'……"

年年春日为君藏……

正呷着一口茶的他听到这句话，猛然间被呛到，剧烈地咳嗽起来，眼泪也在这时溢出眼眶，不知是咳的缘故，还是其他。

（刘洁，辽宁大学文学院中国古代文学专业2014级研究生。）

长发为君留

刘　洁

郁郁葱葱的绿树下，阳光温煦，风微凉。

他仰头，看见女生公寓六楼阳台上，青丝如瀑，随风而舞。

哦，是某女生在晾刚洗好的头发。依稀望见她雪白的衣衫，微动的倩影。

他甚至能想象到她发上的水珠迎风而落，阳光下，水珠闪闪发亮，仿佛碧波湖里青青荷叶上滚动的露珠，一颗颗，温润剔透。

多么美好的场景，仿佛一个梦。

是的，一个梦。以至于很长一段时间，他都不敢相信这是自己亲眼所见。

接下来的日子里，他确信自己邂逅了这份美好，因为每周周一、周三、周五的午后，只要他踱到这行树下，只要他往六楼的阳台上望去，总能瞥见这个青丝素裳的女生。

她总是一、三、五洗头发，她总是穿一件雪白的衬衫，她总是站在六楼的阳台上晾头发……

她是喜欢白色的吧，她是住在六楼的吧……

素来清心寡欲、宛若古时书生的他终于拥有了自己的秘密，不，他称之为一个梦，梦里，有个青丝素裳，在阳台上晾头发的女生。

她的头发那么长，那样顺，仿佛黑色的缎带，萦绕着他的心……

"喂，书生，你的书拿倒喽！"

坐在他身旁的女孩用手指戳了戳他手中捧着的课本，慧黠地一笑。

"哦。"

他讪讪地翻转过书，收回心神，脑海里的倩影像梦般缥缈。

"真不知道最近你是怎么了，课上总是神游……"女孩喃喃道。她扎着细细的马尾，眉眼清澈，左颊上一颗小小的痣微微地透出她的调皮、灵动。

平凡如她，快乐如她。她是男孩说近不近、说远不远的朋友。课上，同桌而坐；课下，各忙各的。

她叫男孩"书生"，其一是因为她打小就喜欢给人起诨号；其二嘛，她觉得男孩文质彬彬，爱好古代文学，又是那种不善表达，内心丰盈的"古人"，活脱脱一个穿越而来的傻书生。

起初，女孩这样叫他，男孩还不以为然；现在嘛，他已处之泰然。

这天清晨，女孩翻阅着校报，无意中瞭到一行文字，上面写道："如果说，一个人可以代言一座城市，那她就应是南京，她脸颊上的痣便是雨花石。"

电光石火的瞬间，女孩的心被深深地触动了，一种前所未有的共鸣油然而生。

"喂，书生，你看！这篇文章，你看!"

女孩的眼睛因欣喜睁得大大的，又黑又亮，像两颗带着露水摘下的葡萄。

她微笑着把报纸摊开在男孩面前，怎奈男孩只是略微偏了一下头，目光随即收回，自顾自去地走了。

女孩努了一下嘴，小心翼翼地收好报纸，放在书袋里。眼睛的余光寻找着又不知神游何处的男孩，嗫嚅道："也许你都不知道我最爱的城市是南京吧……"

声音细若蚊蚋，连同她轻轻的叹息。她的眼神偻偻的，伸手轻抚左边脸颊上那枚小小的痣……雨花石哟……

从小，她就对南京这座城市有种深刻的爱恋，自己也说不清缘由，也许仅仅是因为那小小的却美丽非凡的雨花石吧！

传说，古时有高人在南京讲经，感天动地，天降雨花，坠地成石，故名"雨花石"。

女孩浅笑盈盈，沉浸在雨花石砌成的甜甜的梦里。

男孩呢，惦念着那个梦一样的在阳台上晾青丝的长发女生。

他信笔一挥，情思跃然纸上。

女孩偷看一眼，原来是"与女沐兮咸池，晞女发兮阳之阿。望美人兮未来，临风怳兮浩歌"。

女孩知道这是屈原《九歌·少司命》里的句子，表达的是对女神少司命的思慕之情，意思是：愿与女神一道在咸池洗头发，在向阳的山坡上晾头发。女神迟迟不来，只得一个人对风而歌。

联系他近日来种种情形，女孩心中已知晓大半，于是说道："书生，你有喜欢的人了，她是……"

"她是一个梦一样的女孩。"

"梦？"

"我只知道她在一、三、五洗头发，她总是穿一件雪白的衬衫，她站在六楼的阳台上晾头发……嗬，有时我想，她是喜欢白色的吧，她是住在六楼的吧……"

"那你是喜欢她了……"

男孩没有回答，怕又在神游吧……女孩不再言语。

从什么时候开始自己与他之间有了那么多的沉默？以前的言笑晏晏都藏到哪儿去了？她怎么找也找不着它？

寒风渐凛，落木萧萧。女孩患了重感冒，许久没来上课了。男孩去看她。

病床前女孩苍白憔悴的容颜啮蚀着男孩的心，他的眼泪簌簌而落，落在女孩同样苍白的手背上。

"你怎么了，书生？"女孩强作笑颜。

"校报上那篇佚名文章是我写的，"男孩抬起头，含着眼泪坚定地说，"为你写的。我没有署名，我怕被看透，我怕被拒绝……"

他的身影映在女孩的眸子里。

"那她……"女孩偏过头去低声说。

"她是我的一个梦，而你，是我醒来的梦。"

"醒来的梦？"

"对，如梦般美好。"

女孩笑了，笑容明媚而灿烂。

她支撑着坐起来，看向男孩的眼睛，说："我习惯在一、三、五洗头发，洗头发时，我喜欢穿一件白衬衫，我喜欢在阳台上晾头发，我住在六楼……"

男孩怔怔地立在那儿。

看着身穿蓝白条纹病号服的女孩解开马尾，长发散落肩上，如墨色的缎带。男孩不禁惊讶地问："你的头发什么时候长这样长了？"

女孩盈盈地笑着，眉眼里满满的甜蜜，轻轻地说："长发为君留。"

男孩也笑了。

原来，梦里梦外都是你。

（刘洁，辽宁大学文学院中国古代文学专业 2014 级研究生。）

第四章

无轨列车

破 船 湾

王佳友

盐 泪

哗啦！又一只牡蛎被男孩扔进潮乎乎的木桶里，而在这个由腥味和臭气填满的下午，就连脚边的泥沙都快听腻了这单调的声响。有个手持木杖的僧侣曾对他说过，所有海神的子孙都懂得征服的艺术。男孩此刻忽然觉得这话蛮有道理，倘若捡牡蛎也算是场战斗的话，他觉得貌似牡蛎真的占了上风，毕竟这些软塌塌的东西可不会腰酸背痛。

"阿菲！"一声粗犷里透着沧桑的呼喊将他从藏着无数牡蛎的海里拉出来，"海怪之触进港了，去看看钻石老爷们又带回了多少稀罕家伙。"名叫阿菲的男孩猛地一个激灵，海怪之触，那条被无数诗人和歌手赞美的传奇海船，也是无数男孩在梦里拥有的船。"先把你弟弟找到，今天他在那个破酒馆给人倒的酒够多了，你俩今天可以看个够，顺便再把牡蛎卖个精光。"他老爹从破棚屋里探出蓬乱的脑袋，用脸部肌肉给阿菲拉出一道名为微笑的老褶。这老褶阿菲见得多了，不过今天这道褶格外地令人赏心悦目，仿佛从这褶里看到了装饰着海怪骷髅的撞锤和绣着海神三叉戟纹章的绸缎旗帜。他一把拽过木桶，狂奔向弟弟所在的"酩酊鲸鲨"。

这个港口有很多名字，大商巨贾叫它金湾，诗人、歌手叫它蔚蓝之礼，这儿的领主老爷叫它海神城，而渔夫、苦力和残废水手的家人则称它为盐泪滩。不过盐泪滩不算是海神城的全部，甚至称不上一部分，因为领主从不把城镇外墙下的那一大堆建筑当作自己的东西，虽然他也以海神的名义向那堆破烂儿征税。如果有人能踩着鹰飞上天的话，他就会发现海神城有个弦月一样的大湾，而在大湾的背上还有个突出去的小角，一个因为泪和汗而变得比海还咸的小角。眼下十二岁的阿菲就在盐泪滩那由装满鱼虾的筐和散发恶臭的鱼油桶形成的狭窄通道里撒足狂奔，他跨过车轴断裂的推车，又因前面有苦力劳工挡道而直接蹦进泊在排污渠里的小渔船，然后踩着嘎吱作响的船板向边上一栋小木屋跳过去。然而那木屋也不知是哪一年搭起来的，阿菲刚用手撑住屋顶，那由圆木和烂船板拼凑成的房子就像喝醉了的壮汉一样栽了下去，等他干净利索地跳到过道上去之后，可怜的屋子底下貌似传来一声咒骂。此刻兴奋中的阿菲对除了海怪之外的任何东西都不感兴趣，不过跑开前还不忘对着那狼狈不堪的屋主吹一声愉悦的口哨。

　　盐泪滩里由船板和破布搭成的食堂和市场高低错落，中间夹杂着废弃的滑索和仓库。横穿这个地方不亚于一次小型的冒险，而其中的惊险、新鲜之处不亚于去异世界旅游个来回。不过对阿菲这种精力向来旺盛的男孩而言，这跟在自家后院逛逛一般无聊。不过今天不一样，梦中的海怪停进了港口，因此往日走腻歪了的鳗鱼滑梯在他眼里是那么的刺激有趣，以至于他不等海鲜全卸到凹塘里便直接踩上稀湿黏滑的鳗鱼一路滑到一间晾晒场的吊杆旁，在即将滚进鱼塘的瞬间把自己拽到一根看起来十分不可靠的晾晒竿上。脚下那几个老太婆朝他破口大骂，阿菲刚像只泥鳅一般溜到地上就被她们用鳗鱼和木棍好好地招待了一通。等到他冲出盐泪滩的迷宫小道，汗水早已打湿破旧的亚麻衫。要想去港口非要进城到另一边去不可，然而这段路不比刚才的迷宫更容易些，原因就是眼前这堵看起来无比巍峨高大的岩石城墙，或者说那大门下面的两名城门守卫。守卫们鄙夷冷漠的眼神并没有让阿菲退缩，正如这十二年咸腥的海风只是让他急着成为征服大海的水手一样。

　　"那只邋遢的小狗，到一边玩儿你的蚌壳去，离我们远点儿！"一张被头盔盖住一半的脸向他吼道，"在这站了快一天了，就来了只小狗，要我说咱几个的运气一定是在昨晚喝酒的时候吐了个干净，不然今天被分到风暴门揩油水的绝对是我们！"说完，他一口浓痰吐在脚前潮乎乎的地上。身边一个胡子像章鱼须的家伙则对此不以为然，他说："全城人都从那面去看海怪，我们可数不明白那么多的过门税。"阿菲听到这里就明白他俩的脑子不比章鱼精明多少，于是他翻出口袋里老爹给他磨的水手圆章，朝卫兵们大声呼喝："我可不是小狗，小狗付不起门税，我能！"说罢，阿菲挥了挥手里的铁币，在阳光的照耀下，铁币熠熠生辉。"嗬，捡到钱的小鬼吗？快拿来，不然今晚地牢里就得多个小贼了。"阿菲一脸无辜地耸耸肩膀，说道："那以后你们这个门岂不是连没带铜子的狗都不敢来啦，更何况付得起门税的正派人。"看到两张蠢笨的脸同时闪过犹疑，阿菲赶紧加了一句，"我有个弟弟在城里给商人做侍酒，他可不想我错过海怪之触。"接着，他将铁币向上一抛，晃出耀眼的光亮。"那就把它给我们，然后赶紧滚进去！"半脸守卫急不可耐地把手一伸，还舔了舔自己的嘴唇。阿菲忍住笑意，把铁币向门边空地抛去，说："接着！"然后趁两个家伙抻长脖子去看的工夫一溜烟穿过去，把恼火的咒骂愉快地抛在身后。

蓝　心

海神城是有生命的，诗人们说海神赋予它浪涛与风暴般的活力。在阿菲看来，海神城确实繁华富裕，不过他没有从满城精致华贵的装饰和遍地的黄金气息中感受到浪涛的咆哮。三条大阶梯分为三部分，最低一层是手工匠和水手们的聚集地，高一层的是商贾们的别墅庄园，最高的则是领主的城堡——虽然领主大部分时候都在商区停留。上面两条阶梯都有从内河引来的净水渠，分列两旁，在阳光下犹如闪亮的蕾丝绳边。商人聚集地那风格各异的别墅与花园就像天鹅绒缎带，而整个城市则像个身着华服的贵族，头顶也就是城堡则顶着一颗硕大无朋的闪亮钻石。那是海神城引以为傲的海神馈赠——蓝心。那颗钻石有车轮那么大，在璀璨的七色光芒下简直让人无法直视。不过蓝心之所以成为传奇般的存在，并不依靠这些彩虹似的光芒，而是因为传说中它可以让人成为海洋的主宰，并看见未来的方向。这真是一个富人和老爷们待的城市，阿菲心里想到，不过海神的化身倘若就是这般形象的话，那么大海似乎也不那么深邃无边，澎湃汹涌……

他沿着大街笔直向前，然后在一片充斥着蜜酒与哄闹的路口拐进水手和海员的聚集地。就像弟弟晚上描述的那样，这儿一片狼藉却又井井有条。水手和女招待们在每个招牌下面制造出数不清的混乱，然而他们的混乱却像是排练好的一样止步于酒馆五步之外。兴许盐泪滩的嘈杂声比这里小，但这里果酒和蜜酒的气味却比排污渠好得多。阿菲绕过一堆喷着唾沫炫耀海上奇遇的海员，再躲过两名女招待戏谑嘲弄的目光，终于在一块绘着痛饮美酒的鲸鲨招牌下找到了正给水手倒酒的弟弟阿维。如果阿维脱掉身上的羊毛衫而哥哥扯去身上的破亚麻布，那么这满地的水手就会发现往日那个招人喜欢、机灵有趣的男孩由一个变成了俩，只不过其中一个的金色发卷又脏又乱，另一个则是柔软服帖。不过两双蓝色的眼睛倒是一样的清澈明亮，都透着蓬勃的活力。

"阿维！"阿菲兴奋地大叫，"别玩儿那破酒壶了，海怪进港啦！"阿维本来正一边倒酒一边跟一个有纹章的老水手开玩笑，听到哥哥的声音，激动地回头张望，结果酒洒了那水手一身。胡子拉碴的老头儿一个激灵跳起来，然后便骂骂咧咧地要跟阿维算账，不过当他扭头看见阿菲的时候，又一脸惊愕地发了个呆。"抱歉啦，老赛乐！"阿维把酒壶往老头儿怀里一丢，"今天你得自己给自己倒酒啦，顺便帮我跟大人说一声，我跟哥哥去港口看海怪。"老头儿立马在脸上堆满皱纹以表现自己的不乐意，而周围听到叫喊的水手们则哄然大笑："我们的小水手听腻了老水手讲的海怪，自己下水去捉啦。"有个胡子染得蓝绿相间的家伙更是夸张地搂住阿维的肩膀说："看一艘破船可不能让你成为海上的爷们，我的小水手。"他用另一只手把自己的酒杯扔向一个女招待，随后在尖叫和哄笑中喊道："这一杯赏你了，甜心！今晚让我们的阿维成为海怪吧，哈哈哈。"等到哥儿俩摆脱这一片混乱并走上海涌大道时，他们的身上都沾满了酒渍和油污，所幸没被那个孔雀一样花哨的家伙留下来学习他的海怪之道。

"嘿，刚才那帮家伙都去过咆哮海和狂涌之地吗？感觉他们每个人都像是大海上的汉子，虽然刚才他们都喝高了。"哥哥用手抹着脸上的酒水，兴奋地向一旁的弟弟问道。"嘿，每个人喝高了都把自己当成英雄，"弟弟看起来既像个刚长胡子的男孩又像个揣着心思的小商贾，"他们不过是一群讨生活的人，为了工作和钱币，跟我们一样。他们家老爷的船一直沿内海穿梭在各个港口，用那个地方的羊毛、琥珀换取这个地方的红酒、天鹅绒，然后在不同的陆地上买卖或抵押这些东西，当离家足够长时间之后便把金币或是贷款凭证带回来，当然还有得到一两个金币的水手们。"阿菲愣愣地挠挠脑袋说："可他们不是自称海神之子吗？在那么大、那么险的海上跟风暴搏斗，他们一定都是刚强勇敢的汉子。"弟弟年轻的脸上闪过些许嘲弄："不知道只有老爷们才是海神之子吗，而老爷们迷恋的可不是诗人和僧侣口中的接天巨浪和深远未知的那些可笑奇迹，而是异域大陆上的黄金。""可爸爸说海的儿女……""你怎么还在听小孩子的睡前故事啊，我亲爱的哥哥。"阿维一脸无奈地看向和自己一样高、只早出生一小会儿的阿菲。"追逐风暴驯服海怪的家伙都在孩子的神话里，我们该有男人的志向了，哥哥！我不想让自己永远给一群可怜人倒酒，更不想让你和爸爸一直待在盐泪滩上。"说着他帮呆住的哥哥拎起那桶酒得只剩一半的牡蛎，"今天你不来我就去找你了，我的主子说海怪之触花了七年才找到一条安全航线，这样就可以和过去发现的那几个城邦通商了。船上的海员在风暴里损失大半，剩下的估计拿完薪水就不干了。我能算会写，还学会了交易，船长老爷一定要我们。"阿菲立马又兴奋起来："到海怪之触上当水手？""嗯。"弟弟对此似乎也颇感愉悦，说道："不过只是几天而已。""啥？就几天？为什么，好不容易有机会……"哥哥像是被雷劈了一样跳起来，这似乎让弟弟的脑袋又大了一圈。"海怪就是个领主开拓商路用的探险船，是为黄金开路的苦力劳工，我们之后会在城邦换乘真正的商船。"阿维揉了揉自己的眉心说，"然后像男人一样开始我们的奋斗。"阿菲说不上现在自己心里是什么感觉，下午听闻海怪进港的兴奋全被疑惑和不明的压抑驱散得干干净净。兄弟两个不再说话，肩并肩走在去港口的路上。弟弟是为了我们好——他一直明白这一点——而且一直为家庭流汗流泪，往往一个月只回来看几次，给他们带来银币和城里的见闻。不过小时候听老爸讲破船湾的奇迹时明明弟弟和他一样向往着那个由先民船骸组成的移动港湾，一个属于海洋男儿的真正蓝心。而且，盐泪滩虽破但大海一直没让任何一个人死于贫穷，连近岸的海都如此富有活力，那么深邃无垠，满是海怪与风暴的奇迹之地又是怎样的呢？

无声遗骸

领主的高廊自建成之日起就一直不缺乏色彩，就今日看来，绸缎和天鹅绒像是孔雀一样挤成一团，时不时还传出一阵矜持或放肆的哄笑。羽毛扇与那些扑粉的脸则像是这幅着色浓艳的画卷中无聊的留白，让每一个在低处欣赏它的人倍觉嘲讽。

高廊之下则是带着箭孔的城垛，它身披彩虹披风，穿着全身板甲的卫士高举系有绸缎的长柄战斧。那扇四人高的城门下，两列披着蓝色披风的城门守卫肃然挺立，闪亮的长矛和覆面头盔中的冷漠让拥挤的普通居民乖乖地排成两列等待出城。当然，还要等着轮到自己时在一张矮方桌上交过门税。

阿菲在拥挤中努力地不去回想小时听过的海洋史诗和传奇冒险，他期望那艘满载荣誉的海怪能让儿时的梦想得到满足。因此他拉着弟弟极力想要挤到靠前一点儿的地方，让这传说中的海怪带回自己的兴奋。

"快点儿，交完银鲨就走。"一个鼻头通红，身穿纹章罩袍的书记官不耐烦地把一把银币扔进脚边的木桶，仿佛手里捧着的是腐烂发臭的鱼，而盐泪滩的人流一天汗也只能换来一条这样的烂鱼。

"阿维，"阿菲直勾勾地盯着五步外的书记官说，"你有什么计划吗？"

"什么？"阿维一脸困惑，"什么计划？"

"门税啊，一枚银鲨！"阿菲气愤地嚷道，"这简直是光明正大的抢劫！"说着他指着一脸鄙夷的书记官，"而抢劫犯还在嫌他们的打劫对象是穷鬼！"

"相信我，哥哥，"阿维说着从口袋里摸出两枚银鲨，"这是我们最后一次交门税了。"

"怎么会，领主老爷和那些圆滚滚的商人才不会撤销自己发明的税项。"阿菲看起来似乎是想用眼神赶走书记官。

"因为商人只用交关税，而我一定会成为商人。"弟弟澄澈的眼睛里映出高廊上的鲜艳色彩，是华服珠宝和一张张扑粉的脸。

"小鬼也不能免税，"红鼻头不耐烦地催促，"银币呢？嗯，问你话呢，银鲨在哪儿？"

书记官刚抬起愤怒的脸，就看见两枚在阳光下熠熠生辉的银币从眼前划过，那刺眼的光晃得他眯起了眼睛，两声清脆的金属声响将他的视线带回桌前，两只鲨鱼朝他张开巨口并发出无声的咆哮。

海怪并没有让两个男孩失望，船身上到处都是与风暴搏击的痕迹。乌黑的船帆即使收在桅杆上也难以掩饰它的颜色。缺失了一段护栏的右舷垂下一面大幅的海神城旗帜，旗帜之大几乎将所有的船桨孔洞盖住。甲板上则站着排列整齐、威风凛凛的海神铁卫，远远望去像极了少年心目中的无畏英雄。阿菲却觉得这些被钢铁包裹的战士貌似与脚下的甲板不很协调。海怪之触号全身漆黑，如同风暴中的乌云，而这些战士的披风却是海神城的代表色——蔚蓝与金黄，更像是城堡里那些老爷养着的钢铁罐头。不过充满张力散发着凶悍气息的船首打消了这突如其来的犹疑，虽然船的其他部位被装点得如同华丽的海神，但那自海怪骸骨中高高昂起的撞锤证明她曾属于驶向浩瀚海洋的儿女。

民众越聚越多，但领主迟迟不宣布欢迎仪式的开始。阿菲注意到船上的海神铁卫已经有人开始悄悄活动发麻的膝盖，而在岸边吹打的乐队也早就额头见汗。在民众不满的嘀咕和乐队惹人厌烦的噪声中，只有贵族老爷和商人们愉快地互相恭维并享用来自烈日之壤的奇异水果。在人群之后的城墙下面围满了贩卖果酒和炒海货的小贩，有些等得不耐烦的居民干脆跑到后面花几个铜币买些牡蛎、蚌肉，就着兑水的果酒打发无聊的时光。往常阿菲都是划着小船将牡蛎卖给留在船上的水手，那些饮惯海风的男人对食物向来不讲究，只要牡蛎新鲜，往往直接生吞。眼下这些连咸鱼都不怎么吃的城里人，则对眼前这桶牡蛎要求颇高，比如说眼前这个一边不停吮吸一边嘀咕没滋味的家伙。

忽然城垛里的守军一起大声呼喝并挺直腰板，随后一个神色庄严腹部隆起的华服胖子伴着嘹亮的喇叭声踱到长廊上，周围的商贾和贵族纷纷起身致意。直到面前的家伙转身挤进人群，阿菲才意识到他还没付钱。

"海神的子民们，七年前，我以他手中无上威能三叉戟的名义派出他最勇敢的孩子，"领主老爷的眉毛伴随着语调的抑扬不断地跳动，"凭着他的荣宠与保佑，我们的勇士又为我们开辟了新的航道。"离城墙最近的哥儿俩仰头盯着领主喉头的每一次耸动，好像是要从中预测他的下一句话。"他果然没有让海神失望，就像一百年前英勇无比地屠戮了毁我商船、吞我子民的狭海巨蛟一样，海怪之触带来了更广的海域和更多的财富。"领主有些急躁地扯了扯喉前的衣襟，夕阳将他的披风染成金黄，"为了我们海神的荣耀，为了海神所赐下的财富，欢呼吧！今晚的美酒，属于每一个海神的子民！"阿菲被人们的欢呼号叫吓了一跳，不知道这些人为什么要应和这无聊乏味的演讲。不过当他看到宽阔码头上领主的仆人们迅速移开数不清的圆桌与矮凳，并从几辆大马车上卸下成桶的麦酒和苹果酒的时候，就明白眼前这些居民等的不是所谓的传奇海怪，而是领主老爷为博得好兆头而给予的慷慨。兴奋的居民们马上聚在一个个撬开的木桶旁边，喝着不掺水的麦酒并向长廊上的领主高声致敬。贵族和商贾们则带着嘲讽和蔑视的微笑，矜持地挥手还礼。宴会上还有杂耍艺人的演出，小丑们在领主和百姓之间放肆地展现各种羞耻的把戏，踩着高跷的艺人则靠近领主长廊并逐个取笑上面的贵族商贾的样貌，但贵族们不仅不生气反而捧腹大笑，还不时地向其中一些小丑丢去金光闪闪的金币。

阿菲目瞪口呆地问道："海怪之触的船员呢？他们才是欢迎宴会的主角啊。"他看向漆黑的船身，这才发现甲板上空空如也，海神铁卫不知什么时候悄悄地离开了那里，只留下满船的织锦和流苏。弟弟轻轻地笑了笑，并指向船舱外挂着的铁油灯说："我们需要的人就在那里，我家主人说船长大人不爱热闹。"说完拉着阿菲远离居民们的喧嚣，走向愈来愈暗的海水。

他们走近船身才发现还有两个长矛手看守着通往大船的木板，他们身上的锁甲和皮甲看起来颇为陈旧，远没有下午甲板上的海神铁卫们光鲜夺目，但他们魁梧的身姿和沧桑的脸庞却记录了多年的风吹日晒，当然还有令人不快的蔑视与嘲讽的神情。"站住，这里不是宴会场，滚回去，小狗！"站岗哨兵蛮横地开口。

"我是来见船长的，应聘书记官，"似乎是看到了哨兵眼里的不屑，阿维从口袋里掏出一封烫有蜡油纹章的信，"我有维多家族的推荐信。"弟弟曾多次骄傲地向他讲述获得维多家族长子赏识的经历，而就在他帮偶遇在海神港的贵族打理完因手下商人叛逃而一团乱麻的账目之后，身边无人的特林·维多便让他留在身边当侍酒，并替懒惰的贵族打理家族在海神城的进出账簿。阿维得知新商路开辟后，便在特林起身的前一天央求他给自己写一封书记官的保荐信，只知道享乐的年轻贵族很喜欢这个给他当了一周侍酒的聪明男孩，便在信纸上印上自己的纹章，然后叫阿维随便去写。

哨兵们虽然对这两个孩子充满疑问，但在纹章的作用下狐疑地让开了路，"船长室就是最外面的舱房，如果不想被丢进海里，敲门时记得把手放轻点儿。"

甲板似乎是刚刷洗过一样，干净得能反光，太阳已经完全落下，红光像纱帐一样轻轻覆在船身上。黑色的海怪，蓝色的海水，绯红的云霞，本该是一幅让男儿陶醉的景象，只可惜满船花花绿绿的流苏、织锦让欣赏这一番美妙景象的阿菲颇为厌恶，而广场上传来的笑闹声则让他想找个船舱躲进去。

"我来敲门，阿菲。"弟弟一脸严肃地告诫哥哥，"进去之后你什么都不用说，交给我就好。"走到门边才发现那只铁油灯看起来锈迹斑驳，而挂着织锦的舱门则油漆剥落，露出受潮的木板。

嘭嘭嘭，弟弟像个贵族一样一手背在身后并微微向前倾斜，可惜屋内的主人没有立马叫他进去，让他好好展示矜持与礼貌。阿维紧接着又敲了两下，船内忽然传出一阵刺耳的低吼："破抹布掉进海里去了吗？我说过别让岸上的狗来烦我。"一声似乎是摔酒杯的声音传了出来，"来看你们那杂种老爹口中的海怪是吗？那好，要么现在自己滚蛋，要么我就把你们的小心肝挖出来给海怪加餐。"阿维愣了一下，似乎是感觉这番话和所谓的安静船长搭不上什么边。不过他清了清嗓子，用谦恭的语气对那木门说："船长大人，我是来应聘书记官的。"屋里的男人似乎也愣了一下："啥？应聘书记官？"短暂的沉默之后，刺耳的声音再次响起："你是自愿来的？""是的，船长大人。"阿维忙不迭地恭敬回答。一阵布料摩擦的声音之后，男人用稍微缓和一点儿的口气让兄弟俩进到舱房。

阿菲有些激动地打量着眼前的海怪船长，他沧桑的面庞带着海风的气息，锐利刚硬的脸部线条像是出自工匠之手，然而那双浑浊的眼睛里却没有大海澄澈的蔚蓝，仿佛填满了愤怒、疲倦，挣扎，还有……醉意，但不管他身上的衣物有多么粗糙，头上的发卷多么凌乱，脸上的神情多么令人不安，他依然能让人看出自己是个饱饮海风的中年汉子。此刻那双浑浊的蓝眼睛在两个男孩的身上来回转动，似乎是想要弄清楚这两个小子的奇怪心理。

"船长大人，我们……"

"我是船长，不是大人。小鬼，你知不知道这船上都是什么货色？"他捡起脚边的空酒杯，随便地往桌上一丢，"或者说你们把传说中的怪物当成了英雄？就像那个胖子瞎编的那样？"他一脸嘲弄地盯着兄弟俩，抓起一瓶麦酒，并用牙咬开上面的软木塞。

"大人，呃，船长先生，您的船是我们海神城的传奇，能在海怪之触上服务将是我们的荣幸。"阿维悄悄咽了口唾沫，似乎他没见过这样的船长。

"哈，有趣得很。"船长旁若无人地灌下一口酒，任凭酒顺着胡子流下去，"所以你们两个一模一样的小鬼想来当什么海怪屠戮者是吧？然后像传说里的海洋之子一样跟风暴掰腕子，同海眼开玩笑，去狂涌之地、咆哮海和一切的奇迹海域转一圈之后回到这个满地黄金的地方炫耀自己的英雄事迹？"船长的衣襟被酒渍濡湿一大片。"所以说你们是可怜的小狗，只会做屎黄色的白日梦，有出息的孩子会去找真正的黄金，然后活得像个真正的男人。"船长的语气似乎有些愤怒和悲哀，他没有注意到阿菲那惊诧万分的表情，自顾自地说道，"你看见我的手下了吗？哈！你们怎么看得到？领主老爷怎么能让那群又贪又蠢的平民看到海怪上的货色。海神最英勇的孩子？去他的海神，不如说是不知道强奸了谁的强奸犯和不知道杀了谁的杀人犯，逃脱劳动的苦力和劳工，付不起赎身钱的战俘，还有企图反水的胆大水手。"船长这次吞下了更多的酒，也让胸前那摊酒渍越来越大。"当然，最后那种人我倒是挺欣赏。虽然用完之后得跟之前那些一起扔掉。"船长抬起眼睛，看向男孩们，"所以你们是新种类？自愿来给海神大人找黄金、开海路的忠实仆人？还是活得不耐烦想死在白日梦里的可怜孩子？"

眼前这个粗糙、邋遢的汉子一直在拓宽阿维的认知范围，不过他和那个满脑子水手梦的哥哥不一样，他是个有志向的男人，是个能找到黄金未来的男人，是向往海神的男人。船长似乎很是享受阿菲脸上那混杂着失落、愤怒和惊疑的表情，不过遗憾的是，阿维没有让他的享受持续下去。阿维用手简单地整理一下衣服的褶皱，用不容置疑又礼貌谦恭的语气缓缓开口说道："感谢船长先生对我的真挚教导，属下受益良多。"随后不等船长那丛茂密杂乱的胡子淌下所有酒水，阿维走近一步说道："相信在赤沙群岛的诸多贸易里，您还有些领主大人交代下来的杂务需要打理，而我正是擅长在这些事情上为您分忧。"接着他取出那个来之不易的蜡油纹章，"而这个纹章可以为我的能力提供足够的保证，在我完成海神城的杂务之后，您和您的勇士们就可以继续探险了，当然还会带上领主的赞许和商人的感谢。"船长那沧桑的脸上退去几分酒意，换上冷酷而精明的神情，"嘿，看来今天的麦酒没兑水。"船长意味深长地看着阿维，"狗们都在忙着享受老爷们的残汤剩饭，怎么可能来海怪上做白日梦。"言罢船长把信件拿过来塞进铺盖下面说，"如果到时候你事情干得不尽人意，就连维多少爷也不会把你当个孩子来宽容。兴许从那堆沙子里拿走的就不是黄金船票而是自己的命根子喽。"阿维矜持而谦恭地略一弯腰，不发一言。船长向哥哥一瞟："这个呢？跟你一起下船吗？我的小天才？""是的，先生，在此之后您会有一个勇敢能干的小船员。"弟弟给哥哥一个提示的眼神，但阿菲此刻仍然沉浸在对勇士们的惊诧之中。他想起了父亲那张鳘黑而沧桑的老脸和无数个日夜里幻想着的狂涌之地。与风暴女神共舞的海怪屠戮者，征服狭海狂浪的传奇勇士，希冀无限浩瀚和无穷奇迹的海洋儿女……这些故事里的人只是手握黄金三叉戟胖子的囚徒和罪犯？他们的向往只是为了更多的黄金？阿菲觉得在盐泪滩守候了十二年的梦像是一个玩笑，高悬在一片汪洋和一个繁华的人间港口上。

"小子，你幸运地拥有一个爱你的厉害兄弟。"船长的眼中似乎闪过了一丝怜悯，"明天你们两个早点儿来船上跟我去见领主，不然就得跟戴镣铐的家伙一起装在货箱里运上船了。"说完船长举起酒瓶大口啜饮，不再理会两个男孩。阿维恭敬地鞠躬告退，并把没缓过神的哥哥拉出船舱。两名长矛兵仍然在那里晃悠，看见他们这么长时间才出来似乎颇为好奇，也不知道他们哪个是"破抹布"，不过兄弟俩此刻对抹布之类的东西都不大在意。快走到喧闹的酒场时，弟弟似乎终于忍不住开始责备哥哥："阿菲，你刚才在里面发什么呆啊，这样船长怎么可能还认为你能干擦船板以外的事？你究竟在……"哥哥脸上的愤怒和失落让弟弟回想起了哥儿俩在一个被窝里听故事的情形，剩下的尖厉言语也就说不出口，"好吧，也是怪我太仓促了，早该回去跟你说明白的，以后我们有的是时间去学习。走吧，我们去跟爸爸待最后一个晚上。"

阿菲回头望向海怪之触，天已经黑了下来，海怪骸骨上两只空洞的眼窝无言地望着他，没有下颚的头骨似乎想要扎进面前的大海，扎进这一片苍茫幽暗之中。

红 金 秤

对于天天拥抱海风入睡的阿菲来说，即使一夜无眠，也能在第一缕曙光到来之际重新充满活力。这是海洋的恩赐，也是对阿菲的点拨。弟弟彻夜地说教让他明白人的胸襟远没有大海宽阔，而每个人都需要为自己的灵魂和肉体搭建一处遮风挡雨的庇护所。弟弟的讲授简单明了，盐泪滩上的烂泥，或是海神城里的黄金，在港口之间赚取蓝心的赠予，或是在恶风狂浪间当一无所有的海的儿女。阿维说这样的疑问不具备选择题的难度，而阿菲模糊地觉得弟弟努力地在编织一套华贵精美的礼服，而自身却赤身裸体。不过这些问题都应该抛在脑后，不管怎样，阿菲终究进入了大海。

　　船长今天穿了一件天鹅绒礼服，不过无论阿维怎么变换视角，依然觉得他像是个穿上华服的落魄水手。"日安，船长先生。"阿维轻快地向船长问好，"相信您已经准备好与领主大人进行一番愉快的交谈了。"海怪船长笑了笑说："胖老爷有自己安排的人选，希望待会儿你不需要我帮忙，小鬼。"阿维谦恭地垂下眼睛说："如您所愿，先生。"船长走过阿菲身边的时候盯着他看了一会儿，接着喊道："烂锤，破抹布，把这个小子变成咱们的人，等我们回来之后希望他不会碍事。"两个身穿粗布水手装的男人应声而出，阿菲认出是昨晚那两个长矛兵，不过此刻他俩一个拎着水桶，另一个胳膊上缠了一卷绳索，锁甲和长矛不知又是从哪里弄来的道具。"好的，头儿，我们一直擅长教育小水手。走吧，别害羞。"烂锤身上的腥气简直比鳗鱼还重，他一只手搭在阿菲的肩膀上，把他推到桅杆底下。"来，我们从这个开始，希望你是只猴子。"那张看起来凶悍的脸上露出了一点儿活泼的微笑。阿维看到哥哥开始和那两个水手一起摆弄绳索，就跟在船长后面走下了甲板。

　　这是阿维第一次走上领主长廊，雕纹精细的扶手与随处可见的织锦让他短暂地忘记了即将到来的挑战，仿佛他已经成功地当上了一方巨贾，终日站在被繁花锦绣包裹的高处俯视没有尽头的蔚蓝大海和属于自己的船队。从下方的富商庄园里传来阵阵鸟语花香，城堡的蓝心绽放出彩虹般的绚烂光彩，蓝心周围环绕着白色的飞鸟，在海神光芒的照耀下，它们仿佛是美好未来的信使，向他诉说着将要到手的幸福与成功。流水阶梯在他年轻的脚边传来悦耳的声响，雄壮威严的领主城堡掩映在一片光彩之中。城堡大门由六扇浮雕构成，望着浮雕上雄浑的大海与英勇非凡的海神，阿维握紧了自己的拳头，像那浮雕上的海神面对蛟龙一样勇敢。

　　海神铁卫们没有向他们敬礼致意，冷漠的目光从眼缝中射向海怪船长和一旁瘦弱的阿菲。然而海风没法征服掌握航线的船长。十二岁的阿维昂首挺胸走进海神的厅堂，彻底告别盐泪滩。

　　领主没有露面，等在那里的是个年轻的贵族。他傲立在领主大厅中没人的王座之前，像是要给眼前那把由珊瑚和深海明珠串联而成的椅子估个价。大厅正上方是点缀了无数夜明珠的黄金穹顶，那金灿灿的光彩甚至令从雕纹窗流泻而入的阳光都为之黯然失色。听到身后大门开合的声音，他优雅地转过身，对海怪船长微微笑了笑。当阿维看到他身上的纹章时，少年的内心仿佛激动得要炸裂开来。只见金色衬底上有一杆红色的秤，是维多家族的纹章。船长自从进入大厅就像是名士兵一样笔直地站立，脸上流露出令阿维并不明白的情绪。年轻贵族用一种居高临下又冷静异常的语气矜持地开口说道："派森涅船长，相信你对于我的出现并不感到惊诧。"说着他从身旁侍从手里接过一杯血色的红酒说："我亲爱的哥哥想必与你有过愉快的交谈，我们红金城与海神城的合作不会因为一次小小的不愉快而中途告废。"贵族浅浅地抿下一口红酒，略微挑了挑眉毛说："烈日之壤的味道，富庶的味道。我是维多家的次子，梅恩爵士。我父亲与兄长把赤沙群岛的商务交付我经营，至于你，海神城最忠心耿耿的船长，"阿维感觉海怪船长额头的青筋跳了一下，"你只需要完成领主大人交给你的任务就可以继续你的航行了。"船长表示服从。梅恩爵士接着饶有兴趣地看向阿维，而一旁的华服侍从则满脸嘲讽，梅恩爵士说："我那对账簿一窍不通的哥哥好像偶遇了一个有趣的小家伙，因此没让维多家变成海神城的笑话。"阿维勉强用不属于十二岁少年的心智按捺下内心的激动，忽地闪过一阵狐疑，特林·维多，维多家的次子，海神城与红金城，新商路……"那么，怎么称呼我们的小天才呢？"梅恩爵士冷漠的眼神里满是戏谑。阿维心底忽地涌起一阵寒冷，他想起八岁时目睹贵族商人之间的游戏，如同发臭的死鱼一般被扔进大海的华服男女，甚至是公主一般的小女孩，都在另一波贵族的矜持微笑中沉进冰冷的咸水，和往日兴盛的家族一样，只在海里留下几个带着血色的气泡。船长们装作听不见旧主人的凄惨呼号，站在新主人的身边进行着优雅愉悦的交流，某些时候，甚至连商船的旗帜纹章都不用改，因为有的家族，实在是太庞大了。阿维试图用来路上散发七彩光芒的蓝心来鼓舞自己，以黄金穹顶反射下的辉煌之光掩蔽住自己脸上的恐惧。那双冷漠的眼睛无疑看穿了少年的内心，并饶有趣味地等着他接下来的反应。阿维提醒自己振作，想想盐泪滩，想想每天早上自己远眺海洋都看到了什么，想想阿菲还有爸爸。他看向船长，试图看透对方眼中那复杂的神色，然而船长只是沉默。"大人，"阿维悄悄地深吸一口气，用自认为最平静的语调回应爵士那双冷漠的眼睛，"盐泪滩上的男孩与红金之秤或是海神三叉戟都没什么关系，但他不会让自己的才能烂在排污渠里。"爵士似乎不为所动，"相信您比您的兄长更需要一位忠实可靠的手下，毕竟赤沙群岛从未有我们海神领的商人上岸。"梅恩爵士戏谑地轻笑一声："你认为我会缺写写算算的书记官？""当然不，爵士先生。"阿维抬头望向爵士身上的红金之秤，"就如同您未来不会缺少无需成本的货物一样。"看到那双冷冰冰的蓝色眼睛里兴趣更加浓郁，阿维的底气也愈来愈足，"一块盛产黄金、宝石，并且钢铁稀缺的奇迹之地，一块被海神城当作荒芜沙地的黄金国度。"爵士兴趣十足地打量着少年，心想："那么一个聪明的孩子如何做到领先所有人知晓这些的呢？"阿维忽然灵光一闪，说道："红金城的探险船不比这里的海怪逊色多少，您的兄长不热衷于沙子里的一切，但那名给他带来小小麻烦的人物不见得不感兴趣。"那名拿着酒壶的华服侍从脸上的嘲讽忽变成惊恐，阿维继续说道："而海神城向来不缺少新造的海船和领主长廊上的空座位。"那个侍从因恐惧而发出尖锐的声音："你这是愚蠢地杜撰，我完成爵士的安排后直接回到了爵士身边！"说着侍从扔下酒壶，从身上手忙脚乱地翻出一张羊皮纸说："看，我根本没把它交给海神城。"梅恩爵士像是个安静的观众，侍从继续说道："我想赤沙群岛的商路足够支撑起另一个海神城了，而且，我猜一份诚意满满的礼物可以从海神领主那里换来最大的信任，甚至是永久的商船泊位。"说着他向爵士微微一鞠躬，"恕我无礼，但我希望您在港口的卫队是从维多家族带来的。"梅恩爵士眼中闪着微光，他静静地看着自己的手下和瘦削的少年。侍从说："不，大人，我妹妹是您的未婚妻，成为海神城贵族也是您的安排，我怎么可能……""怎么可能还跟旧主人在海神城里肩并肩地出现？"阿维学着他刚才的嘲讽神色悠然地说道。贵族侍从的脸变得无比惨白，似乎所有的血液全部冷却。梅恩爵士不再理会自己的手下，他用惊奇而欣赏的目光打量着阿维，说道："那么，我未来的事务官叫什么呢？""无姓的阿维，大人。"阿维谦恭地弯下身子，他知道在这一杆秤上，自己终于有了分量，而且秤的主人似乎很欣赏他。"我喜欢没有姓氏的孩子，"梅恩爵士看向阿维说，"那么你以后就姓维克托了，桑德·维克托。"他示意自己的贴身护卫把瘫软的侍从拖下去，继续说道："曾有过维克托变成维多的先例，这是一个用价值衡量血脉的家族。"他又抿了一口红酒说道："我父亲原来就是一个维克托。"阿维抑制住自己内心的狂喜，谦恭而激动地回答自己的主人："我将竭力报效您的赏识，大人，我是您的人了。""带这个孩子去换身衣服，维克托需要与之相配的形象。随后我们和海怪船长一起去接受蓝心的指引。"阿维，现在是桑德，在爵士的房间里努力地平复自己的心跳，并衡量自己的分量。桑德，沙子，赤沙群岛，身上略显宽大的精致天鹅绒服装，以及那用价值来衡量的血脉……他明白未来的路还有的是考验，但毕竟他成功地迈出了第一步，而这第一步出乎意料地惊险。

螺旋阶梯旁边，海怪船长静默地盯着他，不知那种眼神是赞叹还是悲哀。桑德机灵地从仆人那里要来一壶新的红酒，跟着梅恩爵士走上漫长的阶梯。那枚硕大的钻石在近处看起来是那么无以言表，令人失神在那璀璨夺目的光彩里。桑德仿佛真的感受到了美好的祝福，他看见那颗钻石向他展现出繁华的港口、高耸的城堡和平静大海上来来往往的商船，而那一切都不属于他。走出蓝心之殿后，爵士饮完杯中的红酒，向身后的桑德问道："海神城有蓝心的指引，你觉得他们会永远赢下去吗？"桑德稳当地续满主人的酒杯，说道："蓝心指引有志者走向辉煌，令短视者迷醉在虹光里，大人。"梅恩爵士愉悦地抿了一口酒说："你觉得我们人类在无尽的汪洋里该选择什么活法？"桑德望向窗外尽收眼底的海神城与远处蔚蓝海洋上邈远的船帆说："用汪洋里无尽的黄金铸成同样不朽的海港。"

鱼市与海

扑面而来的海风凉爽怡人，白海鸥绕着船飞个不停，晴朗高空里白云舒卷，眼前一片辽阔景象。第一次出海的阿菲本该在这美妙的景色面前欢呼雀跃，但上午目睹的一切让他内心乱成一团。他高兴地看到弟弟穿上了老爷们才能穿的华服，阿维似乎成为那个年轻贵族的侍从，但他们进入主船舱之后就一直没出来过。跟随贵族的家族卫士们暂时充当了水手，把船驶到离海神城最近的一个小岛边上，并开始向海怪号吊运方形铁笼，而铁笼里全是戴镣铐的各色犯人。有断手的老人，彪悍的壮年，穿着破烂水手服的海盗，甚至还看见几个比阿菲还小的孩子。他们中强壮有力的被粗暴地扔进下层甲板，锁在长船桨边上。老弱病残则手脚戴着镣铐在甲板上负责刷洗、收拾绳索和船帆的工作。只有五个少年被除去手脚镣铐，在桅杆顶担任瞭望员，或是来回奔跑的传令手。维多家族的卫兵们则披金戴甲，用长矛佩剑和十字弓监视着这些罪犯船工。阿菲知道盐泪滩上交不起税的穷人经常被强行拉走去当苦力船工，至于脸有烙印的杀人犯、强奸犯和叛徒、海盗，看起来也不像是些穷凶极恶的家伙，他们的脸上都流露出苦痛。

然而这些并没有让他无法忍受，真正让他肚腹翻滚的事情还在后面。领主给了海怪之触号十五个大铁笼，每个笼子装五个人，但船上只需要十个笼子，于是贵族命令卫兵将剩下那五个装着活人的笼子一个个拴上石头扔进海里。他们在入水之前凄厉地哭喊，扔到最后两个笼子时，一个小男孩稚嫩的哭声简直像把在心中搅动的刀子。海怪船长愤怒地要求贵族留下这两个笼子的囚犯，并告诉他下层甲板还能塞进去几个人，但那维多家的贵族只是品着红酒，矜持地表示未来几天的全速航行中海怪号不需要无用的累赘，说罢转身回到主船舱，而阿维目不斜视地跟在后面。派森涅船长愤恨地盯着主舱的门板，最后命令卫士用十字弓射死囚犯再扔进大海。身披红黄披风的红金城卫士拿着十字弓贴近囚笼，在一阵弩弦绷响中，稚嫩的哭泣与凄惨的呼号戛然而止。

破抹布和烂锤似乎早已对此习以为常，此刻他们粗鲁地跟阿菲讲着笑话，并教他如何攀登桅杆和荡绳索。他们俩是好人，惨案发生时，他们搂住阿菲的肩膀，并告诉他海中的一切族类都有他们的挣扎，当然人也不例外。

当天晚上，一身华服的弟弟找到失眠的哥哥，带给他精致的点心和甜酒，然而阿菲看到弟弟身上那只金红的秤便悲伤地别过头去。阿维放下手里的东西，扶住亲兄弟的肩膀说："别这样，阿菲，我们已经开始走上正轨了，等梅恩爵士到达赤沙群岛，我们就可以开始一段不一样的生活了。"阿菲抬头看向弟弟清澈的蓝色眼眸，那里映出了自己和身后的满天繁星。"今天那个男孩，"阿菲垂下视线似乎想要看到下层甲板里的苦力囚犯说，"他比我们还小。"阿维将哥哥抓得更紧，"我们对此毫无办法不是吗？就算我们放任自己沮丧也不会改变一分一毫的法则。"弟弟的蓝眼睛里满是光亮与力量，"做狼好过做羊，积累财富的人操控他人甚至是一个民族的命运，我们只能努力地活下去，努力地积攒自己的力量。"阿菲望着头顶的繁星，祥和而璀璨，但也如同美好的憧憬一般遥不可及。弟弟说得没错，身畔的海水深邃而宁静，但他知道狩猎与死亡时刻在那看不见的地方发生。这是自然的法则，阿菲明白。

他们在两天后抵达了距离赤沙群岛最北面的一个无人小岛，三十艘属于红金城的武装商船已经停靠在那里。鲜艳的红金旗帜迎风招展，梅恩爵士命令舰队驶向赤沙群岛的第一个沿海城市。战斗场面并没有两军对垒时看起来那般恢宏壮阔，十字弓铁剑对皮革，锁子甲对竹矛。往往是成千的武装奴隶在第一阵弩矢射过之后便轰然溃散，奴隶主被自己的奴隶踩踏致死，只有在神庙和宫殿里发生了零星的战斗，在付出了几乎可以忽略的伤亡后，这座由石头和砖块垒砌起来的城市便挂上了红金城的旗帜。目光呆滞的奴隶们被新来的异族主人带走时甚至没有任何抵抗，梅恩爵士对此当然很是满意，桑德则带着一百名十字弓手与一个翻译清点金矿情况与奴隶数目。在夜晚到来之前，所有的金矿就恢复了正常的工作。至于那金矿下的悲惨奴隶，连上面发生了什么都不清楚。投降的几个奴隶主试图用遥远大陆上的同族威胁爵士，然而在爵士砍下其中一人的脑袋之后，剩下的人就乖乖地接受梅恩爵士的一切指示。他们保留了自己的宫殿并瓜分了死者的遗产，而所有的黄金仓库和金矿则归征服者所有，奴隶主们为了分得其中微薄的一份，转而当起了新主人的监工。

剩下的两个城邦听说了征服者的到来，就在第二天前来投诚效忠，愿意将自己城邦每年一半的黄金与宝石产出交给红金城，只要保证他们的领地免受战火波及。梅恩爵士慷慨地答应了他们，并且在桑德的建议下追加了一个算是互利的交易：用来自中土的粮食与蔬菜交换这里的香料与药品。在这皆大欢喜的情况下梅恩爵士用丰盛的中土菜肴与红酒款待奴隶主，并犒赏家族军队与雇佣兵。海滩上燃起了无数的营火。阿菲没有加入他们，他在甲板上跟一个老囚徒合力捆扎着荡索，并听那老人讲述他被捕前的琐事。这时，一个高大的身影出现在他们的身后，脚步踉跄地朝他们走来。阿菲认出那是船长，老囚犯连忙退到甲板的另一边，跟同伴们坐在一起。倒不是出于害怕，因为囚犯们都知道船长是个脾气暴躁的好人。

"小子，怎么没跟你那杂种弟弟一起赴宴啊？"船长用粗糙刺耳的声音嘲笑着阿菲。男孩一跃而起说："我弟弟才不是杂种，他只是在贵族老爷手下谋差事而已，跟你一样！""哈！"船长吞了一口麦酒，斜斜地靠在船舷上，"维克多是维多家私生子的姓，不是杂种是什么。"说完，船长把酒壶朝阿菲一丢，说道："尝尝这个，小子，别天天跟我摆出一副死鱼的表情，你才经历多少。"阿菲小心翼翼地捧起酒壶，喝了一口，说道："你把它当你老妈的乳头了还是你裆下没把啊？"喝醉的船长脸上满是赤裸裸的蔑视与嘲讽，惹得阿菲暴跳如雷："不就是喝酒吗？谁不敢啊！"说着举起酒壶，咕咚咕咚灌下一大口。浓烈刺激的酒液竟然让他觉得意外的舒爽，带着说不出的复杂感觉，他刚咽下去，就又灌了一口。船长饶有趣味地看着阿菲打了一个嗝，说道："怎么，现实大失所望吗？小子！"船长扶着船舷缓缓坐下，把头靠在冷硬的挡箭板上继续说道："看来你和你兄弟的脑子里转悠的东西不大一样啊。"阿菲抬起头，看着满天安静的繁星，心里交杂在一起的情绪此刻令他茫然若失。"我从小就想当一个海上的汉子，跟一群伙伴一起去见识世界到底有多大，像个英雄一样跟风暴搏斗，与海怪角逐。自由自在地到任何一个地方去冒险，去亲眼见证奇迹，成为大海的一分子。"阿菲看向船长那沧桑而粗糙的脸说，"大海足以养育每一个人，可是他们为什么宁肯放弃辽阔大海里的痛快生活反而去无止境地积聚黄金，让自己变得那么……那么……"似乎是找不到合适的词语，他只能向船长摆出一个无可奈何的手势。"哈，就这事啊，野兽用尖牙利爪满足自己对鲜血的渴求，人用木船铁剑实现征服和占有的欲望。自由也是种欲望，而这所有的欲望都如同海上的风暴一样，自然又平常。"船长接过酒壶弹了弹说，"海洋里的鱼长成什么样的都有，互相猎食或是奔向各自喜欢的海域。咱们人也是一样的，小子，人间的海洋同样幽深复杂，跟鱼的区别就是，我们或许能决定自己将要成为的样子。"似乎是触及了心里的痛处，他暗哑地加上一句，"或许不能。"阿菲望向海滩，雇佣兵们痛饮着美酒，唱着低俗的歌谣。"他们为了金子而给老爷卖命，老爷为了金子和高高在上的城堡而不把人命当回事，而高高在上的城堡能积聚更多的金子，就有更多的人来卖命，继续着被利用的命运。这些人为什么在这个怪圈里面心甘情愿地受摆布？"船长看着男孩的眼睛，仿佛从中看到了些模糊的光亮。他指着木桶里的鱼说："海鱼就是再腥，也不愿意跑到晾晒架上变成明码标价的鱼干。海里的鱼只有遨游的欲望，不会把人的案板当作自己的目标。"说着他用麦酒润了润喉咙，"但人就复杂多了，爱占有多过自由，就会自己努力地往案板上跳，以期在世界的圈子里给自己明码标价。"船长忽然用一种希冀的目光望向男孩："小子，现实就是现实，我们只能选择。我说……你还想要梦里的活法吗？"阿菲把头探出船舷，远处的海面苍茫广阔，明月与繁星构成一幅绚烂的图景，不羁的海风将阵阵舒爽与清凉打在他年轻的脸上，在浩瀚与美丽之中，莫名的力量借着海风与月色充满他的整个心灵，驱散了人间的一切混杂的图景。阿菲忘记了船长的存在，他仿佛感受到苍茫大海中无比遥远的地方向他传来阵阵呼唤，于是他对着那深邃的所在露出一个兄弟般的微笑："我要追随狂浪到破船湾。"

少年与船长在海水轻拍船身的声响中沉默了一会儿，随后船长沧桑的脸庞浮现了一种奇妙的微笑，说道："阿菲，我想我们需要更多的麦酒。"

海怪骸骨空洞的眼窝在月色下发出银白的光，高耸的桅杆拉出几道长长的影子，停泊在一片深邃幽暗中的海怪传出一阵阵粗糙豪放而又欢快放肆的笑声，笑声在星辰与海洋之间久久回荡，直到一切都变得邈远而恍惚。

狂浪之吼

接下来的几天气氛变得异常诡异，至少海怪之触上的阿菲这样认为。打着海神城旗帜的他们在一片红金海洋中显得如此格格不入，而海神领的任务是让船长通报所有海港对悬挂蓝金旗帜的商船半税开放并预约足够的苦力搬运工。被维多家族武力占据的三大城市对海怪号的通告充耳不闻，并没有在本地巡逻船上悬挂象征对海神城和平开放的海神旗帜。

在那天晚上，喝得酩酊大醉的阿菲知道了船长给海神城卖命的原因。派森涅有个和他一样热爱海洋的兄弟，而出生于鲸港派博家族的他们生来就有属于自己的海船。不过哥儿俩没有如他们父亲期望的那样成为优秀的商人，反而驾着武装商船满世界去探险，甚至与那些老爷口中的海盗和亡命之徒成为生死搭档。在目睹了海神城贵族商人为了免费劳力和独享航线而对穷苦人民展开血腥围剿后，他们潜入海神水牢，领导了起义暴动，但由于手下副手的出卖，弟弟的船没能成功逃离港口。海神领主为了吞并鲸港，用他弟弟威胁父亲前来投诚效忠，性格骨鲠的派博家主决定用海洋之子的方式来跟海神领主对话，他率领家族海船跟大儿子领导的自由民组成联军与海神舰队在狭海决战。然而蓝心给海神领主预见了一场覆灭联合舰队的风暴，骄傲的派博跟家族船队一同沉入海底，那些与派森涅一同搏击海浪追逐风暴的自由民伙伴要么葬身鱼腹，要么被俘虏做囚犯劳工。派森涅凭借精湛的御船术从风暴中心逃了出来，但面对他的是浩浩荡荡的海神舰队。胖领主看中了他的御船术，并强迫他为自己的探险船服务来保证弟弟的生命安全。于是他让伙伴们驾长船逃走，自己一个人留在海怪上成为海神城的探险船船长，并开始了近二十年的违心生活。

可就眼下看来，他们似乎不得不回到海神城去了。梅恩爵士在宫殿里摆了一把靠背椅，此刻坐在上面的他与身边异域风格的摆设显得格格不入。阿菲看到弟弟在不远处的角落里跟一个深肤色男人嘀嘀咕咕说些什么，看那男人皱起的眉毛，估计不是什么好事。"船长先生，最近听说你遇到些麻烦，有什么能帮助你的吗？"梅恩爵士手中依然转悠着一个盛着红酒的高脚杯，"或者说，我们的海怪船长找不到回家的路吗？"爵士冷漠的蓝色眼睛瞟了阿菲一眼，不过什么话也没说。船长用刺耳粗糙的嗓音回应爵士的威胁："哈！我可不是天天躲在无风港的乳臭爵士，这两天憋闷得紧，我早就想到海上透气去了。"说完，不等爵士回应，就大踏步地带着阿菲朝外面走去。就在这时，一名红金城卫士冲进宫殿说："大人，有艘家族商船进港，但是货物被洗劫一空，并且，有些不好的消息……船长就在外面，您要他进来吗？"梅恩爵士面无表情地叫船长进来，然而当那个可怜的家伙一进来，梅恩脸上的矜持和冷漠就挂不住了。那个家伙身上穿了一条白绸裙服，胸前被撕扯出两个大洞，露出里面毛茸茸的胸膛，下身则用红黄燃料画了个奇形怪状的天平，托盘上一面是骷髅，另一面则是黄金。"大人，我们在前往赤沙群岛的时候偏离了航道，驶进了风暴海，您知道的，这是个新航线，我们不大熟悉。"他那可怜巴巴的表情看得阿菲想笑，"之后我们遇上了自由民，嗯，我的意思是说海盗，我们本来有五艘大肚商船，但他们洗劫了所有货物，还把五艘船上的海员一起绑到我的船上。哦，对了，他们还释放了所有的苦力桨手，你晓得，那帮无耻的囚犯立马就加入了他们。"梅恩眼中闪过些许的狠毒："风暴海，他们有旗帜吗？"小丑一样的船长滑稽地点了点头："有啊有啊，每艘都有，什么章鱼，鲸鲨，飞龙，没穿衣服的妓女，海象，还有叫不出名字的海怪。"梅恩爵士冷酷地盯着可怜蛋说道："所以说，五对六，你们输了？"小丑船长脑袋摇得像海狮一样说道："他们有喷火弩和弩炮，有的甚至有投石机。我们出发前领主大人叫我们卸下所有累赘全部装上货物，因为在信里说这条航线非常安全。""这么说来还真不怪你，船上的船员伤亡如何？"梅恩爵士给了他一个看似安慰的表情。"除了几个坠海的，剩下的所有船员都在我的船上，雇佣兵损失倒是不大。"小丑船长松了口气，觉得爵士应该是不会怪罪他了。梅恩拿过来一张海图说："在这上面给我画出交手的大致地点。"小丑船长忙不迭地接过碳棒，在标志着龙卷风的海域里画了一条线和一个圈，说道："他们就沿这条航线把我们从风暴海送到赤沙群岛北面的，那个海域危险得很，只有自由民们才能安全地避开风暴。"梅恩爵士看向海怪船长说："我想我们也有这样一位自由民，因此倒是不用担心风暴的问题。"言罢他踱到小丑船长身后说，"至于你和你那群贪生怕死的雇佣水手，"爵士拔出一柄精致的匕首，并狠狠地捅进他的后颈，可怜鬼发出狗一样的呜咽，抽搐了几下就不再动弹，"我会用海水好好奖赏他们的。"接着他转向派森涅船长说："那么，船长先生，有没有兴趣加入我们的狩猎呢？"鲜血顺着梅恩爵士的匕首慢慢地滴在地上，发出吧嗒吧嗒的声响。

海怪之触被安排在船队的最前面带路，阿菲注意到往日天天喝得醉醺醺的船长今天有种抑制不住的激动，沧桑的脸上是悲慨、痛快，还有癫狂。阿菲意识到那些章鱼海象之类的家伙里应该有他的老朋友，不然往日那个喝酒唱歌、消沉放荡的船长不会亲自掌舵。起航之前弟弟要带他离开海怪之触，但想到那柄滴血的匕首和男孩的哭泣，阿菲头也不回地跟在船长身后登上甲板。快要起航之际，他看着一脸焦急惊怒的弟弟，问了最后一个问题："阿维，我做出了我的选择，你要一起来吗？"阿维瞠目结舌地看向身后的梅恩爵士，鲜艳的红金纹章耀人眼目。阿菲没有再看自己的弟弟，也没有再理会他的叫喊、哀求，但是他无法遏制泪水夺眶而出，不论兄弟选择的是浩瀚汪洋还是混乱港口，他永远和自己血脉相连。

他走到船长身后，看向前方慢慢逼近的乌黑天空。"小子，人生的第一场风暴就要来了，"船长挑衅似的看着阿菲，"你是打算尿裤子，还是缩成一团啊？"阿菲吹着轻快的口哨回答说："我可以认为你是在回忆当年的糗事吗？""哈哈，但愿一会儿你跟风暴玩儿得愉快。"船长粗豪地仰天大笑。"话说，这些章鱼鲸鲨都是些什么样的人啊？"船长双眼发出一种狂热的光芒说，"你梦想成为的人，一群今天才想起我的狗娘养的海怪。"阿菲呆呆地和船长对视几秒，随后他激动地看向前方那遮天蔽日的乌云，攀上吊索感受越来越急的海风，一股对天长啸的冲动涌上心头。

海面开始像沸水一样翻腾不止，风帆被海风吹出一个饱满的弧度，而那不见尽头的乌云也笼罩了他们，海浪裹挟着刺骨的寒意拍向海怪之触的船舷，但那在船首掌舵的船长此刻是那么的狂放不羁，无所畏惧。猛烈的海风将他的头发吹得狂乱飞舞，那掌舵的双手时而将舵轮狂乱旋转，时而一动不动。一道仿佛要撕裂世界的闪电伴随着轰然炸响的雷声将整个风暴海照出一片惨白，面对这骇人心神的景象，船长像是疯癫的海怪一样大声笑骂。此刻的船长看不出沧桑的皱纹，看不出颓废与隐忍，在风暴和惊涛骇浪的怀抱里，他就是一头回到家里的海怪。

"哈哈哈，杂种和人渣们，把碍事的绳索捆起来，让船飞啊，哈哈哈。"烂锤和破抹布则在甲板上来回奔走，检查每一道绳索和每一个岗位。瞭望台上的少年早已吓得溜了下来，看到没人汇报前方情况，阿菲抓住吊索，在猛烈的风暴中向上攀登，暴躁的海风撕扯着他的衣服，但阿菲只感到空前的豪迈在胸腔里涌动，他登上桅杆高处的瞭望台，一手抓吊索，一手握栏杆，他看到整片狂乱的海洋就在自己的脚下翻滚喧腾，他感到暴雨淋身的痛快舒爽，目睹邈远天际不时闪过划破苍茫的雷电，此刻阿菲觉得自己身处儿时的梦里。海怪之触的骸骨船首劈开一个又一个浪，身后的十艘排成锥形队列的红金战舰仿佛在激流中漂浮的可怜的树叶，镏金撞锤在这一片雄浑苍茫里仿佛是小孩子的可笑玩具。"怎么回事，不是说那个酒鬼能避开风暴吗？"身穿纹章华服的船长在风浪里狼狈不堪地抱怨，而甲板上滚作一团的雇佣兵和家族战士则紧张地扒紧自己能看到的最牢固的东西。这时，桅杆上的瞭望员厉声高叫："发现敌船！"

远处，三艘形状狰狞的海船像是跃出水面的海怪，有时他们好像被大海吞噬，但不一会儿就乘着风浪再次出现。指挥官听到瞭望员的呼叫之后，当即下令："给海怪之触发送信号，让他们攻击敌船！替咱们吸引弩炮。"一旁的副官疑惑地说："可他们一个士兵都没有啊。"

指挥官冷酷地哼了一声："他们不是有个传说中的撞锤嘛。"

阿菲看到前方三艘跟海怪之触一样全身黝黑的奇形战舰，他们没有悬挂旗帜，但他们每艘船的撞锤头饰就是自己的标志，是他们在风暴与怒涛中起的骄傲名字。有鲸鲨的骨架，张牙舞爪的章鱼雕像和一整只牙齿发黄的泥塑海象。风暴令阿菲无法开口说话，但他模糊地听到船长那近乎嘶吼的大笑。阿菲看到身后的红金战船给自己发来攻击信号时，不禁也像船长一样放声大笑，他看到自己头上飞扬的那面像女孩手帕一样的海神旗帜，便拔出自己的水手刀，干净利索地斩断了它的吊索。

"大人，海怪扔下了海神旗，他们叛逃了！"瞭望员向指挥官高声呼叫。"那就将它一起宰了，他们只有四艘。"指挥官不安地抓紧身边的扶手，生怕跌进海里。

海怪船长看到了自己的老朋友们站在船头向他高声地欢呼，挥舞手里的刀剑，桅杆上猿猴般灵巧的自由民朝他吹响混杂不清的各色号角，就像当年跟他们一起驶向惊涛骇浪一样，他们一起放肆无畏地大笑，一起在狂风闪电里高歌。此刻无论喊什么，对面的兄弟都听不清，所以船长带着浑浊的泪水用豪迈悲慨的声音唱起一首歌。

> 你这海神，你这海神，
> 唷……吼……
> 蓝心的光灭了，谁去理会它。
> 怎不叫我血染你的手。
> 唷……吼……
> 破船湾的酒干了，风来满上它。
> 你拿着黄金饭叉，
> 怎不敢尝这海怪滋味。
> 我们由贱人生养，
> 我们是杂种降生。
> 你怎不来抢走我的贱人，
> 她可常常吹断你的帆。
> 你怎不来奴役我的杂种，
> 他可是天与海的私生儿。

身后的囚犯们一个接着一个握拳站起，跟着海怪船长一起唱这首属于风暴和浪涛的歌谣，而浪涛与风暴中的所有自由民就着闪电的伴奏与海浪的伴舞，将这粗犷的歌声送达乌云下的每一个角落。红金之秤的旗帜发出声响，而在旗帜下的人则震慑于这辽阔恢宏的气势。"他们在唱侮辱海神的歌谣。"副官惊骇地看向上司，"在狂暴的海上大骂海神，他们是疯了？"指挥官脸色惨白，但强装英勇："海神的子民们，叫这帮狂妄的贱民见识下海神的力量，弩炮就位，射手入列！"身后的士兵们连滚带爬地沿船舷排列成阵，把手中的十字弓握得死死的，张望着敌船的位置。

海怪船长使劲儿一踢身边的两个手下，说道："还等着风婊子教你怎么做吗？去拿斧头，给我的人砍断镣铐，今天干他个天翻地覆，哈哈哈。"两个男人奔到甲板的每一个角落去释放苦力，被释放的人又抄起家伙去释放其他的苦力，等海怪转过一个大弯和老朋友的船平行时，甲板已经站满自由民。

"看我干什么，都他娘的动起来，杂种们，给我把船摇起来，让船飞！哈哈，没错，让它飞！"甲板上的自由民们高声吼叫，随后奔向底层甲板，伸出像是海怪触须一般长长的船桨，伴着深沉整齐的呼喝，海怪逆着浪涛向前冲去。阿菲看见船桨在海怪边上激起两道白色的水花，自由民的四艘船全部位于红金船队的右侧，在战舰与海怪们即将平行的瞬间，船长夸张地一转舵轮，说道："收左桨！"海怪划过一个完美的弧线，把船首的撞锤对准维多战船的侧面船舷。"哈哈哈，杂种们，吹号！让他们听我们的怒吼，听我们怒吼！"雄浑激昂的号角声穿透海浪的咆哮传遍整个风暴的中心，其余的三艘海怪也吹起自己的战号，四道黝黑的身影划出致命而美丽的冲激浪潮，长桨的划动让海怪们势不可当，阿菲仿佛与海怪融为一体，他看着那些红金城十字弓手歇斯底里喊叫着并放出无用的弩矢，而弩炮射出的铁矛只是穿过一面船帆，斜着飞进了海水中。随后，在一阵激烈的震颤中，海怪之触那自骸骨中伸出的钢铁撞锤将对面的战舰从中间狠狠切成两半。身穿锁甲的雇佣兵的哀号声被大海吞噬，木屑纷飞的船首上，海怪船长疯癫地大笑。

像是鲸鲨追捕鱼群，一上来就沉没四艘战船的红金船队阵形大乱，右翼剩下的那艘战舰为了防止自己成为下一个目标而拼命向左翼挤去，其中一艘不及闪避的战舰被撞断了一侧的所有长桨，左翼的战舰纷纷努力避让。船长们让海怪继续向前冲去，而在风暴中弩矢就像是一片飘摇的树叶，甚至没有一支射中目标。眼见海怪顶着战锤朝自己冲来，为钱出力的佣兵们不愿意为跟自己没什么大关系的旗帜拼死奋战，有的船上发生了哗变，雇佣兵杀死红金城战士驾船而逃。剩下的为了免遭肢解之祸奋力掉转船头企图与自由民们进行接舷战，黝黑的船像是海中捕猎的凶兽，灵活地调整角度撞上对面船只的船首，随后，英勇无畏的自由民用搭板、飞索扑上对面上过漆的甲板，刀剑的碰撞与人的惨叫混入风暴与海浪的合唱中。

战斗结束得如此迅速，红金城那些在无风港里气焰嚣张的船队如今逃跑三艘、投降一艘。剩下的不是被直接撞碎就是在接舷战里输得彻彻底底。在一处平静的海域，当派森涅船长跟老伙计们碰面之后，那四个互相搂抱着踢打的家伙让阿菲加入他们。寒暄过后，船长们来到主船舱里商议接下来的计划，而阿菲则负责给他们端来一杯接一杯的麦酒。

"章鱼，其他老伙计呢？死了还是被抓了？"海怪船长希望自己能听到些好消息。"哎！"那个跟自己海船起一个名字的猥琐男人露出悲痛欲绝的表情说，"死了，指定都死了，他们现在指定都死在海神城的麦酒桶里了。"说罢全大厅的人哈哈大笑。鲸鲨船长瞎了一只眼，但另一只眼却是说不出的灵动活泼："老杰克和蜜舌早就混进了海神水牢，给咱们的暴乱划拉人，其余的老伙计就把船停在三角屿，那地方又近又安全，救完人可以用长船运到那里。""嗯，顺便把他那个蓝心砸个稀烂，然后我们一起回破船湾。"派森涅仿佛又回到了十几年前跟伙计们闯荡天下的日子，这感觉让他忽然想哭，又忽然想笑。"我们亲爱的小海怪回家了，要学小宝宝哭鼻子啦。哈哈哈，来吧，举杯吧，敬我们该死的过去，敬我们自己的蓝心！"

于是，阿菲第二次喝得不省人事。

汪洋之心

冰冷的月光透过木笼照在紧紧挨在一起的囚犯们身上，木笼下方是冰冷刺骨的海水。柔和轻微的水声在每个犯人耳边萦绕，似乎是在提醒他们，大海从未如领主城堡上的蓝心那样，在夜晚陷入沉默。忽然，火盆逐个亮了起来，伴随着喧嚣，一个中年壮汉和一个少年被扔进木笼。中年人沉默不语，少年却咒骂着卫兵与他们的领主。看到这一幕，所有的囚犯不约而同地站起来，仿佛是接收到了什么信号。他们的眼睛里闪动着热切的光芒，迎着火盆里的火焰，就像是蓝心那样绽放光彩。中年人环视周围的囚犯，坚定而低沉地说："先民的破船湾，指引我们上路。"

一只粗壮的手猛地拉住看守的胳膊并拽进木笼，另一只瘦削的手臂则伸进他的口袋翻出一把钥匙。一个木笼，两个，三个……派森涅拔出看守的长剑，砍烂另一个木笼的栅栏门，他对着周围或是为了生存而战，或是为蓝心揭竿而起的起义者高声呼喊："让钻石老爷们听听，我们的第一句怒吼是什么？"

"砸碎镣铐！"不再交税的穷人和不再当牛做马的苦工一同高呼，不再为金钱卖命的水手和不再向命运低头的自由人齐声咆哮。他们用拳头砸向束缚自己的一切，看守、铁门，直到手中握上敌人的武器。他们或操弓持弩，或拎斧抢剑。他们冲进来不及关紧的城门，杀死守卫，在海神城里燃起熊熊大火，这是来自心里的火，是真正的汪洋之心目睹海洋之子贩卖灵魂之后腾起的怒火。庄园里面的商人绝望地看着精致的花园被烈焰吞噬，玩忽职守的士兵丢盔弃甲，仓皇地逃离到起义的人群中。盐泪滩上，隐藏许久的自由民划着小船来到海神舰队周围，伴随着城堡警钟和号角的响起，那些织锦装饰的商船燃起了熊熊烈焰，仿佛是一只只火焰凶兽，朝那黯淡无光的大钻石发出无声的吼叫。

起义的人群追随着派森涅冲到城堡近前，一阵箭雨忽地落下，鲜血飞溅中，粗布蔽体的起义者倒下一大片。海怪船长声嘶力竭地呼喊："奴役我们的虚伪蓝心就在上面，伙计们，我们的第二句怒吼是什么？"

"砸碎蓝心！"起义的人们用一只着火的巨型圆木一下一下凿着浮雕大门，倒下去的人越多，大门的晃动越大。相信海神城自建城之日起就没有想到过会被自己脚下的卑微蚂蚁撞开华丽的城堡大门。门后的海神铁卫们被潮水般涌入的起义者瞬间淹没，派森涅领着起义者冲进蓝心圣殿时，哆嗦成一团的领主和最后几个铁卫站在他们那名为蓝心的巨大钻石前。铁卫们拔剑做最后的挣扎，而领主则倒退着向后爬去。解决了那几个勇敢却愚忠的铁卫后，派森涅用剑指向蓝心道："你的海神有没有通过蓝心指引你躲避这次劫难呢？你的海神有没有告诉你你的黄金肮脏又血腥？你的海神有没有允许你在海洋上奴役别人的肉体和灵魂？你的海神有没有告诉你留我弟弟一命？"派森涅的长剑刺穿领主的心脏，领主停止抽搐后，他看向身后的人群。

"砸碎蓝心！砸碎蓝心！"斧头与利剑，战锤与长矛，那所谓的蔚蓝之礼，那指引无数人贩卖自己灵魂的蓝心，在剧烈的颤抖中像是被撞锤冲碎的海船一样剥落下无数碎屑，伴随着支柱的折断，硕大的钻石摔下高空，在地上砸了个粉碎。

阿菲看到排列整齐的海神城士兵在几个贵族的带领下从水手区向城堡进发，便飞奔上圣殿说："船长，大部队来了，该走了。"派森涅率先冲出大殿，并振臂高呼："先民的破船湾在前面等着我们，第三声怒吼！"

"破浪远航！"起义者们沿着原路奔向港口，而那些士兵连忙停止向城堡进发，从侧面迅速冲过来准备将他们堵死在城墙里。留在城门上的起义者端起十字弩为自己的伙伴拖延时间，奔跑的自由民，冲锋的海神士兵，熊熊燃烧的大火，在云端看起来像是一幅神秘而遨远的图景，星辰交织着不为人知的意义，朗月静默地散发着银白色的光，在云端看不见派森涅，在云端也看不见阿菲，任何一个起义的人或是领主的士兵都是看不见的，但这些人聚集在一起，依然形成了不比日月星辰渺小的永恒意义，那就是精神的传承，是过去和未来都在传承的意志，真正的蓝心，承载着永恒的破船湾……

这是航向破船湾的第二个月，阿菲在海怪的瞭望塔上辨认着此时的方位与航向，他要学的还很多，幸运的是他不缺少老师。爸爸和海怪船长在船首上一边大吹牛皮，一边喝着麦酒，船员们在各自的岗位之外欢快地研究着自己从海里发现的新鲜事物。从碎镣之夜逃出来的人民被他们送往一方新大陆，那里的原住民淳朴善良，善于从自然中领悟文明的含义。向往浩瀚和奇迹的自由民则一起扬帆远航，载着新大陆居民的馈赠和祝福，他们驶向先民的汪洋之心。八艘黝黑的海怪船在蔚蓝的大海和晴朗的天空下自在遨游，他们在未知的岛屿上欢宴，在越来越猛的风暴中酣畅地战斗，只要有他们在的地方，阿菲觉得就身处破船湾。

当他们真正抵达传说中的奇迹之地后，阿菲终于明白海怪船长的指引来自何处。没错，来自蓝心，由海洋与人共同塑造成的蓝心。苍茫幽深的海洋中，成千上万的黝黑船只聚集在一起，他们或是被风暴击折桅杆，或是被海怪之触撞破船身，抑或是在凶猛的海浪下碎成两截，但他们有着共同的心声，就是在浩瀚的蔚蓝中向着憧憬的奇迹自在远航。阿菲在他们所憧憬的奇迹里看见了他们自己，是浩瀚蔚蓝的海造就了奇迹，是风暴巨浪造就了奇迹，也造就了无数不羁的、纯净的灵魂。

停泊在破船湾的第二天，海怪们决定再次起航，航向更远处，航向自己心中呼唤的所在，然而阿菲和船长们都知道，自他们扬帆起航的那一刻起，他们便已经到达。乌云渐渐聚集，风暴又要降临，扑面的凌厉海风让阿菲的胸膛溢满豪迈，他对着无边无际的汪洋和风云变幻的苍穹发出一声不羁的吼叫。

"小子，你觉得自己是个海怪吗？"派森涅船长那粗豪的面庞满是笑意。

"不，我不是海怪。"阿菲蓝色的眼睛在一缕透过乌云的阳光下闪耀着光芒，"但不论身处怎样的浩瀚大海中，我都会发出自己的咆哮。"

黑色的海船，苍茫的大海，唯听豪迈的长啸与浪涛轰响，永不止息。

（王佳友，辽宁大学物理学院电子科学与技术专业2013级国防生。）

无 题

韦宝华

一

手臂上好痒，痒得不得了，禾田挣扎着伸手去挠，把自己弄醒了。

想要睁开眼睛，但眼睛好像被强力胶粘住了一般，微微一动就刀割般的疼，于是他干脆暂时放弃。脑袋深处说不清的地方在疼，就像有人捏气球般捏住了脑仁，意识成了一摊糨糊，怎么也凝不起来。还想睡，但是脑袋疼个不停，实在没法再睡着了。

手上还是觉得痒……

禾田不耐烦地哼哼，在被子里挣扎了几下，最终还是决定起身。他挣扎着想起身，发觉原来自己的手臂露在了被子外，侧头一看，是虫子。

准确地说，是蜈蚣。它们足有一个成年男人的手掌长，约莫二指粗，通体泛着油亮恶心的棕黑色，在床上悠然自得地爬行着。它们爬上床架，爬过隆起的被子，也爬过自己外露的手臂，更爬得整个房间上下左右密密麻麻全都是。禾田呆了几秒猛地掀翻被子跳起来，惊恐地蹦跳着夺门而出，没头没脑地狂奔了几十步后才喘着气慢慢停下来。

禾田抚了抚胸口，惊魂未定地回头，仍可见到自己冲出来的屋子，它全部用原木搭成，但木头看起来都已腐朽，颜色灰败，绿色的苔藓植物爬满了木屋的底部。禾田站定身子，环顾四周，眼前皆是参天巨木，树干的低处连树枝都没长，抬头望不到树冠，只见高处有光秃的树枝如细针般插入灰蒙蒙的天空。禾田不辨方向地往前走，脚步放得很慢，边走边时时留意着周围的动静。然而什么也没有。他觉得自己才走没多久就累了，摸到的树干没什么分别的一样粗，脚下的草没什么分别的一样高，不断重复的无力感突然间铺天盖地袭来，让人瞬间没了前进的动力，禾田叹了一口气，就近靠着一棵树坐下。

"你没事吧？"

禾田浑身一惊，循声望去发现一个女孩站在不远处的一棵树旁。

"你……"

不等禾田反应过来，女孩已经向禾田小跑过来，边跑边焦急地说："你什么你，别坐着了，快跟我来！"

禾田不由得站起来，女孩看着像初中生，还穿着白色的校服，扎着的马尾辫随着她的步子一甩一甩。她二话不说拉起禾田的手就跑，禾田一犹豫便被她拉出几步远，索性也放弃了挣扎跟着她跑了起来。两人径直向前跑，很快禾田就看到前面的一棵树下有一个小小的黑影，女孩加快了脚步欣喜地低声叫道："阿森！"

蹲在地上的小男孩闻声猛地抬头，一张小脸惨白，脸上满是惊恐："菜菜！"

菜菜上前把他拉起来轻轻抱在怀里，安抚他微微颤抖的身子，不停地在他耳边小声说："没事了！没事了！我回来了。"阿森才渐渐地平静下来，从菜菜的怀里探出一只小眼睛来，打量着禾田。

"怎么了？"禾田问。

"可能一个人害怕吧。"菜菜说，"阿森胆子太小。"

禾田说："那你还留他一个人在这里？"

"我也没办法啊！"被这么一问菜菜顿时觉得憋屈，"我听见前面有声音，不知道是什么情况，所以只能让阿森藏好我自己去看看嘛，要是有危险还能让阿森跑掉……"

"什么危险？"

"额，有个人，不，也不知道算不算危险……"

"什么人？"禾田追问道。

"感觉……我也说不上来，应该不是坏人吧。"

"是不是一个身高看起来跟我差不多的男人？"

"你知道？"菜菜惊讶道。

禾田点头，皱着眉头思索了一下，然后说："他是一个杀人狂，犯了连环杀人案，连续杀了四个人，警察一直没有抓到他，估计他就是躲在这树林里躲避警察的追捕。"

菜菜吓得脸色惨白，声音都变调了，惊恐地抓住禾田的衣角："真的吗？不是吧，那我们怎么办，我们会被杀掉吗？"

禾田摇了摇头说："我也不知道，毕竟对方是杀过人的人，我们不得不小心。"

菜菜一脸担忧地低头对阿森说："你千万不要乱跑哟，一定要跟好我哟。"阿森听话地连连点头。

菜菜又转头对禾田说："现在我们赶紧去找另一个人吧。对了，你会打架吗？如果我们被那个人袭击了，你可以打跑他。"

"我？"禾田指着自己，哭笑不得地说，"你看我像会打架的样子吗？"

菜菜不满地噘嘴道："什么嘛，你这么大个男人都不会打架吗？会打架的男人才帅啊，你不会打架怎么保护女生啊！"

禾田汗颜。

"哎呀，不管啦，反正我们之中你最大，你怎么都要保护我们两个的，知道了吗？"

"唉，是是是。"

三人在树林中前进，菜菜拉着阿森的手走在前面带路，禾田殿后。路上他一直想找一截粗树枝或者一块石头什么的当作武器，无奈走了很久都没有见到适合的东西，心想等一下遇上了那个人该怎么办，用什么办法可以快速将对方置于死地。

阿森走着走着就不肯走了。他抬头看菜菜，因为瘦而显得大大的眼睛里满是泪花，两只小脚抖着，菜菜拉了他两下，他也不依。

"姐姐我不想走了……我累……"阿森带着哭腔说。

菜菜叹了口气，有点儿不耐烦地说："可是我们要赶路啊……对了，你背他走吧，这样阿森应该就不怕了。"

禾田："……好吧。"

阿森明显有点儿怕他，菜菜蹲下身子与他视线平行，语调温柔地哄了几句，他才委委屈屈地伏到了禾田背上。还好，阿森估计是因为太害怕了精神一直紧绷着，有人背了之后放松了下来，很快就在禾田背上睡着了，也不闹。这小孩儿真的很瘦很轻，禾田轻轻往上颠了颠，觉得他应该没有好好吃东西。

似乎猜到了禾田在想什么，菜菜走在前面轻声说："阿森总是被别的小孩儿欺负，不仅那些调皮的孩子欺负他，有些被欺负的孩子也拿他来撒气。你看见他下巴上的伤了吗？就是被那帮臭小孩儿推倒摔的，他可能心里很难受吧，每天饭都吃不好。我真是觉得奇怪，明明都才上学前班的孩子，现在的小孩儿哪里学来的对伙伴这么狠啊？"

菜菜缓了缓语气，又说："他的性格本来就内向，整天看书，也不爱说话，被欺负了也不出声，谁都不告诉，更不用说还击了，真是。"

禾田笑道："你倒是一副恨铁不成钢的样子。"

"可不是嘛！我最受不了忍气吞声了！"菜菜生气道，"凭什么要被人欺负，别人说你打你，就应该十倍百倍地还回去。你不出声，别人以为你好欺负，回头还会更加猖狂，这种讨厌的人要在最开始就让他闭嘴！"

"你这初中生想法还真不少啊，难不成你也被欺负啦？"

菜菜不屑地说："哼，就凭她们？学习也没我好，长得也没我漂亮，我不过是和她们的男神交往了嘛，嫉妒我呗，整天在别人背后嚼舌根，到处说我的坏话，一群小人。"

禾田心里不安，赶忙连声安抚，菜菜才气呼呼地不说话了。

"菜菜啊，我想问一下，这个，"禾田微微弯腰指着树干上的一个划痕问，"这个是你们画的吗？刚才来的路上也有。"

"哪个？"菜菜回过身来看，说道，"不是啊。"

"是我们要找的人画的吗？"禾田问。

"啊！对了，对了，没错，应该是小叶画的，他肯定是要告诉我们他怎么走的。"菜菜连连点头，转头看着禾田说，"我们快走，沿着记号走。"

记号画在树干底部，一头低，一头高，说明画记号的人故意要把记号画低，但是由于自身身高较高，那人只是弯腰作画而没有蹲下来，导致记号画歪了。那人的身高跟自己恐怕差不太多，禾田想。果不其然，三人顺着记号没走多久就看到前方有一个人在向他们挥手，禾田走近了看是一个瘦高的男生，高中生的样子。

"我的天，你们可算来了！你们看到记号了，对吗？你们知道吗我刚才在这里等你们的时候，又看见那个人了！他又在树林里到处走，远远地看不清他，黑黑的一个人影，虽然感觉不像坏人……"男生还没等禾田和菜菜站定就噼里啪啦说了一大串话，菜菜赶忙打手势让他说话小声点儿，免得引人注意。

男生嘴巴不停，眼睛滴溜溜地转："我们现在怎么办，我感觉那个人没有走远，还在这附近，我们要怎么走？唉！我说，干脆我们去找他吧，看看他到底是怎么回事，搞不好他需要帮助呢，也免得我们在这里自己吓自己。"

"小叶你胡说什么呢！"菜菜大惊失色，"禾田说那个人是个杀人犯，被通缉的！我们要是见了他，搞不好会死的！"

"什么！"小叶吓了一大跳，惊恐地说，"杀人犯，什么，怎么回事，是真的吗？天啊，天啊，吓死我了，刚才我就有点儿想上去跟他搭话，幸好犹豫了一下还是没有去，不然我就会被杀了，老天，老天……"

禾田说："我们还是绕道走吧。小叶，你在哪里看到那个人的？"

"就是那边。"小叶转头一指。

禾田点头说："好，我们往反方向走。"

小叶说："啊，阿森换我来背吧，你应该背累了。"

禾田说："那就谢谢你了，我走前面。"

禾田把阿森交给小叶背着，阿森已经醒了，只是仍然不肯下地走路，三人照顾他，便一直背着，他不哭也不闹，乖乖地让小叶背着。小叶看着瘦，力气还是有，边走边说："你们说，那个人他住在这里吗？我很久以前就见过他，但是在我印象中他很少出现，也就是最近一段时间吧，他才出现得比较频繁了……"

菜菜突然打断他："哎，他杀了人，不会在这里埋了尸体吧！"

小叶惊出一身鸡皮疙瘩，说道："乌鸦嘴，乌鸦嘴，乌鸦嘴，你可别吓我啊！天啊！太可怕了，照你这么说，谁知道我们是不是已经从尸体上走过去了！"

"我就随便说说……"菜菜也被小叶的话吓到了，连连吐口水，"呸呸呸，我什么都没说。"

禾田小声道："不会的，埋了尸体他还不跑吗？还留在这儿干吗，等着被人找到吗？"

小叶猛点头："对对对，就是这样，就是这样，才不会是什么埋了尸体呢。"

菜菜面带土色，动了动嘴到底也没出声。小叶明显是被刚才的对话吓到了，连走路都别扭得好像在避着地底下埋着的尸体，再也顾不上说话，瞬间就这样静了下来。

禾田走着走着突然感觉脚底好像踩到了什么东西，低头一看，地上有个凹坑，他正好踩在凹坑的边缘上，然而再仔细一看，这个凹坑竟是一个兽类的脚印！禾田一惊赶紧收脚，后面的两人凑了上来看是怎么回事。

"啊，是熊的脚印。"菜菜说。

禾田惊讶道："熊？这里还有熊啊？"

"有的呀，一直都有，不过没事的，它不会攻击我们的。"菜菜看着他，"我们经常遇见它，什么事也没有，它平时就是走来走去的。"

禾田半信半疑地问："真的？"

小叶也点头说："真的，真的，虽然我们也不会和它一起玩儿什么的，但是它真的从来没有伤害过我们。"

"好吧，那我们继续走吧。"

往前走了一小段路，禾田又看见地上有熊的脚印。他觉得好像有哪里不太对劲儿，可是又抓不住到底是什么，犹豫了一下还是继续走，一只脚刚要迈出去，心里没来由地陡然一紧，猛地注意到前方不远处似乎有一大片黑影缓缓向他们移动而来。禾田想退后，不想菜菜顶住他后背说："你干吗呀，不用害怕啦，那是熊啊，没事的，它不会伤害我们的。"

"你说那是熊？！"禾田诧异道，回转头去再确认自己没眼花，"这个都看不到头的东西是熊？！"

熊在向他们走来，这只熊实在太过巨大，禾田即使抬头也无法看到其头部，眼前只有铜墙铁壁一般的硕大身躯。禾田心里没来由地慌张起来，他感到这只巨熊并不像菜菜他们所说的那么友好，只不过思考了一秒，禾田转身拔腿就跑，巨熊登时如同加速开关被打开一般，一只巨掌带着呼呼风声向禾田猛然袭去。菜菜和小叶因为这突如其来的变故大惊失色，来不及多想便跟着禾田奔逃起来。巨掌擦着他们的后背轰然拍到地上，尘土飞扬，地上留下一个大坑。

"这是怎么回事？"小叶背着阿森跑得非常吃力，声音随着脚步一顿一顿，"它以前从来没有攻击过我们啊！"

菜菜吓得声音都变调了："我也不知道！它追着我们吗？"

小叶艰难地回头："是！它追着我们！天哪，我们能跑过它吗？"

禾田说："闭嘴！给我跑！"

大家没命似的疯狂逃跑，连回头看一眼都不敢，只顾埋头往前冲。

"等……等等，我跑不动了，它没追上来！"小叶大喊道，又努力往前迈了两步，实在挪不动腿了。听到喊声的菜菜停下脚步，回转身把阿森从他背上抱下来，小叶一下瘫坐在地上不停喘气。

熊确实没有追上来，大家暂时安全，但是它攻击时发出的那种不可战胜的压倒性的威慑让禾田心有余悸，要是被那样一掌拍到，估计骨头全都碎了。现在，离开这里无疑是最好的选择，可是还没有遇到那个人……禾田想，还不能就这样离开。

"我……我觉得，太奇怪了！"小叶艰难地咽了一口唾沫说，"怎么会这样，熊以前从来没有攻击过我们的。"

菜菜也是跑得面色发白，说道："是啊，这太奇怪了。"

"大熊是好熊，不是坏熊。"阿森弱弱地说。

"可是现在的事实就是，它真的攻击我们了。"禾田脸色略有不悦，不耐烦地说道，"你们就别说以前了，还是想想现在怎么办吧。"

小叶简直是担惊受怕到不行，一下是杀人犯，一下又是巨熊的攻击，神情非常紧张，他说："那什么，不然我们先别走了吧。我们找个地方躲一下，顺便恢复恢复体力，之后再想想怎么办，好不好？你们看啊，不管是熊还是那个人，我们都处于被动状态，那还不如找个地方躲起来，静观其变……"

菜菜瞪了他一眼，打断道："你就是屄。"

"我怎么就屄了？"小叶瞬间不高兴了，提高了声音对菜菜说，"我就是觉得可以先缓缓，看看情况再……"

菜菜明显不屑于他的说辞："看什么情况啊，你会看情况的话你上次还能被一群人堵在巷子里打吗？哦，不是上次，是好多次呢。"

"你这人能不能不要打断我说话！懂不懂礼貌啊！"小叶怒吼。

"嘴又碎，又是根墙头草，你就是因为这样所以才……"

两人吵得禾田脑袋疼，索性由他们去吵，自己在附近寻个地方清静一下。

熊是意料之外的情况，刚才逃跑的瞬间，其他人没有注意到，但是禾田注意到了，是自己先转身跑了熊才开始发动攻击的，也就是说熊的攻击其实是冲着自己一个人来的。它一直都在这里，巨硕无比，威力强大，对其他人无害，唯独对自己表现出敌意，是什么意思？它是发现了什么吗？

嚓嚓，远远地很轻微，是脚踩到草的声音。

禾田神色一凛，身体上没有明显的动作，头微微偏转，用眼睛的余光看了看两边，没有发现异样。他想了想，装作什么都没有发现的样子，转身回了小孩儿那边。

小孩儿们已经安静下来了，阿森起身往禾田这边走来，禾田以为他想要自己抱他便蹲下身去。阿森走到他身边怯怯地看了他一眼，偏头看向他身后的树林，似乎是本来想要往前走的，却因为禾田的动作而不敢再走了。

"怎么了呀，阿森？"菜菜也走了过来，摸摸他的头，阿森用手指着禾田背后的树林，看着菜菜。菜菜一时没明白他是什么意思，阿森却当作她默认了抬脚就要走，菜菜连忙拉住他："阿森你干吗？"

阿森也被她吓了一跳，小声说："他在那边……我想去找他。"

"谁？你是说那个人吗？"小叶说。

阿森点头。

"等等！"菜菜诧异地说，"可是禾田说那个人是个杀人犯。"

阿森偏着头茫然地看着菜菜，好像不太明白"杀人犯"的意思，只是眨眨眼睛说："他不是坏人。"

"这……你难道以前和那个人一起玩儿过？"小叶说。

阿森再次点头。

小叶和菜菜面面相觑，阿森由于性情胆小不会说谎，他这么说的话似乎可以证明那个人确实不是坏人，可是另一方面禾田说他是杀人犯，这确实让人觉得害怕，二人都不知道该怎么办才好，只能一齐看向禾田。

禾田说："不要过去，以前和现在是两回事，听我的，以防万一。"

菜菜犹豫了一下，还是点了点头，把阿森拉到自己的身边。阿森很不理解，一副非常委屈的样子，咬着嘴唇眼泪汪汪。

小叶看他这个样子有点儿不忍心，说："那什么，我一直想说来着，其实我们对那个人都不是很了解嘛，也不知道他到底是好是坏，就这样把他定性成坏人，是不是不太好啊？有没有可能……"

"你的意思是，我说他是杀人犯的事是我骗你们吗？"禾田看着小叶。

"……对不起，我不是这个意思。"

菜菜赶紧打圆场道："那个，总之，现在情况不明，我们不要贸然接近他就好了吧？"

阿森突然说："他在过来。"

菜菜："你是说他在往我们这里走过来？"

"是啊。"阿森点头。

小叶："这……这……这怎么办，我们可没做好要跟他接触的准备啊，虽然他可能是普通人，但是我可不敢赌他到底是不是杀人犯，万一他真的是杀人犯，搞不好真的会杀我们灭口啊……"

禾田说："我来吧。"

小叶说："你来做什么？"

禾田的眼光扫过每一个人，说："我去和他接触，你们先走。"

"这怎么行！"菜菜忍不住大声道，"我们不能让你一个人陷入危险！"

禾田笑了，说道："你们之前不是还说那个人可能不是坏人吗？"

"那……那万一真的是……"

这下菜菜和小叶两人都拿不准了，让禾田一个人去很没义气，可是万一双方起了冲突，自己又确实没有和那个人正面对抗的勇气和力气。禾田怎么不晓得两人怎么想，大手一挥就这么定了，让两人带着阿森先避一避，自己一个人去。

禾田说："小叶，你是用什么在树干上做记号的？"

小叶回答道："折叠小刀，我钥匙串上一直别着的。"

禾田说："给我吧。"

小叶瞪大眼睛说："你要做什么？"

"一会儿可能会用上。"禾田认真地说。

小叶惊讶地说："你……你要杀人？"

"你想什么呢，我只是防身用。"

"哦……"

小叶还是有些犹豫，禾田深吸了一口气，耐心解释道："如果他真的是杀人犯，手上一定有什么工具可以置我们于死地，到时候你要我赤手空拳跟他搏斗吗？我只是为了以防万一。"

"我想，我还是留下来吧。"菜菜说。

禾田被她气笑了："你留下来能做什么？你一个未成年小女生，人家一推你就倒了，还想反击啊？"

"我……我……"菜菜不甘心地咬了咬下唇，"那让小叶留下来！他总可以帮上忙吧！"

"不必了。"还没等小叶说话，禾田立刻打断道，"小叶负责背阿森，跑起来的时候菜菜你背不动他的。"

菜菜一脸为难地看看小叶，又看看阿森，最后和禾田对视。

"相信我吧！"禾田笑道，"我好歹比你们都大啊，保护你们几个小屁孩不是应该的吗？"

小叶一声不吭，最后还是把钥匙掏了出来，放在禾田的手心。

禾田把小刀从钥匙串上拆下来试了试，刀上有弹簧装置，开收都很方便。他转头看着三人道："好了，你们现在马上走，他马上就要过来了。"

菜菜看了他一眼，率先起身走了，小叶背上阿森跟在后面。

禾田目送他们走了一段，挥手示意他们走得还不够远，直到已经完全看不见他们的身影了才呼出一口气，回头目视前方。

禾田看到有一个人影在走近，对方身量应该是与自己相当的。虽然自己不见得有优势，但是同样也没什么劣势。对方明显心有顾虑，脚下犹豫，禾田不想节外生枝，决定主动出击。他利用对方被树干遮挡而产生的视角盲区快速闪到旁边的另一棵树后，拉近与对方的距离，对方似乎浑然不知，依旧朝这边走来。很快，两人之间只剩一棵树的距离。就在对方与树干擦身而过的一瞬间，禾田从树干另一面绕出来，伸手就要勒住他的脖子，不承想禾田的脚步声没掩住，一脚迈出的时候就被对方察觉了。此时他侧身避过禾田的手，结果一个不平衡摔了一跤，禾田一愣很快又扑上去，成功掐住了对方的脖子开始使劲儿，对方慌慌张张地抓住禾田的手往外掰，两人的力气竟然旗鼓相当，禾田很快就有点儿使不上力了，再这样下去一定会让对方逃脱的，不能拖下去了……念头还没成型，身体却已经行动，禾田用一只手摁住对方脖子上的动脉，另一只手抽刀就是一划，鲜红的血顿时射了他一脸，对方瞳孔骤然放大，阻力登时小了下去，禾田丢了小刀重用双手死命掐他的脖子，没过一会儿他就不动了，只剩血从伤口里汩汩涌出。

禾田盯着他缓缓起身，抹了一把脸，胸膛起伏着俯视地上的人。

好了，完美，就是这样。

二

"接下来，我数到三，你将会醒来。"

"三"字落下的一瞬间，禾田猛然睁眼，神情迷惑。

"头好痛……"他很快就清醒过来，忍着头痛起身，欣喜地看向旁边的人，"怎么样，医生，是不是成功了？"

对方推了推眼镜，微笑道："嗯，就结果来说，应该是很成功的。"

医生从椅子上起身，递给禾田一杯水，说："在设定好的场景中，将他'杀害'，并且压迫其他人格，使他们屈服，这样可以有效地稳定你目前的人格状态，具体情况还要再观察一段时间，不过你当前人格和初始人格频繁切换的状况肯定马上就能好转。"

"太好了。"禾田长长地舒了一口气，心里的重担总算是放下了，但是"杀人"的触感还十分鲜活地残留着，他心有余悸，"我看到那个人的脸的时候真的犹豫了，毕竟对方的脸跟我一模一样，还好医生之前就教了我……"

医生突然做手势打断了他，严肃地说："你没有按照我要求的，好好地和他们交谈，对吧？"

禾田一听，颇不耐烦地看向别处："我说了我觉得没有必要，我不想接触他们。"

"不，这很有必要。"医生走到禾田面前，强迫禾田直视他的眼睛，"你不是这个身体最初的人格，而是最晚出现的那个人格，甚至你出现的契机是一个异常极端的事件，导致你对于这个身体之前的经历都产生了'隔离'，也不了解其他的人格。若不能充分了解其他人格的所有经历和性格特点，你就无法控制他们。具体来说，我之前也给你说明过，其他三个人格对于初始人格微妙的情感和天然的不排斥，这就是一个你必须要慎重处理的问题。我再强调一遍，他们所经历的一切，就是这个身体所经历的，某种意义上说，也是'你'所经历的，你需要有这样的认同感。若你打算完全控制好这个身体，我希望你能牢记这一点。"

"我还是听了他们的经历的，只是……"

"你不想接触他们，我可以理解为你害怕了解他们的经历，对吧？你在害怕了解一个完全不一样的'自己'。"

"这么说来，医生，"禾田突然想起了什么，有点儿埋怨地看向医生说，"你怎么没有告诉我设定的场景里还会有熊？"

"熊？"医生奇怪道，"你在说什么？"

"就是熊啊，动物的那个熊，但不是普通的熊，它特别巨大，攻击力很强，关键是，它好像是冲着我来的，这是怎么回事？"

"是吗？"医生也很惊讶，坐回椅子上拿起记录本说，"你再多说说这个熊。"

禾田努力回忆道："它在那里面好像没有实体，行走起来不像我们会受到树的阻碍，类似于幽灵那样穿过树木了，但是它造成的影响却会有反映，比如踩过的地上有脚印，攻击到的地面也有凹坑。

"对了，那三个人格一直跟我强调熊对他们是无害的，他们遇上熊的时候完全没事，只有我，当时遇上熊的时候我下意识地要跑，它立马就攻击过来了。"

医生闻言沉思，手中的笔在本子上无意识地敲击。

不一会儿，医生说："我大概知道了。"

"怎么回事？"禾田问。

医生说："这只熊，应该是这个身体的防御机制，你可以理解为这个身体的精神世界的守护者，在这个身体的精神状态平和稳定的时候，它不会有动作，可是一旦精神世界里出现了可能破坏稳定的因素，它就会想办法铲除这个因素，以维持精神的稳定。"

"……所以我才会被攻击。"

"没错，你企图消灭这个身体的人格，最后也确实做到了，很可能精神的防御机制已经处于高度戒备的状态，你今后若还要再有所动作，可能会困难一些了。"

"那我们之后要怎么办，医生？"

医生温柔地笑了，轻轻地拍了拍禾田的肩膀："不用着急，我们慢慢来。你已经很累了，今天就先到这里，下周来，我们继续。"

"好吧。"禾田叹气道。

（韦宝华，辽宁大学文学院汉语言文学专业2012级本科生。）

住在阁楼上的女人

胡加利

安娜看着镜子，她并不是看向镜子中的自己，而是看到镜子中站在自己背后的那个人影。她贴近镜子，假装把额前的那几根头发梳到耳后，用眼睛死死地盯着背后的身影，那个身影一直没有动。安娜似乎可以听到两个人的心跳，和着水龙头上一滴一滴落到铁皮水桶里的声音。安娜的身后是一个单人沙发，沙发上还盖着白色的布幔，安娜知道沙发上坐着一个人，白色的布幔已经反衬出他的大体轮廓。安娜想那应该是一个男人，因为她闻到了烟草的味道，而且她还知道谁喜欢这种烟草，但烟草味又随风变得越来越稀疏，让安娜怀疑自己一开始的判断。安娜的头发已经被她梳得整整齐齐，一丝不乱，可是她不敢动。安娜扯下自己的发卡，浓密的头发滚滚而下，落到肩部的时候还轻轻地弹了弹。安娜重新梳起了自己的头发，把头发编成一个麻花垂在左肩，她想背后的这个男人可能只是要找什么东西，只要自己离开了，他找到东西自然也会离开。安娜下定决心，在心里数了五个数，把梳子放下，准备起身，她看到背后的身影动了一下，安娜吓了一跳，又重新拿起那把还没有放下的梳子，细细地梳着自己的发梢。安娜看到沙发上白色布幔上有两个洞，她似乎可以从洞里看到一双褐色的眸子，那该是什么样的眼神啊，安娜想到了那只失踪的黑猫的眼睛。安娜看到洞口下面的布幔在轻微地起伏，她似乎可以感受到背后这个男人渐渐急促的呼吸。水一滴一滴地落在铁皮桶里，安娜看到了那张因为呼吸而逐渐显现的脸部轮廓，鼻子位置的布幔一开一合。安娜想要逃出去，她看向窗外，白色的窗帘围住了窗台，只留下被风吹开的一点儿缝隙。透过缝隙，安娜计算着自己从阁楼窗台跳下但不落在繁盛的玫瑰丛里的概率。风吹得窗帘鼓鼓的，送来了玫瑰花浓烈的香气。

安娜似乎又听到了细细碎碎的脚步声，从玫瑰花丛旁的楼梯传来，脚步声越来越近，安娜的心也跳得越来越快，有安慰，也有害怕。脚步声慢慢传来，仔细辨认可以听出是两个人的脚步，一个厚重，一个轻快。安娜感觉到脚步越来越近了，马上就要推开门了。安娜放下手中的梳子，站起身来。进来的是两个人，一个是五十岁左右的妇人，一个是二十岁左右的女佣。安娜朝她们走去，可她们的眼睛似乎可以穿透安娜的身体。那个妇人走到窗前，拉开了窗帘，那个女佣，掀开了沙发上的布幔。

（胡加利，辽宁大学文学院中国古代文学专业2015级研究生。）

心里有鬼

刘智杰

天黑了，巷子像往常一样，漆黑寂静。

下午场里拉回来四车煤，他和另外三四个人搬了一下午。

这一下午，他的心里好像有什么事，一直心神不定。这会儿终于搬完了，天也黑了。他今天第一次在天黑了以后回家。他从场里出来，大步地走进了巷子。半路上，他感觉自己走错了路，就是和白天的感觉不一样。

"这些年连个灯都没有。"第一次天黑回家，他才发现巷子里没路灯。

走了几分钟，他突然停了下来。他怀疑自己真的走错了路，感觉越走离家越远，好像这条巷子没尽头一样，心里硌硬得不行。

"怪了，我他妈这是走到了哪里，连个人影都没有，也没点儿亮。"他嘟囔着。在原地顿了一下，他还是想继续往前走，这时他想起了家里的那只狗。以往，每次他走到离家门不远的地方，就会听到家里那只狗"汪汪"的叫声，直到他进了家门，才会停止叫唤。

这会儿他还是坚定地往前走着。

他好像又想起了什么事，心里一乐，竟吹起了口哨。

上午的时候，场里运来了一具尸体，是一个约莫四十来岁的女人，听说是得了什么病去世的。现在家里人把她从医院里弄出来，打扮了一番，拉来火葬场火化。在一个简短的追悼会结束后，由他负责把尸体运到火化间，再推进火化炉里进行火化。

当时火化间里就他和死者。就在他要推死者进火化炉时，他突然发现死者的手上戴着一枚戒指，金灿灿的。他一下子动了心，缩着头向四周看了看，快速地伸出大手，从死者的指头上把那枚戒指使劲儿地抠了下来，顺手装进自己的兜里。犹豫了一下，他还是像往常一样，趴过去重重地亲了一下那个死了的女人的嘴，然后安心地将死者推进了火化炉。

他会心一笑："今天收获不小啊！怎么不多戴几个？"

在火化期间，他还意淫着和这个女人发生点儿关系，脸上露出淫笑。

现在他准备带着这枚戒指回家，然后掏出来扔在他老婆的脸上，让这个整天骂他穷、给她买不起这那的婆娘以后永远住口。

走了一会儿，他心里倒有些不安。突然间觉得好像有些对不起那个女人，自己不应该亲人家的嘴，还那么用力。同时，又觉得有些对不起自家婆娘，虽然他很想休了她，到外面再找一个。

就在他内心自责时，感觉身后好像有人在跟踪他，他习惯性地向后掉转了头，却什么也没看见。

"哼，连个灯都没有。"

接着，他掉回头想要继续走，可是他却怎么也没法安心走路了。后面那个人好像跟他跟得越来越近了，还模仿他做同样的动作，而且节奏也差不多。

"谁?"他猛地转过身，冲着前面喊了一句。令他心里发毛的是，他隐约听到前面不远处有人在用同样的口气向他问着同样的问题，只是声音有些弱。他禁不住打了一个寒战。为了掩饰心里的害怕，他对自己说："屁也没有，吓唬谁啊?"转过身他又努力地吹起了口哨，声音有些颤抖。

这会儿他想，凭着自己的感觉，差不多前面不远处再向右转就是自己家了。他把手伸进口袋里，摸了一下那枚戒指，然后加快了脚步向家里走去。他想早一点儿回去，把戒指掏出来给老婆看。他走得越快，心里就越慌，就会听见身后那个人跟得越紧。此刻，他的脑子里一片慌乱。他在想后面到底是谁，是人还是鬼。想到鬼，他的脚步有点儿乱了，不知道该迈哪只脚。他想到了那个死去的女人。

他拼命地向前走着，走了一会儿，觉得好像该向右转了。结果就在他转过身的一刹那，他吓着了，真的吓着了。

他迫使自己站稳了脚，看到眼前有一片光，只有一扇门那么大，其他地方还是漆黑一片，这让他瞬间觉得世界只有门那么大一块是有光的。他看到光里面有东西在蠕动，蹿来蹿去，又好像是个人的样子。

他拼命地睁大眼睛，想要看清楚光里面到底是什么，可是眼睛睁得越大，世界反而越模糊。

他突然想到了上午那个火化的女人。

"啊？难道是她？"他张大了嘴，眼睛也睁得很大。

"姐啊，我也不是专门拿你那戒指，它就在我这里，我现在就还给你。"他颤巍巍地把手伸进口袋，摸了半天，掏出戒指放在地上，"嗯，就放在这里，你等会儿自己过来拿啊？先放了我，让我先走，好吧？我……"他正想说亲嘴的事，却看到那影子在光里消失了。

他长长地吐了一口气，两腿无力，刚要瘫坐在地上时，又看到一个影子在光里飘着，好像还拿着棍棒之类的东西。他立刻又站了起来。

"不会吧？黑白无常？来要我命来了？啊！"

他现在只能想到与那个女人有关的或是与死有关的东西。

他突然又觉得光里的人像是一周前他负责火化的另一个女人，当时趁人家家属不注意，他还偷偷摸了一下她。他还想到了大概两三个月前，场里拉来一位死者，人们都忙着搬运，他偷偷走到车棚，在人家家属的一辆没有关车窗的车里偷了一部高级手机，后来送给了情人。他还想到了……

他越想心里越慌，心跳不时地加快，感觉命就快要完了。霎时间，他看到光里面的那个影子走出来了，正向他走来。

"别过来……"他已经吓得没什么力气了，可能自己都不知道自己说了句什么，拼命地向后退了一下，跌了一跤。是真的，里面的那个影子确实是在向他走来。

"回来啦？你咋不进来啊？快点儿，顺便把门闩插上。"里面的女人扯着嗓门喊了句，"娃儿，你爹回来啦！"

"啊？"他向后打了一个趔趄，昏倒在地上……

（刘智杰，辽宁大学文学院民俗学专业2015级研究生。）

药　方

秦辰杰

夏天，裹着的棉衣把全身浸了个透。

他交叉着双手，右手使了使劲儿，狠攥着腰间的破衣角，另一只手做着同样的动作，然后蹲下身去，茫然地望着眼前来来往往、行色匆匆的路人。他很吃惊，这么冷的天，为什么眼前的这些人却穿得如此清凉，看看脚底一摊的汗，他吓得打了个冷战。他突然觉得，眼前走过的每一个人在经过他一段距离后都向后瞥了一眼，眼角的余光狠狠地打在他的侧脸上——唯一没有被棉衣包裹而裸露在外的身体部位。他不禁向后退了一步，额上的汗珠子又被抖下了几滴，落在甚至有点儿冒热气的路上，很快就不知所终了。

他慌忙戴上从兜里掏出来的口罩，用拇指和食指又把口罩向上拽了几下，努力只露出两只眼来。进了一条巷道，他直冲冲地朝里走了十来米，停下来敲敲门，小心翼翼地进了一间小屋子，并扭头看了一眼门帘上的红色十字。确认了一下后，他松一口气似的脱下帽子，用右手在头顶上抚了一遍，如释重负。这家诊所是一位要好的朋友介绍他来的，这让他不自觉地对这家诊所有一种亲切感。不一会儿，一位满脸褶皱，后脑上还蓄着一条辫子的老头儿步履蹒跚地走出来，他抬起头，手指努力扶了扶眼镜腿儿，看了一眼，指指点点了半天，用一支羽毛笔蘸着墨水写了一张药方交给他，便叫他出去。他拿着那张纸，走出诊所，竟觉得确实没有刚才那么冷了，帽子也不戴了，心里默念着这药方的神奇。走在路上，尽管自己还是棉衣裹身，但那些路人已经不再像之前那样把他当成一个异类砸来让人很不舒服的余光了，没有变化的是，他们依旧行色匆匆，倒显得有些冷淡了。

回到家中，他摊开药方，上面没有半个字，反倒像是几幅图画。再仔细一看，像是画了两头狼，不过其中一头和另一头相比总显得有几分弱，那头弱的动物更像是一只狗。像狼的那一只肋骨左侧少了一块纸，成了一个小洞，像狗的那只胸骨的地方也是一样。想了半天，他还是不明白这究竟是什么意思，便又回到诊所里，连棉衣也没有穿，却不觉得冷了。这一次，他直接推门而入，刚才的那位老头儿早已经坐在那儿等他了，和之前不同的是，老头儿变得积极了很多，并招呼他把墙角已经按药方煮好的药给喝了。有了之前的感受，他信了老头儿，便二话没再多说喝了药。不出几分钟，他果真觉得身体里充实了许多，又把外套脱了几件，像之前自己裹着棉衣看的那些路人穿的一样，一样清凉。他没对老头儿说声"谢谢"，径直走出去，把白色门帘甩在身后，只是门帘上的白因为煎那两味药而被熏得有些发黑了。背后的老头儿像是真的又医好了一个病人一样，诡异地笑着。掉落在地上的药方边角处写着"狼心三两，狗肺二钱"。

（秦辰杰，辽宁大学文学院汉语言文学专业2013级本科生。）

第五章

夜读百态

错　过

刘　巍

一年中有三百多个下午，每个下午都会有许多事情发生，可我怎么也忘不了一年前的那个下午，忘不了那个下午我在街边巧遇的那个镜头。

那是冬日里难得的温暖天气，我正在一条清静的街边闲走，看到不远处一个穿一身红衣服的小女孩儿一边跑一边笑。她大约四五岁模样，手中攥着一条绳子，绳子上端系满了五颜六色的气球。小女孩儿看起来幸福极了，我也羡慕地看着那张洒满了阳光的小脸。突然之间，这个小女孩儿手中的气球离开了她，飘飘悠悠地晃到了马路中间，躺在了地上。不知道为什么，也许是小女孩儿无意中松了手。这倒也没什么，四处飞是气球的本性。幸好风不大，这一大堆气球就躺在马路中央再没动了。这个小姑娘只是傻愣愣地在原地站着，呆呆地看着那些好看的气球，并没有跑过去把它们捡回来。我真想知道当时这个小女孩儿的大脑是怎样运转的，但我已经没时间捉摸这个问题了，像是出于本能似的，我快步冲到了马路中央，把气球捡回来送到了那个小女孩儿的手中，她的脸上又充满了灿烂的笑容。她甜甜地对我说了声："谢谢阿姨！"我于是问她为什么不去捡气球，她天真无邪地回答了一句："妈妈要是看到我到马路中间去一定会骂我。"

听了这个理由很充分的回答，我不禁愕然。诚然，这是一个教子有方的母亲，她有一个听话的女儿，她可能没想过为了自己死板的教条，女儿要付出多大代价。有些事可能由于你一时不想做，你这辈子都没法再做；有些话可能由于你一时不想听，你这辈子都别想再听到。更可悲的就是当我们发现自己错了，想要补救时，这一切都已来不及了……事业也罢，爱情也罢，人生中有多少次机会是在无意中的一松手之间滑落的，又有多少可以补救的方法在我们要在传统习俗面前强争自尊的同时而错过。

已经足足有十分钟了，一辆车也没过来。幸好这次这个小姑娘遇到了一个替她捡回气球的人，那么，下次呢？这个问号萦绕我的脑际有三百多个下午了。

（刘巍，辽宁大学文学院教授，博士生导师，大学期间发表作品。）

无 声

张安诺

不知为何，进入了初春的北方城市连日以来的天气却像南方的梅雨一般缠绵，活脱脱像一个在闹脾气的小姑娘。雨丝随着微冷的风细细斜斜地落在伞上，轻却有力。雨水在伞面洇湿大大小小的点子，斑驳杂乱的印记犹如路两旁撑着雨篷的水果小贩矛盾的心绪。他们一边盯着从雨篷下来往避雨的过客，一边用袖口拂去没来得及防备落在水果上的雨水。然而，一到这样的天气，卖伞的人内心可就开了花。还不到地铁口就远远地看见在台阶上摆着形形色色的塑料桶，每只桶里都装了不少于二十把的透明雨伞。卖伞的人在一旁殷勤地问每一个从地铁口出来的人，每一个人口袋里的钱都有可能和出现在他们餐桌上的美味佳肴画等号，只要他们足够卖力，只要天公不作美。

可是这与我无关，眼下我关心的只是下一列地铁上会不会有一个短暂的属于我的座位。

我收了伞，乘了电梯，站在自动售票机前排队。等了许久，我前面排队的人却并没有减少，我有点儿不耐烦，便探出头张望。我踮着脚，目光越过歪歪扭扭的队伍，终于看到售票机前的状况。哦，是两个聋哑人……年老一些的像是父亲的那个人站在售票机触摸屏的地图前发愣，而一旁梳着马尾的小姑娘双手快速而规则地比画着什么。终于，后面的人等不及了。"能快点儿吗？真是麻烦！"有个穿着时髦的年轻人率先发泄了他的不满。这一声牢骚像是点燃了其他人积郁的不满，身边开始有更多的人抱怨，或抱怨地铁没有协助购票的志愿者，或抱怨社会不能为残疾人提供真正的便利，当然，也有不少人抱怨着父女俩……声音或大或小，仿佛无人注意。那位父亲像是注意到了身后人的不满，默默地拉着女孩移步到人工售票窗口，而女孩子满脸疑惑地看着步履蹒跚的父亲，却最终在看到队伍里投来嫌恶的眼神时安静地低下了头。

理所当然的，我没有赶上刚刚那趟还空着一些座位的地铁，而它似乎也用它的呼啸离去表示了十分遗憾的嘲笑。"距离下一趟地铁还有六分钟……"站台里温柔的女声自顾自地播报。我盯着脚下灰尘蒙蔽的地砖，努力想要看出一些自己的影子，结果是失败的。不知什么时候，身边多了两个人，我抬头望去，那对父女也转过头来看着我。父亲有些苍老的脸上显出遮掩不及的尴尬，随后慌忙地露出一个笑容。我微笑着颔首示意，心里继续盘算着自己的座位。

地铁进站，白色的长龙缓缓停下，车门层层拉开，蜂拥而下了不少人，却还是没有座位。父女俩跟着我上车，女孩子站在我旁边扶着栏杆，父亲退后一步，小心地踮着脚去拉上面横杆的扶手，巧妙地把女孩子护在怀里。"能被父亲这样捧在手心里护着真是幸福。"我这样想着往一旁让了让，之前不愉快的种种也大多消散了。

地铁过了几站地，人声嚷嚷中忽然听到愈来愈近的音乐声。远处的乘客纷纷艰难地移动让出一些空间来，那音乐声渐渐近了，我终于看清，有个残疾人在乞讨！他颤抖地伸出仅剩的一只脏兮兮的手做出乞讨的样子，手臂和另一面空空荡荡的袖管产生了鲜明的反差。我定了定神，虽然同情，但没有上前。我转回头去，看见玻璃上倒映着那人残破老旧的衣衫和凌乱不堪的面容。身边的女孩子动了动，从口袋里掏出一块硬币放进乞讨者的手里。我吃惊地看向她，她却对着乞讨者笑了笑，那笑容明媚纯洁，有着让人无法抵挡的光芒。乞讨者迅速地握紧手里的硬币咧开一个大大的笑容，嘴里忙不迭地说着谢谢。身旁的父亲看着女儿笑得很开心。我倒吸一口冷气，不禁对他们的淳朴产生了隐隐的担忧。

地铁到了下一站，女孩子面前的一个座位空了出来，可她没有坐下，反而抬手拍了拍父亲指着那个座位，父亲自然不肯。女孩子看着车厢里的人逐渐变多，有点儿着急，皱着眉头用手语和父亲交流着，可父亲只是一味地摇头并示意她坐下。父女俩推来推去有些久，周围的人知道他们是残疾人，倒也没有人抢座，只是静静地看着父女俩推让觉得也挺有意思的。空位旁边坐着一直低头玩儿手机的年轻人，大概也是第一次见到这样的状况——空位居然没有人坐，于是便抬起头来探个究竟。他抬起头的一瞬间，我突然觉得面熟。思考了一会儿才想起，他正是那个排队时发出第一声牢骚挑起抱怨的人。年轻人好像认出了这对父女，脸上有微不可察的惊讶，也不知是出于善良，还是出于愧疚，他出乎意料地伸手拍了拍那位父亲，自己站了起来。这样一下就有两个空位了。父女俩互相看了一眼，女孩子甜甜地笑了。父女俩坐好后，女孩子脸上带着明媚的笑容，向年轻人翻动着双手用手语表示感谢。年轻人大概也为自己做了一件好事而开心，微笑也一直挂在脸上。我看着他们，心里暖融融的……

"我和囡囡谢谢你啊……"

我心里一惊，转头看年轻人，他脸上的笑容突然消失了……

车厢里突然变得安静，温柔的女声播报着下一站的站名，末了好心地提醒一句："请给身边的老弱病残孕乘客让座。"

（张安诺，辽宁大学文学院汉语言文学专业2015级本科生。）

烦恼人生

王席席

外面下着瓢泼大雨，吹着狂风，打着闪电，整个村子像被包在一个密封的黑色塑料袋里，昏暗，压抑，透不过气。

街道被大水淹没了，村西的大坑里盛不了那么多水便溢了出来，在风雨中赶路的外乡人要是不慎走了进去，可就再也走不出来了。

泥墙倒了，水更浑浊了。黑云多了，天更暗了。雨落得更急了，在水面上砸出此起彼伏的水坑。

村子被纯粹的自然力量征服了，仿佛回到了远古洪荒。

当玲子在自家门口看到这摄人心魄的自然景象时，她什么也没想，现实令她很没有想法。

虽然打着伞，可玲子身上还是都湿了，下吧下吧，下得越大越好，玲子现在真希望出现一股毁灭一切的力量。

玲子从医专毕业整一年了，学的是护理专业。上半年，她在医院实习，可实习期没有工资，且玲子确定她不会留下。因此拿到实习证书，玲子就早早结束了实习，打算回家乡当地的县城工作，这也是家里人的想法，一个女孩子，总是离家近好些。

玲子万万没想到回家以后会是这个境况，县城医院招考的日子一推再推，玲子就在家闲起来了。你别以为进医院容易，进医院可难了。首先，你要交钱，向医院交一大笔钱。其次，你要有关系。最后，才是要参加医院的统一招考。玲子在等待招考，说明她前两项已经准备好了。玲子心里很不平衡，她不想交那一大笔钱，凭什么呀，去给他们工作，不发工资不说还要交钱，这感觉就像你辛苦种了一棵桃树，等到它终于开花了结果了，突然就蹦出一个人来把你的果子全装走了，这个时候你不但得笑脸相迎，热情款待，人家临走你还得再塞给他一沓钱一样没天理。

玲子没什么可说的，她能说什么呢，给她交钱的父母都没说什么，她还有什么好说的呢。总不能不进医院了吧，那五年医专不是白上了，再说，不进医院能去做什么，玲子思来想去也没想到个好去处，好的工作，比如去当老师，学历低人家不要。比如当纺织工、车床工，自己又不愿去受苦。世间的路千万条，怎么就没有一条适合我玲子的呢。

玲子在家半年了，医院迟迟不招考。玲子就在家里等。小道消息说，医院开春儿就要招考了，可是开春儿没有招考。相识的医生说，3月底就会招考的，可是3月底没招考。打听消息的父亲说，别着急，"五一"过后就招考了，可是"五一"黄金周过完又一个星期了，县医院还是没有招考。

招考的事，像挂在驴子脑门前的胡萝卜，让你真真切切地看在眼里，仿佛再往前一步就能吃到了，可事实却是你眼瞅着它却一直吃不到。

三婶子假装无比惊讶地说："玲子啊，你怎么还在家，什么时候走？我们小梅今年麦收都不能回了，说是要挣什么大钱，哈哈……"

玲子讨厌这样包藏祸心的关怀，那一群聒噪而又无聊的老娘儿们有空没空就来刺激她："呀，玲子，你怎么还不去上班。"或者她们不直接在玲子面前说，而是与其他人谈论，贼头鼠脑，压低声音像交换什么见不得人的秘密一般，让人觉得不听一听都对不起其精心营造的氛围。村里的妇女大都有这样的本事，她们把别人的生活当作茶余饭后的谈资，或者直接当调料拌进饭里，津津有味地咀嚼入口。

玲子想起一句话，落魄的凤凰不如鸡，她自然不是凤凰，她只是有这种感觉，现在谁再要说玲子不是凤凰也不是鸡的话，玲子真跟他急。现在不比上学的时候了，上学的时候，不论放长假还是短假都想回家待两天，可现在每天在家都如坐针毡。上学的时候，前途无可限量，可现在，玲子毕业了，就该去工作了，整天待在家里算什么？

玲子想：你以为我想待在家，医院不招考我有什么办法。出去玩儿，趁着年轻到处跑跑，你以为我不想，没钱啊，我连买车票的钱都没有。那就先出去打工，到哪儿去？刚到了外地，医院就招考了怎么办？

玲子被医院招考的事困住了。这样说来，县医院的招考像悬在脖子上的一把大刀，你不知道它什么时候落下来，即使你急切地盼望着它快些落下来免得自己的精神再受煎熬，它也不随你心意，只自顾自悠闲地悬在那里折磨你。

二大娘来找玲子娘，说："玲子娘，玲子待在家里有半年多了吧？姑娘那么大了，你怎么也不着急？前村的支书桂福你知道吧？就是整天在喇叭里吆喝的那个。他有个儿子叫大壮，大壮你知道吧，就是有空会替他爹在喇叭里吆喝的那个。小伙子人挺好，长得也精神，怎么样，带来给玲子看看？"

玲子听到了，或者二大娘专门扯着嗓子让玲子听到。现在留在家里没事干的大姑娘，不是在筹备结婚，就是在通往筹备结婚的相亲路上。怪不得这两天媒婆什么的天天登门，确实，玲子二十三岁，单身，在家待业，更重要的是农村姑娘，你不相亲干吗？不相亲难道就这样一直住在家里，让父母养一辈子？

玲子不是要一直待在家，她只是在等待县医院的统招。说不定明天医院就通知去参加考试了。可是村里的那帮闲人不管，你现在确实没工作吧，你确实没事闲在家吧，你确实老大不小了吧，那你还狡辩什么呢，好了好了，别害羞，姑娘！

玲子想：这样下去真不是办法。

玲子是个漂亮又聪明的姑娘，只是性子太温暾了，太没有主见了，像象棋棋盘上还没越过楚河汉界的小卒，只能被别人捏在手里，前进再前进，没有转弯的权利。玲子觉得要过河了，她要雄赳赳气昂昂地蹚过河去，就算是个微不足道的小卒，也要做个自由的小卒。

玲子在家超过半年了，医院迟迟不招考。

玲子跟邻村的麦子私奔了。私奔？这其实只是村里人的说法，事实上，麦子是玲子的小学同学，他要去北京打工，玲子觉得这是个出门的好机会，就要求跟他结伴而行。麦子有女朋友，他女朋友也是玲子的同学。

玲子父母虽然气愤女儿的不辞而别，但还是出来为女儿的肆意妄为辟谣。老大老二都结婚了，不用管，剩这一个小女儿也管不住了。过了两天，老两口回忆女儿出走前的蛛丝马迹，想起女儿离开前一直收拾衣柜。回忆起这一幕老两口欣慰多了，既然合情合理就没什么可大惊小怪的了。

这样又过了三天，县医院来消息说周五全县统一进行招聘考试。还没在北京落稳脚跟的玲子又快马加鞭地赶了回来。

玲子赶了回来，她不回来又能做什么呢？没有什么工作比护士更适合她，她灵巧又柔软的手很适合把针头扎进病人的静脉里，她严谨认真的态度总能记住静脉滴注时要注意多巴胺滴速不能太快，而治疗糖尿病的阿卡波糖要求与第一口饭同时服用，她富有亲和力的温柔笑容也能让病人感到舒服和安心。因此她回来了，她没有理由不回来。

"听说了吧，大老黑家的玲子回来了，听人家说麦子在北京还有一个相好的，长得漂亮又能挣钱，怪不得不要玲子了……"

玲子听到这些，骂了一句"他娘的"，就去县城参加招聘考试了。

（王席席，辽宁大学文学院古代文学专业2015级研究生。）

公交车250路

孟慧娟

天空下着雨，淅淅沥沥，站台处，只能看到花花绿绿的伞，乌泱泱一群裹紧衣服候车的人走来走去，时不时有人探出脑袋向车来的方向张望。西装革履的上班族用手指划着手机，三五成群的老太太拉着小购物车尽情地唠着家长里短、油盐酱醋，还有几个喜欢Hip-Hop的小青年，唱着"哟——哟——切克闹"。

远处驶来一辆红色的车，这时，站台上的人们按捺不住了，在二十米长的站台上踱来踱去，犹豫不决，不知道究竟站到哪儿才是那个最佳上车位置。然而，可惜的是，车到近处才发现，是"520"，哪里是"250"。无论选到哪个位置也是无用的了。人们继续待在原地，继续裹着衣服，看手机的看手机，唠嗑的唠嗑……

嘟嘟嘟……鸣笛声传来，一辆车哐当哐当驶过来，一排脑袋探了出去，喜悦又紧张，那忽闪忽闪着的红色"250"夺目得很。接着，你推我搡，大呼小叫，老太太们哪管磕着碰着，甩开购物小车挤到前排，终于也站到那个最佳上车位置。然而，不巧的是，前方路口此时变了红灯，"250"只好赌气似的停在站台末尾开了门。刚才那堆人炸开了锅，埋怨领队的那个人把自己带错了位置，倒是没排的那些人占了先机，脸上满是窃笑。

晃晃悠悠上了车，说时迟那时快，小伙儿扒开人群，抢到一个橙色座椅上坐下，这才松开蹙着的眉头，吐了一口气，满脸的惬意，得意地看着正在上车的人群。

　　一个又一个，上车的人赶紧有把手的抓把手，没把手的抓扶杆。那位胖男生一手握把手，一手抓扶杆，便不再挪动了，好似终于找到了靠山，两只脚叉开五十厘米，站在那儿，胜似铜墙铁壁，恨不得在周围都竖起木板，好让浑身横肉得以安放。

　　然而，刚才在前排的拉着小购物车的老太太们还没有上来，她们着急了，刚才好不容易站到前面，现在恐怕要没位置了："前面的小伙儿们挤一挤让一让，给大娘们让个位。"终于她们找到了安身之处。

　　眼看就剩两个人了，不能不上啊。后面的大爷朝前面小青年踹了一脚，把小青年送了上去，自己也顺便有了两脚之地。小青年回头说："谢谢大爷。""客气啥。"

　　吱……车门终于可以关上了。载着如此多的人，250路公交车浩浩荡荡向前驶去……

　　车厢里你贴着我，我贴着你……

　　一位老太太挤向了刚才坐下的那位小伙儿，说道："哎呀，等了那么长时间的车，腿脚都麻木了，身子骨是越来越经不起折腾喽。"她边说边把手搭到小伙儿的椅背上。小伙儿装作若无其事，看向窗外。碰巧，司机来了个加速，老太太顺势一个趔趄："哎哟，我的腰椎间盘哟。"小伙忍不住了，说道："哟，老太太，刚才看您上车那架势都可以去演动作片儿了，怎么现在竟成林黛玉了？"听到这个，看手机的停下了手指，打电话的也不再说话，都齐刷刷地看向了这边。小伙儿还是起身让出了座位，老太太不甘示弱，冲着周围的人说："现在的年轻人，都不懂得尊老哟。真不知道家里大人是怎么教育孩子的。"小伙儿不想再与她辩论，翻了个白眼。老太太心满意足地坐下了，一副旗开得胜的样子。

　　车厢里恢复了原来的样子……

　　"甜蜜蜜，你笑得甜蜜蜜……"

　　"哟——哟——切克闹……"

　　"妈妈，我们今天在幼儿园学习了……"

　　"各位乘客好，我是直播记者小王，现在为大家播报某路段路况……"

　　"友好站到了，请拿好随身物品，有序下车。"

　　车厢终于安静些了。

　　打着电话的司机踩上了油门，一不留神轧过一个水坑，溅起的水花浇灌了路边的树丛，也震醒了后排一直托着下巴"思考"的同学："啊！我怎么坐过站了，师傅，能帮忙停一下吗?"可车没到站，司机哪会停车，同学只好收拾好自己的东西，挤向车门，在下一站下了车，穿过人潮汹涌的斑马线，到对面站台候车原路返回了。

下车上车……

"欢迎乘坐本路公共汽车，请扶好站稳。"

（孟慧娟，辽宁大学文学院汉语言文字学专业2015级研究生。）

十字路口

滕　鑫

又是一年的腊月二十七，大雪一直下到后晌，丝毫没有要停的迹象。寒风从四面八方涌过来，扫荡着空无一人的十字路口。

雪一阵比一阵密，早已备完年货的人们窝在热腾腾的房间里，一家家的笑闹声把房间挤得不留一点儿空隙。没有人去关心房间外的寒冷。一阵雪铺天盖地地砸下来的时候，会乔正挥着那把去年扫了一冬天雪的扫把，扫把划过的地方，留下一条条歪歪扭扭的痕迹，马上又被一层白茫茫的雪重新覆盖。会乔顾不上抬眼，远远近近的房顶上只有烟囱里冒出热气腾腾的白烟和飘着纷纷扬扬的雪，她嘴里呼出的气哈在开了裂的双手上，感觉比之前更冷了。雪不停地落在她的头发上，贴着头皮的一层冻成了一颗颗小冰晶，眉毛上的雪来不及抹掉，冻得通红的脸上，一块块青紫的皮肤更加明显。扫把窸窸窣窣的声音渐渐弱下去，房顶上的雪一道一道，深深浅浅。天灰蒙蒙的，会乔拖着自己的背影下了房，一切都静悄悄的，没有一声叹息，雪一直没有停。

会乔一个人坐在空空荡荡的床上，不开灯，房间比外面更冷，微弱的呼吸震碎冰冷的空气，不知道儿子什么时候回来，几个小时以前围在床前的人们早就散了。天完全黑下来的时候，会乔直挺挺地躺在床上，身上几床被子压得人喘不过气，潮湿的被子紧紧裹在身上，会乔想，又是一年腊月二十七了，二军走了已经整整一年了。

二军是会乔的男人。在黑暗里，会乔努力回想一年前的今天到底发生了什么，结果什么也没有。她只知道二军死了，那天一早有很多人挤进她家的院子，乌泱泱的，有很多熟悉的脸。

"二军出去了，不在家，说是要去看牙，还说一会儿就回来了。"会乔见这么多人来，一下子有些窘迫。家里从来没有来过这么多乡亲，二军是家里的老二，平日里有事乡亲们总是找隔壁的大军，就算有人来家里也是来找家里掌柜的，会乔说不上话，二军不让她插嘴。

"会乔，你好好听着，赶紧让小蛋儿回来。"打头的是住在后巷的长辈陈大爷，陈大爷脸涨得通红说，"快，这事得快！你赶紧给孩子打电话！"小蛋儿是她刚满十八岁的儿子，和他爸爸像一个模子里刻出来的，会乔怕二军，也怕她那牛犊子一样壮的儿子。

"这我做不了主，有事找二军，小蛋儿不听我的。"会乔并不多问人们为什么找小蛋儿，倒是二军出门一趟真费工夫，眼看到了年跟前，医生不急着回家？还是二军去黄毛家串门子去了，年底了黄毛兴许回来了，平日里只有黄毛媳妇在家，二军想和黄毛喝两盅也总不得空。

"等二军……喀喀……"陈大爷像哮喘犯了一样咳了一阵子，脸上的颜色更深了，又催促一遍，"还是赶紧叫小蛋儿回来，出事了。"

"出了啥事有二军哩，实在着急去找大军，找小蛋儿能顶什么事？"会乔不打算动，"实在不行我去公路上叫二军去，他去公路上看牙去了，走了有一会儿了，说话间就该回来了。"

陈大爷的眼神儿闪了闪，目光在会乔的脸上转了一圈儿，嗡嗡的呼吸声更响。会乔抬腿向门外边儿走，到公路也就百八十步，出了门拐个弯儿就到了，这些乡亲真是怪。众人见她要走，跟在她后面，围成一个半圆的弧，谁也不走近一步，谁也不后退一步。刚走到门口，她看见她爹火急火燎地向十字路口这里过来。不等会乔开口，他说："闺女啊，二军死了。""爹，你瞎说什么呀，二军就在拐弯儿的牙科诊所看牙呢，走，我带你找他去，正好乡亲们找他有事，要不我把他叫回来，你们先回家坐……"会乔记得那个时候自己说话很快，轻飘飘的，身后的半圈儿人有人喊她的名字，有人拉了一下她的胳膊，有好几个声音响起来"是，二军死了！""二军是死了！""是二军！""死了！"会乔觉得自己是在往诊所的方向走，她好像被这些声音淹没了，她知道自己该往前走，该去把活生生的二军带回来给他们看看，可是她的腿像地上厚实的雪一样软，她像那天飘落的鹅毛大雪一样落在地上。

"快快，会乔癫痫病犯了，赶紧去家里给她找药去！""哎，还是犯病了，人都没看一眼呢!""这可咋整,大军还在诊所门口等着人呢!"众人一时间乱了手脚,十字路口上围了一个圈儿,每个人的嘴里都念念有词,一阵的嗡嗡嗡声音。这时候会乔他爸忙蹲下来扶会乔,用嘶哑的嗓音喊旁人帮忙:"乡亲们哪,有谁好心,快打120吧,俺闺女这可不像是犯病了呀!"

人们再看见会乔,已经过了正月十五了。年味渐渐淡了,街上走亲访友的人少了,虽然到了一年中最冷的时候,但这并不耽误人们在茶余饭后聚拢在小巷子的十字路口唠几句家常。会乔坐在家门口的门墩子上,裹着厚厚的大衣,看着十字路口上人来人往。相遇的人们还沉浸在团聚的余韵里,每个人的脸上都带着喜悦的颜色。会乔很想和人们说话,说说二军,说说那个自己没能参加的葬礼,可是人们只是飞快地瞟她一眼便别过头,她刚想走过去开口,人家早就步履匆匆地走了,比路口的风还快一步。

只有一次,邻居大娘刚好和她走了个照面儿,巷子窄,再不能装作若无其事,大娘扯着脸上的皱纹,弯成一个向上的弧度,说道:"会乔回来了?回来就好了,以后日子就好过了。"会乔不懂为什么大娘会说自己的日子好过了,会乔只想问问自己那天晕倒之后人们把二军藏哪里去了,她的二军丢了。"大娘,年前二十七那天我病了,醒了的时候俺爹和俺说二军下葬了,那天……"不等会乔的话说完,大娘提高了嗓门一句话截断了她的话:"会乔啊,你这人也真算得上是命硬,都是在鬼门关上走过一回的人了,以后的日子好好过。人在不怕事难做。"会乔还没有说话,背后传来了大嫂的声音:"可不是命硬,那时候好几天都不醒,醒了什么事都没了,还是活蹦乱跳的一个人,可把俺和大军累惨了,你说是不?""谁说不是?"大娘语气软下来,"她这也是傻人有傻福。""哼,有福,还不是俺们给她担着这么多事。"大军像往常一样梗着脖子瞪着那双眼从门里踱出来,双手背在身后,一走一晃,横在路上。会乔扭头看见大哥大嫂两口子,他们两个人正恨恨地盯着她看,脸完全垮下来,那眼神好像要剜下她两块肉。会乔觉得自己好像欠了老大家什么东西一样,但是到底欠了什么她说不清,那该是二军欠下的,大哥要是想要回去可以直接说啊,让她猜她可猜不着,家里的事她从来不做主嘛。大娘不再说话,欠身从大军身边挤过去回家了,大军和大军媳妇也不再说话,一溜烟向公路上的大超市走去了。会乔想,命硬不硬也就是眼下这样子了,二军人没了,她连他最后是什么样子都不知道。

会乔不知道的事还多着呢。邻里乡亲常聚拢在小巷子的十字路口上谈天说地,那里的每一个人都比会乔知道得多。会乔不在,大军和大军媳妇也不在的时候，人们心照不宣地咳几声，一开口自然而然就说起了二军。

"归根到底还是怨会乔，听说腊月二十七前几天二军就说牙难受。"有人煞有介事地说。

"就是，二军好好的一个人，才四十五六，可不该这时候去。"另一个人附和。

旁边的人也说："二军到底是命里该这样，这个年纪走了，上对不住他老娘，下对不住他儿子，老娘白发人送黑发人，儿子马上该娶媳妇了，啥都不安顿好就走，可不该。"有人远远看见会乔走过去，仰仰头朝这个方向努努嘴说："家里要是有个贴心的媳妇，但凡精明一点儿，二军可不会这么年纪轻轻就没了。"路口上闲聊的男女老少都觉得会乔太憨，耽误了二军。

二军死得急，大雪天一大早去补牙，距离家门口不过几分钟的路，结果人一头栽下自行车，就再也没能起来了。医生的结论是二军死于脑溢血。后来人们才想起来腊月二十四是二军的生日，二军叫了很多人一起来家里喝酒，从中午一直喝到深夜。散场时，喝得分不清东南西北的大军提着吃剩下的酒菜走出来，人们没有见二军出来送客，大概是醉了，第二天早上人们看见会乔，会乔还直说："我说什么都不顶事，二军现在还在床上，头晕呢。"二军头晕了三天，稍好点儿，一出门便死了。

"喀喀，看看那几天给大军家两口子忙的，在家里进进出出。"有人挑起了头。

"不忙也不行啊，会乔也是有这命，在医院直挺挺躺了半个多月还挺省心。"有人喝着一杯热茶悠悠地说。

"说起这个来也是，会乔到底也不知道二军有几个存折。"后巷子里的臭蛋吧嗒着嘴里的旱烟，眼睛眯成一条缝也挡不住一缕精明的光。

"二军平常可比大军能干，就是会乔没那份儿心，谁也拿不准二军到底有多少钱。"喝茶的大爷语气里带着几分看透世事的感叹。

"昨天说是又找出来一个存折，不管怎么样吧，现在说起来是有八万了吧。"臭蛋喷出一口烟，故意将"八万"两个字咬得清清楚楚。

"哎哟，那二军可是真能干，刚翻盖了房子还有这些钱。啧啧，不简单。"一个四十出头的中年汉子说。

另一个人立马接口说："什么钱多，都是平头老百姓，能有几个闲钱？据说盖新房的钱还欠着别人家好几万呢。"

"也甭管几万了，反正现在存折和二军的身份证都在大军两口子手里呢，人家说多少就是多少呗，会乔手里是一分钱都没有。"哄着孙子的女人一边插嘴一边拿着一块钱的纸币逗弄孩子。

"有钱？有钱能怎么样，还有小蛋儿呢，刚满十八岁，反正找着的明面儿上的钱会乔一分也取不出来，说是找了律师得三方都在场才能取钱。会乔她一个人拿不着……"有人直截了当地说。

"没钱不过是省着少花点儿，在这村儿里她一个女人家一年到头能花几个钱，等过两年小蛋儿一娶媳妇，啥都好过了。再说，这样一来再也不用在家被二军打得瞎叫唤了……"女人收起钱，抬头说道。

"光说二军打她，就她那样儿啥也干不了，没有二军赚钱，日子也不一定舒心。说起小蛋儿，会乔也不敢惹他，他厉害起来可顶好几个二军，那下手可比二军不知道轻重。"一句话出口，人们开始觉得腻烦，别人家的家事就算是一团乱糟糟的麻绳，也用不着他们费心，线头儿终究还是绑在活着的人身上。

"哎，走一步看一步吧，日子长着哩。"大军一出现在路口，所有的悄悄话都没了声音。

会乔到底不知道二军留了多少钱，她只知道自从二军走了以后，小蛋儿更不爱回家了。他现在三个月回家一次，大晚上还泡在网吧。她不敢跟小蛋儿提钱的事，即使她知道小蛋儿会把每个月的那点儿工资全都给大军存起来。她的日子也不得不忙碌起来，谁家找人浇地，她就脚不沾地地过去，给别人家看孩子这样的事人家不让她干，她挣不到那份儿钱。忙是忙了，可是会乔的兜儿里并没有多几个钱，但大军和他媳妇自从过了年到现在都没有干活儿，还能天天吃大鱼大肉？会乔想不通。有时候她坐在路口的门墩儿上吃饭，路过的人都停下来，口中啧啧有声，撂下一句"哈，会乔今天又是水煮白面条儿？这么大一盆可得慢慢吃"，说着一步三回头地走了。会乔中午能吃一大盆面条，可是她还是觉得饿，浇地的时候顾不上吃饭，一下午加一晚上太长了，穿着雨鞋简直站不住。不忙的时候，会乔就一个人坐在十字路口，天很快就热起来了，路口过路的人也越来越多，很少有人和会乔说话，大军两口子也爱站在门口聊天儿，还时不时去二军家转一圈儿，那样子就仿佛是进自己家一样自然。"嗬，大军又去视察了一圈儿！"路口的熟人打趣说，每到这个时候大军就哼哼哈哈应付着，不忘剜会乔一眼，背着胳膊咧着嗓子炫耀说："老李，眼看中午了，吃啥饭？走，公路上弄一只烤鸭，再弄点儿酒。""哎哟，大军真是领导，今天吃鸡明天吃鸭的，干脆买了公路上的饭店算了。"大军不接茬儿，大摇大摆朝公路上去了。

到了夏天天热起来的时候，晚间在十字路口的路灯下乘凉的人越来越多，一圈人围着一个小桌，人们在玩儿斗地主的间隙总是关注二军家的动静，而二军的死已经成了十分遥远的事，远到人们只记得他那仓促的葬礼。在这个村庄有一个习俗，死人是不能过年的，不管平日里停枢是五天还是七天，遇到过年都得加快速度，所以没有两天的时间二军就下葬了。会乔过得无声无息，天天在麦田里锄草浇地，把一块儿不大的地收拾得比自己家的床还要平整，会乔像长在地里的一座雕像，永远弯着腰踩着脚下的田垄，大太阳底下没别的什么人，晚上她也从来不在路口上坐，她顾不上，太累了。

通常会乔已经进入梦乡的时候也正是十字路口上人们聚集纳凉的时候。没有人再去探究大军两口子这半年到底吃了多少只烤鸭，也没有人再关心大军家接二连三买下的家用电器，二军已经完全被生活抛在了过去，会乔也很少再成为话题，不过这个夜晚会乔倒是破天荒又成了人们谈论的中心。

"臭蛋，听说今天你把会乔扔在麦地了？"开口的陈大娘在一群人里辈分最高，也仗着一张在风浪里打过滚的尖厉的嘴问道。

不等臭蛋开口，一群和臭蛋年纪不相上下的男男女女哄地笑出来。

"是，也不看看咱是多心善的人。"臭蛋讪讪地说，"会乔后晌想去地里，说是家里自行车坏了，我看她实在不容易就捎她去了。"

"你可是真好人。"一个人憋着坏笑说。

臭蛋掏掏自己的口袋，摸出一盒皱皱巴巴的灵芝烟，抖出一支殷勤地递给说话的汉子。

"臭蛋，这里这么多人呢，一支烟怎么够啊！"接下烟的汉子高声嚷着，旁边的人也笑起来。男人们凑近臭蛋，女人们拍拍身边的半大孩子，催着孩子们回家，不多一会儿，路口上就只剩下几个成年人，聊天的气氛热络起来。

"我们怎么听说你把会乔扔地里没把人家带回来？你这善可没有进行到底，你这人啊，亏你说自己是个老实人，是个大好人呢。"陈大娘往深里说。

"会乔走了几里地回来，还在路口对着俺们骂你呢，说什么臭蛋好好一个人，就是办事不老实，说带她去看看苗儿，结果把她扔在地头上，不等会乔回头早带着黄毛家的媳妇走了老远了，怎么叫都叫不回来，是不是？"

臭蛋猛吸了一口烟，咳嗽一阵子，来回搓着双手说："你可听她瞎说吧，她知道个啥？还说得有鼻子有眼，跟真事一样，我那是车胎漏气儿了，带不上她，心想补胎回去带她，谁知道她自己跑回来了，不识好人心。"

"哟，原来是这样啊，你说啥就是啥呗，看给会乔咋呼的。"

"你就听臭蛋这小子胡咧咧吧，他这小子也不是什么好玩意儿。"

陈大娘和近旁一个女人这一来一回逗笑了路口的一圈儿人，臭蛋也不把这些放在心上，嘻嘻哈哈插科打诨了一阵。

大军这一天少见地没有出门，路口人们快散场的时候，大家看见大军黑着一张脸，踱着步子出来了。

"这都快该睡觉了，大军怎么这时候才出来？大家都等着你讲笑话呢。"

"讲笑话？讲什么笑话，没那心思。"

"哟，今天这是咋回事？一出来就板着一张脸……"有人问道。

"咋回事？还能怎么回事，会乔那傻娘儿们不知道一天天都想什么哩，今天我上房看见她家的屋脊兽脸都朝着俺家，会乔在房顶上还垒了个王八窝，里面供着一只小王八。真不知道这女人搞什么名堂。"

"哎哟，这是什么说法啊？请个王八回家？"

"今天还听会乔说是一个游方的道士指点，说是在房顶弄个王八祠让二军安心哩。"有人在路灯下的暗影里说。

"去他娘的道士，叫会乔弄这硌硬人的东西，明天我就让她扒了。"大军看着黑影里的人说。

有人笑嘻嘻地说："大军，你两口子平常说一她就不敢说二，硌硬人的话你们两口子今天就给她扒了，还能让王八窝压在头顶上一天？"

"我不跟她一个女人家动手，没了俺兄弟没人收拾她了，她还想翻天了，迟早我得说说她。"大军不提动手扒窝的事，一股脑儿地抱怨说。

"谁知道会乔是怎么想的，说来也是，小蛋儿还是和你们亲，谁让他摊上这么个娘。"有人笑嘻嘻地说。

路口上的每个人都明白，大军夫妇只不过是装腔作势，他们明面上不敢动会乔，不敢找一个由头把会乔从兄弟留下的房子里赶出去，也不敢光明正大地揍会乔一顿解解气，现在借着邻里街坊帮腔，一股脑儿把心中压抑已久的不满说出来，这些平时只有他们两口子闷在自己家里骂出来的话现在源源不断地从大军的嘴里喷出来。没有人替会乔说话，会乔不过是一个脑子不大清楚的女人，丈夫死了，就不过是一个外人。"哼，活生生一个什么都不懂的累赘！"大军最后说得口干舌燥，啐了一口唾沫，憋红的脸上一双眼瞪得滚圆，"俺兄弟就是托梦也轮不着她，她清楚什么，去她一屋顶的王八！迟早叫她扒了，迟早！"

第二天，人们到底看见会乔一大早拎着一只死了的王八站在门口自言自语："昨天还好好的，怎么早上就没气儿了，俺的二军哟！"大军媳妇这个时候恰巧从家里走出来，眉眼里藏着讪笑，连连叹道："哟，会乔起得早啊，大早上站着干吗，这手里的玩意儿是怎么了，还领出来遛遛弯儿？""死了，死了，嫂……"会乔的话没有说完就直挺挺向后倒去，她大嫂眼看着会乔的后脑勺像一块石头一样砸在水泥路面上，惊呼着向后跳了老远，腿突然软下去了，嘴上磕磕绊绊喊着："大军，大军，快来！毁了，会乔犯病了！"她想站起来去扶会乔，可是腿抖得厉害，一双手一点儿劲儿也使不上，大军冲出来的时候看见自己的老婆瘫在地上，会乔在不远的地方一阵抽搐，嘴里嚷嚷着："喊什么喊什么，这不是正常事嘛，就你们娘儿们家会嚷嚷啊，快点儿给我站起来！"大军媳妇本打算说会乔一定磕到了后脑勺，可是看到路对面来了人，便闭上嘴，在大军的拉扯下挣扎着站起来，拍完身上的土，这两口子再看向会乔的时候，会乔已经自己挣扎着站起来，口中依旧自言自语，一手将乌龟扔在路边的垃圾堆上，另一只手揉一揉后脑勺上一个巨大的疙瘩，她带着一身尘土，转身回家去做早饭了，只剩下大军两口子在路口面面相觑。

秋天到了的时候，会乔瘦了一大圈儿，脸上的颜色也是灰暗的。秋收刚刚结束，路口上的人们就听见从二军家院子里传来的不断争吵声。

"这拖拉机你卖卖试试，你要是敢做这主我就打断你的腿！"大军红着眼威胁道，一只拳头眼看着就要挥到会乔的脸上了。

"这拖拉机是俺家的，现在二军没了，秋收的时候俺早用不着拖拉机了，为什么不能卖了？"会乔梗着脖子回击。

"哈，你算什么，家里的东西都是小蛋儿的，你一点儿东西都别想动，你敢动看小蛋儿不收拾你！"

"小蛋儿，他都不管地里的事，更别说开拖拉机了，在家白白占地方，坏得还快，为什么不能卖了？俺才是俺孩子他娘！"

"就是不能卖，要卖也轮不着你做主。我从今往后就看着，这院子里的一点儿东西你都不能往外倒腾。"

"我藏还藏不住哩，小蛋儿上次回来把家里的那么多好铁贱卖了你怎么不说话，你可是他伯伯哩！"

大军想到那一阵子小蛋儿兜里揣了不少钱，今天请大军一家一顿酒，明天请大军儿子出去玩儿一趟，再不然就是给他家孝敬些家用，顿时声音提高了几度说："怎么了，孩子没了爹，不招人心疼吗？他对自己好点儿怎么了，还不是你没用！你还有理怪孩子了，是吗？"

会乔接不下话，听到别人说自己的孩子可怜她就心疼小蛋，可是她也没有办法，她干零活挣的钱隔三岔五都被小蛋儿要去了，新收的粮食被大军一家看得死死的，她没有钱过日子了，她没有办法，没人听她说自己的事，没人在乎她是不是有钱吃饭，她只想在手里紧紧攥住一笔吃饭的钱，可是她不能。

"你要是敢卖拖拉机，我就直接把车给砸了，你给我等着！"说完大军趾高气扬地走出门去，一边走一边给小蛋儿打电话："小蛋儿啊，在外面过得怎么样？噢，家里没事，伯伯给你看着呢，会乔——你娘可不怎么让人省心，非得把你的拖拉机卖了，这我可是紧拦着慢拦着给拦下来了，有空你就回来劝劝你娘啊！"大军想，不用自己动手，侄子回来了，会乔一定会挨一顿教训，能安生一段时间了。

会乔确确实实安生了一段时间，小蛋儿回来了一趟，一阵风一样地走了。大军觉得这不合常理，小蛋儿这次回来并没有对会乔大动肝火，走的时候竟然灰溜溜的。

那天晚上路口上的人都看见九点钟小蛋儿摸着黑回到家，深夜一点的时候却听到小蛋儿疯了一样拍大军家的门，把左邻右舍的心拍得七上八下的。

"伯伯，我以后要在你家睡觉行吗？我再也不想回家了！"牛犊子一样壮的小蛋儿声音抖得走了样，像走音了的锯子切开心中无所遁形的恐惧。

第二天早上大军两口子脸色灰白地送走小蛋儿的时候，站在路口的一大伙人无不投去探究的目光。就在大军家开门前的半小时，会乔站在十字路口，双眼直勾勾地盯着大军家紧锁的门，早饭已经上了灶的人们趁这个间隙在门口溜达几圈儿，不一会儿人们就不约而同地发现了会乔的异常。会乔是个不知道藏秘密的人，旁人一句"会乔这大早上的，为什么烦心呢！"就能勾得会乔把所有的事情都说出来。"小蛋儿昨天晚上说，听见屋子里咚地响了一声，我说我没有听见，不是我弄出来的响声，小蛋儿吓得跑到大军家睡啦，还嚷嚷着说再也不回家住了。"会乔的几句话像一阵响亮的惊雷，人们忍不住接着问："响一声不一定是怎么回事呢，说不定是后巷子里有人过路，小蛋儿天天七个不服八个不忿的，怎么还怕上了？""我也觉得俺小蛋儿厉害，不过昨天他说他不回来就是因为二军老是给他托梦，昨天晚上肯定也是二军来找他了！""喀喀，可不该这么想，说什么都是自己的亲爹，退一万步讲，就是做梦多点儿，不至于把他吓成这样吧！""不知道，这次小蛋儿肯定更不想回家了。可二军怎么从来不给我托梦呢？""小蛋儿年轻，在外面多跑跑也挺好，这样你过得也省心些。"说话的人在心里替会乔高兴，二军活着的时候常常和小蛋儿一起对会乔拳脚相加，没想到死了以后倒是反过来吓唬自己的儿子了。二军心里还是有会乔的，会乔的日子不会差了，人死了就是不一样了，二军都改邪归正了。二军在人们心中的样子虽然模糊起来，但是一种柔情像天生就在二军的生命里，他活着的时候人们没能发现，人们为此遗憾。

日子一晃就到了年末，风不凉阳光正好的时候，路口上也会有三五个人聊天，匆匆忙忙的。人们很少见到会乔，只有下过雪之后门前积雪清理过的痕迹说明她曾出来过。一个冬天，会乔像蛰伏在冬天里沉睡的虫子，不声不响的。进了腊月，二军家终于有了会乔进进出出的身影。

比起秋天的时候，会乔清瘦了一点儿，脸上的颜色却好看了不少，忙里忙外地准备过年。大伙儿一起去备年货时，人们也愿意给她搭把手，毕竟大军两口子指望不上，这漫长又寒冷的冬天两口子都没舍得让会乔买一些煤烧暖气。他们总是有一套理直气壮的说辞："小蛋儿不回来，只有会乔一个人在家，一个人弄一个小炉子就行了，实在不行买一个电褥子呗，烧暖气太浪费了，不值当的。生火取暖的日子咱们又不是没过过。"会乔走在街上的时候人们发现她的精神头比以前好了很多，在熙熙攘攘的人群里，就算不买什么东西也是脸上带笑的。走路的时候，会乔的笑从嘴角溢出来，她轻悄悄地对身边儿的人说："前几天村子里的王大娘来俺家了。"不用她把话说完，人们的脸上就染上一层多彩的笑。"好事，会乔，人活着还是得给自己打算，日子长着呢！""嘿嘿，会乔，怎么样？是哪里的人？""王大娘没有详细说，还是觉得俺家小蛋儿大了，俺做不了俺自己的主，说叫俺先把儿子说通。"会乔脸上一抹红，眼睛里露出了游移不定的神情。哪里是要和小蛋儿商量，在小蛋儿后面还有一座更大的山呢，这事会乔不能指望谁，连娘家的人都没有办法指望，就是二军活着的时候打会乔打到她鬼哭狼嚎，她家里人来了也只是低声下气求二军不要生气，最后被家人数落的还是一身伤的会乔。人们在心里盘算一圈儿，只得到一种解决办法，会乔要走，那只能是一分钱都不带走，在大军两口子和小蛋儿眼里，二军家每一件家具、每一个角落甚至连空气都贴着鲜明的标签，原来归二军所有，现在归大军和小蛋儿所有。会乔自然想不明白这些，也想不到这些，她只是实心眼地认为大军手里的八万有自己的一部分，现在他不给她，那她得给自己找一个可靠的人。明眼人只能对会乔说一切都没定呢，不要到处嚷嚷，事定了一切才好说。会乔感激地看着身边的邻居，这是她不能对亲人说的话，现在邻居们不仅不笑话她，还给她出主意，她觉得安心。

腊月二十六最后一个集散得早，阳光出奇的好，风也出奇的大。街上没有什么人了，路口只有会乔一个人，阳光好的时候她在外面墙根底下坐一会儿，身上比在屋子里暖和多了。会乔坐在路口，一个人看着四面八方，风吹了一下午，路面儿上都吹得一尘不染，只有眼前不远的垃圾堆上一些纸屑和塑料袋随着风卷来卷去。会乔坐着的时候，大嫂提着一桶垃圾路过会乔旁，抛下一个毒辣辣的眼神，将手里的垃圾一股脑儿倒在离会乔不远的地方，理都不理会乔，扬扬得意地走了。会乔让大嫂一身崭新的衣服晃得眼睛都花了。会乔觉得这大半年来大军两口子花钱像流水一样，也不见他们干活儿，可是从来不见他们嚷过缺钱花，日子还是得两个人过，还是得有人拿主意，会乔觉得自己还能干，日子不会差。会乔在阳光里晒了几个小时，晒到最后阳光收起了温度，风像小刀一样割脸的时候，她慢慢悠悠地站起来。望着这逐渐喜气洋洋的世界，她突然想起，明天就是二军的忌日了，一年的日子那么长，又那么不禁熬。

　　站在十字路口上，只有会乔一个人，四个方向的路好像可以去很多地方，走出这座村庄，路一条连着一条，结成一张密密麻麻的网，每一个节点上都有一种可能，可是会乔站在冷风里看得眼前都模糊了，双脚却挪不动一步。会乔睁着模模糊糊的双眼，看见一张轻飘飘的纸顺着眼前的路向着她越滚越近，差不多到了会乔脚下的时候，会乔终于回过神来，一脚踩住这张调皮的纸。慢慢弯下腰，纸捏在手里的瞬间，会乔下意识地看了看路口，幸好四个方向上一个人影都没有，会乔盯着纸上的字迹看了一下，将它小心翼翼地放进贴身的口袋，使劲儿将口袋上的褶皱压平整，向着垃圾堆走去。嫂子倒出来的垃圾已经被风吹得七零八落，几张无用的纸从一个破旧的铁盒子里吹出来，一些已经不流通的一分五分的硬币混在其中，会乔将盒子拿起来，细细看了一遍，再看不出什么蹊跷，便将盒子小心翼翼地放回原地，眼睛往四周一扫，依旧无人。会乔迈着慌乱的大步子回家。这个时候如果有人敲会乔家的门，一定会发现下午四点的时候，会乔家已经落了锁，之后的一个小时的时间会乔一个人在家里盯着一张薄薄的纸，身影十分僵硬，脸上的表情比梗着的脖子还要僵硬，偶尔看一眼墙上嘀嗒作响的旧钟，觉得时间过得太慢，心里太乱。五点的时候，天已经快黑了，会乔悄悄地打开门，骑着那辆破旧的自行车消失在傍晚的寒冷里。

　　会乔还是把手里那张薄薄的纸给了自己的父亲。她看见她那年老的爹脸上的颜色变了，一张脸涨成了紫红色，花白的头发上沁出一层油亮的汗，老人的腮帮子鼓了好一会儿，眼睛在这张纸和会乔惨白的脸中间转了几个来回，终于说："乔乔，这事别声张，尤其不能让大军两口子知道。按你说的，这东西肯定是从大军家扔出来的，你也知道，二军的身份证注销了，有存折没证明取不了钱了，说到底还是大军一家人手黑，自己拿不到的钱就扔掉。"会乔的脸色更白了，她也看看那张存折，说道："爹，这大概是他家过年大扫除没注意扔出来的，你说我这日子以后怎么过？俺小蛋儿以后怎么办？谁知道他们手里是不是还有二军其他的存折？""长远的事咱先不想，眼下这事咱得瞒住，也别告诉小蛋儿，小蛋儿孩子家不懂事，和他那人模狗样的伯伯挺亲，爹怕到时候你吃亏。""除了这样我还能怎么样，我这一年日子苦，到底是看不见这日子到头的时候。"会乔眼里泛着泪光，可是爹和哥哥除了背地里骂大军二军，从来没有替她撑过腰，爹点头哈腰给大军二军递烟不是一次两次了，她被打得鼻青脸肿还被嫌弃。她自己也知道原因，所有人都知道她傻，她有时发作癫痫病，可是她不知道这忍气吞声的日子还要到什么时候。二十年前爹把她嫁给二军的时候也是一脸赔笑，没有要一分钱的彩礼，当然她也没有一分钱的嫁妆，那个时候她就像一件什么多余的物品，被甩在了一个阴影里。会乔不知道该怎么办，就是觉得这日子过得难。

会乔的心里有了种模模糊糊的比较，她觉得有时候亲人说出的话还比不上一个外人贴心，爹和哥哥只会让她给人家赔不是，她也不知道自己哪里有做得不妥的地方，可是她会忍气吞声，因为爹和哥哥会觉得出门脸上无光，而她娘永远都一个人躲在厨房里抹泪，没有一点儿办法。二军和小蛋儿那铁一样硬的拳头让会乔觉得肝儿颤。她想不通为什么二军对黄毛的媳妇就有一脸像粘了蜜一样的笑，而对她就只有铜铃铛一样瞪大的眼睛和呜里哇啦不停地骂人的话，但是她没有机会反抗，拳头落在身上的时候她只顾得上嗷嗷叫。大军两口子除了睡觉，其他时候两双眼睛恨不得一刻不停地贴在会乔身上，会乔没有胆量回击，她不知道自己的儿子为什么不亲自己，反倒一次次向她吼着："俺伯伯说你……俺大娘说你……"同时将有力的拳头砸在她的身上，她心疼她那没了爹的孩子，舍不得还手。她难受，却没有地方可以说。旁边人虽然不会帮她，但是至少不会给她拳头，站在那些人的身边，她觉得安全。

想到这一点，会乔突然生起自己的气来，不知道这张存折到了爹手里能怎么样，两个村子离得这样近，总有一天大军两口子会知道，小蛋儿也会知道，没有人会站在她这一边，爹和哥哥会不会再去"说和"，让她给他们赔礼道歉？这些她都不知道，她只知道，她怕。

一瞬间，这张署名是二军的两万元的存折像是一个能带来无尽不幸与坎坷的源头，会乔心上没有闪过一点儿喜悦，有存折也取不了钱，她的日子还是得那么过，不，再也不同了，她得躲着大军两口子，她怕她会忍不住去问。会乔觉得四肢像漂浮着，脑袋涨得生疼。她终于什么都不再想，她记起来今天小蛋儿回家，她得赶紧回家给小蛋儿做饭，她哆嗦了一下，慌张地说："爹，小蛋儿今天回家，我得赶紧回去了，晚了小蛋儿又揍我。"说完会乔抬腿就往院子里走。会乔她爹脸上的青筋跳了跳，跟上去，讪讪地说："乔乔，咱也不指望什么，能安安生生过日子就行，再说孩子长大就懂事了，和外人比怎么也是和亲娘亲。今天风这么大，这张存折偏偏让你给捡着了，都是命，是二军惦记着你哩！"

后来她记得自己在路上狠狠摔了一跤，可是路上一个人都没有，她只能自己挣扎着站起来，车子摔坏了，她只能推着自行车一瘸一拐地向前蹭，幸好距离家已经不远。这条平时车来车往的公路上现在却很少有车，雪还在纷纷扬扬地下，大概是想埋了这个世界求个清净。她看着路边的商店想起二军以前每次打完她又像是立马后悔似的，会到公路上的商店给她买一两件新衣服，然后给她买很多吃的，然后二军就黑着一张脸叼着烟卷晃出门。他每次都说自己要去找黄毛喝两盅，会乔知道黄毛一年到头都在外地，二军说去黄毛家大概只是想躲出去吧。每次会乔都被揍得鼻青脸肿，比现在脸上摔出来的青紫还多。会乔在雪地里气喘吁吁，抬头一看，路边牙医诊所明晃晃的牌子在黑暗里，刺得会乔淌了一脸泪，流过刚刚磕破的皮肤，火辣辣地疼。会乔在一片冰天雪地里突然想不起二军那张脸是什么样子，她的脑袋里一会儿是大军的眼睛，一会儿是小蛋儿的鼻梁，东拼西凑成一个轮廓，模模糊糊的，像二军又显得那么陌生。突然她脑袋里的那张脸露出了一个难看的笑，会乔猛地摇摇头，想到这张脸一定不是二军，二军才不会笑。风钻进了她每一个毛孔，会乔觉得自己喘不上气，可她还是继续往前走。二军没有对她笑过，哪怕是勉强的笑。

到家以后，门口的雪早已经平平整整铺了厚厚一层，由此她知道，小蛋儿没有回来。她松了一口气，随后又担心起来，这个年怕是要自己一个人过了。会乔觉得有些心酸，进房间她就和衣倒在床上，周身都有一种钝痛。黑暗里她睁着眼，墙上的钟模模糊糊，指针指向十二点多了，小蛋儿不会回来了，会乔闭上疲惫的双眼。

会乔觉得自己并没有睡踏实，厚重的脚步声在客厅响起来，大概是小蛋儿回来了，会乔困得睁不开眼，她只是喊了一声："小蛋儿，是你回来了吗？吃过饭没？没吃我起来给你做，吃过了就赶紧睡觉吧。冷不冷？冷了插上电褥子，明天你在家我就生火。""你给我起来，谁让你睡了，我有话要问你。"是小蛋儿的声音，会乔想。她不知道小蛋儿为什么这么大的火气，大概因为家里太冷了，而且她并没有给小蛋儿做饭，她太慌了，没来得及做饭，她现在也是又冷又饿。

　　"小蛋儿，怎么了？"会乔钻出没有什么温度的被窝，开了灯。明亮的灯光刺得会乔难受，她睁开眼睛的时候看到了好几个人影，有大军两口子、小蛋儿、她爹和她哥哥，连她娘也红着眼眶在她爹身后手足无措地站着。"说吧，你是不是听了哪个管闲事的媒婆的话想改嫁？"小蛋儿的问题像一声雷，震开了客厅里近乎冰冻的空气。几双眼睛紧紧盯着会乔，会乔脸上像烧了一团熊熊燃烧的火，背后却出了一身冷汗，腿不住地抖，回答道："是王大娘来家里找过我一回，我……我没有答应，我想着小蛋儿你还小，我可干不出这种事！""哼，谁知道你说的是不是真的？你要是不想怎么还让她进门？"会乔支支吾吾："王大娘再怎么说也是长辈，人家说来家里坐坐我又不能赶人家走……你说是不是？"小蛋儿挥挥拳头，晃动着那一张同样憋得通红的脸，说道："你要是敢改嫁我就打死你！"小蛋儿的威胁并没有什么太大的威力，说完他心虚地看了下四周，这一次没有什么声响。他觉得他爸爸二军这次一定是支持他的，肯定不会弄出什么声音吓唬他。"会乔，你年纪也不小了，理你也都懂，咱们都是女人，我看你还是安安生生好好干活儿，再过两年小蛋儿一娶媳妇你不就可以过上省心的好日子了，你说是不是？"大军媳妇眉眼里带着笑，声音里却是冷冷的。大军仰着一颗脑袋给自己媳妇帮腔："会乔，按理说我不该说什么话，毕竟我是二军他大哥，还当着孩子和长辈的面，我觉得你这时候要是有外心，可对不住小蛋儿，也对不住俺那短命的兄弟。不管怎样，咱也得考虑到孩子还没成家是不是？你要是走了，孩子没爹没娘了怎么讨媳妇哟？"大军咬住一个理字对会乔说，眼睛却看向会乔她爹和哥哥，仿佛把这两个男人的身影看小了一圈儿。"乔乔，你大军哥说得在理。二军走的时间不长，咱可不能扔下孩子不管，不能当那种不仁不义的人，咱也不是那样的人……"会乔她爹朝着大军的方向保证一样地说。"会乔，你知足吧。在这里是缺你吃还是缺你穿了？什么都挺好的你还不知道知足，非把天捅出一个窟窿才行是吧？有你这样的妹妹真是不叫人省心，天天不是拖累这个就是拖累那个，光想着你自己哩，你怎么就不知道想想别人呢？"会乔她哥一阵噼里啪啦的训斥让会乔缩在了墙角。大军两口子看着这架势觉得自己有理占了上风，大军媳妇不无得意地说："看看，还是亲家懂理好说话，这事不就好解决了……"大军想要发表一下长篇大论，说说自己和媳妇这一年时间怎样帮衬着会乔和小蛋儿，话还没有说出口，一声响亮的喷嚏打出来，鼻涕刹不住淌了下来，大军媳妇一副不耐烦的样子瞥向大军，然后对小蛋儿说："小蛋儿，快给你伯伯拿纸去。"小蛋儿二话不说走进房间开始翻箱倒柜找东西……

会乔在角落里看着这一群人你方唱罢我登场，不想插一句话，她累，她困，脑子里一片空白，她觉得自己心里有一根弦啪的一声断掉了。"你们管过俺吗？俺天天吃不饱饭大冬天也没有暖气，出门就像贼一样被你们防着？你们还叫不叫我活？""你哪一只眼睛看见我们盯着你过日子了？"大军媳妇抢白道，说完又觉得自己有些不打自招，慌了手脚。"说俺们让你饿着也得有证据，二军留下的钱还债就用得差不多了，你觉得我们平时接济你和小蛋儿还少吗？"大军也嚷嚷。比大军夫妇更慌的是会乔的爹和哥哥，一提到钱，会乔就想到那张存折，张口就说："谁知道你们昧着良心偷偷拿了俺家几张存折？你们别以为我什么都不知道……"会乔的话没有说完，她爹就慌忙说："好好商量不好吗？怎么还瞎说上了呢？"会乔狠狠地瞪了一眼这一圈儿人，说："你们都想让我死，我早就知道，你们打我、奚落我，看我过苦日子你们就开心……我就是不想在这里过了，我活不下去了……"灯光晃眼，她也不知道后来发生了什么，当她清醒一点儿的时候，四周都是歪七扭八的脸，相互撕打在一起，又好像所有的拳头都是冲着她来的……她觉得自己快要吐出最后一口气了。

砰的一声巨响，会乔睁开了眼睛，心脏剧烈收缩，可是反应迟钝的神经迟了几秒才清醒，原来所有的争吵和拳头都在梦里，她定了一定心神，想看一下时间，才发现墙上那只她和二军结婚时买的钟已经掉在地上，碎成一堆玻璃和碎铁，巨响就是它发出来的。随后她想，要是她真想过新日子，梦里的那些拳头一定会毫不客气地落在她身上，她一定会死。会乔突然想起了黄毛媳妇，那个女人当着她和路口那些人对着二军笑，她突然想通了二军为什么对黄毛媳妇笑，为什么她总是挨打，为什么十字路口那些人总是当着她的面儿对黄毛媳妇露出神秘的笑。可是这一切都像一阵过去的风，早就不值一提了。会乔突然觉得轻松起来，一切都是二军不对。

正月二十七，会乔当然拒绝不了大军两口子一大早的拜访和热心的盘问，昨天傍晚去哪里了？干了什么呢？脸上的伤是怎么来的？……不一会儿，街坊邻居从大军两口子嘴里听说"会乔那个不长眼的傻女人"的脸上挂了彩，于是会乔像一个展品，被一拨一拨的人看来看去……没有人记得这一天是二军的忌日，大军两口子脸上带着嘲弄的笑，对着街坊邻居挤眉弄眼，手里指指点点，指向床上躺着的会乔，嘴里骂骂咧咧说着："这回摔了也不知道该是谁管，小蛋儿不在家，要是摔得重了不还得是俺们贴钱花时间伺候她，真是倒霉，摊上这么个女人！"邻居们也来看她，说一些不疼不痒的话，他们的眼里都是看什么稀罕的东西一样，看一会儿觉得没什么新鲜，嘴里那几句车轱辘一样翻来覆去说的话最后也说烦了，一哄而散。又剩下她一个，她想，雪太厚，再不扫就永远扫不了了。

腊月二十七，正当一阵雪铺天盖地地砸下来的时候，如果有人走出热气腾腾的房间，仔细听，他会听见窸窸窣窣扫雪的声音，那是会乔正挥着那把去年扫了一冬天雪的扫把。循着声音抬头看，能看见雪不停地落在她的头发上，贴着头皮的一层冻成了一颗颗小冰晶，眉毛上的雪来不及抹掉，冻得通红的脸上，一块块青紫的皮肤更加明显。

扫把窸窸窣窣的声音渐渐弱下去，房顶上的雪一道一道，深深浅浅，天灰蒙蒙的，会乔拖着自己的背影下了房，一切都静悄悄的，没有一声叹息，雪一直没有停。会乔一个人躺在房间，有很多事情像一锅粥搅在脑子里，她睡不着，睁着眼一直等到路口的路灯亮起来，她拖着那把枝条稀疏的扫把来到路口，想扫出一条路，小蛋儿无论如何该回家了。她站在路口，动一动手里的扫把，四个方向都是雪，她却挪不动一步。十字路口上空空荡荡，只有她一个人手里挥着扫把，天很冷，她在等。

（滕鑫，辽宁大学文学院文艺学专业2014级研究生。）

桃 笙

刘 洁

桃笙是一个女孩，一个面如桃花的女子。

桃笙是她的名字。她本姓柳，和我是本家，出生在桃花灿烂的3月天。

在柳树湾这个不大不小的村子里，柳姓堪称大姓，杨姓人寥寥几家，而且盛产破落户，不大老实的，村子里仅有的四个光棍杨姓硬是占了三个。对杨家人，我向来没有好感。我只同刘姓的孩子来往。

桃笙家就在我家对过，因此我和她最相熟，打小厮混惯了的。我长她一岁，她叫我"姐"，连我的名字"洁"也不带，显得比其他人亲昵些。

我俩是同一年上的学堂。那年，她六岁，我七岁。每每先生在台上讲课，我俩便把书高高竖起，躲在这方小天地里，共食一个桃子。

桃笙尤其喜欢吃桃子，吃桃子时两只眼睛亮晶晶的，闪着光，有一种奇异的美。我是不大喜欢的，毛茸茸的桃子总是蹭得我胳膊痒。桃笙有办法，她会用她长长的涂着蔻丹的指甲将桃皮剥掉。去了皮的桃子仿佛去了壳的鸡蛋，娇嫩可爱，我和她，你一口，我一口，满手满嘴都是桃子甜腻的汁液。一天枯燥的学堂生活就这样融化在共食一个桃子的甜美时光里。

一天，先生讲了杜子美的诗句"人生不相见，动如参与商"，先生说，参与商两星此升彼落，永不相见。小小年纪的我们对诗没有深刻的体会，却被二十八星宿深深地吸引了。原来，天上的星星有自己的分野，就好像我们有各自的家一样。我和桃笙登时萌生了一个天真素朴的愿望：每年各自收集一个星宿的名字，十三年后，集齐二十八星宿。那时我和她已然长大，即将嫁人，多好。

我以为我和桃笙会一直在桃子的香甜气息里揣着二十八星宿的秘密一起长大，我不知道离成年还有好长的路要走，而在此之前，我和她的命运都不曾被自己掌控。

桃笙辍学了。年方九岁的她从此被禁锢在自家庭院里，每日围着灶台、猪圈打转儿，劈柴、烧饭、喂猪，满手的油污，满身的油烟气。她的指甲再也不涂蔻丹了，也无法再留那么长了。没有人为我剥桃子吃了，我以后很少吃桃子。

我问她辍学的原因，她说家里要添小弟弟了，阿水婶，也就是桃笙的妈妈，身子重，做活儿不方便。她说，她不想辍学。她说她喜欢识字，喜欢同我吃一个桃子。我说："桃笙，别怕，散学后，我教你，先生教我什么我就教你什么。"

可我终究没能兑现我的诺言。桃笙的活儿实在太多，根本不得空，小弟弟出生后尤其忙。当小弟弟能跑会跳，再不需她抱着时，她又被父母送到城里，做起了小保姆，替那些城里的人看护孩子。不久，我也升入中学了，读的是寄宿学校。这样，我连会她一面都难了。

有次放假回家，我听妈妈说，她去城里走亲戚时在路上碰到桃笙了，桃笙当时正推着儿童车在马路边遛弯儿，人白了，也胖了，长得更好看了。是这样吗？还是孩子的她日复一日、年复一年地照顾那些小人儿就不厌烦吗？那些围布，那些褛子，她的一双小手能洗得完吗？她本该和我一样坐在教室里学习的，还有我们的桃子，我们的二十八星宿。

在初中毕业的那个夏天，我终于见到桃笙了。桃笙果然比以前更白了，兴许是长期在室内照顾婴孩的缘故。她的白令我有一种怜惜，但她到底是出落得更好了，一举手，一投足，婀娜有致，就像3月的桃花，就像6月的桃子，给人一种恰到好处的感觉。在十五岁的桃笙面前，十六岁的我真真切切地感受到来自另一个女孩的美丽。桃笙，你长大了。我想。

那天，我和桃笙一起去赶庙会，路上总有那些三五成群的坏小子吹口哨。"流氓！"我怒气冲冲地瞪向他们，把爸爸告诉我的话告诉桃笙："这是流氓哨，吹流氓哨的都是流氓。"

桃笙没有答话，她笑了，笑得脸上仿佛绽开了一朵桃花。

从庙会回家时也不太平，总觉得背后有人尾随我们。在一个拐弯的当儿，我偷偷地往后瞥了一眼，呀，是杨三剩！他是本村四大光棍之一。我看见他的两只眼睛直勾勾地盯着桃笙，眼珠子都快掉出来了。流氓！我在心里咒骂了他千千万万遍。

当那个夏天结束的时候，我踏入高中校园，桃笙这次却出了远门，她去遥远的南方打工了。

"桃笙为什么要去外地打工？为什么不在城里做小保姆了？"我以为外地都是些黑心工厂，不如在本地。

"她十五岁了。"妈妈对我说。

"十五岁为什么就不能当小保姆了？"

"十五岁是大人了，她又那么美。"妈妈似乎答非所问。

就在这时，杨三剩看桃笙的眼神忽地浮现在我的脑海里，我不禁打了个寒噤，似乎明白了什么。

桃笙在临行的前一晚对我讲了一件事，就在我们从庙会回来的那天晚上，有人半夜里敲她家的门，敲了好久好久，若不是她家的狗从门下钻出去咬那人，怕是一宿不得安宁。

第二天，我看见杨三剩腿脚不太灵便地打胡同里走过。邻居奶奶问他："三剩，你腿咋啦？"

他揪了揪脑门稀疏的头发，嗫嚅着说："昨晚喝醉了，跌……跌的。"经过桃笙家门口时，还巴巴地多看了几眼。

现在，桃笙走了，去了很远很远的南方。我想，再没有流氓骚扰她了，也没有谁家太太担心小保姆会成为孩子的后妈了。我为桃笙舒了一口气。

我与桃笙见面的机会更加渺茫了。我对桃笙现在的了解是她家的变化，桃笙挣的钱源源不断地寄来，她家的旧房子拆了，盖了新房，她的弟弟妹妹们无一辍学，她爸爸妈妈脸上也长肉了，泛着一层油光……

"桃笙这女娃真厉害！"邻居们不无欣羡地说。

"我情愿砸锅卖铁供洁儿读书，也不花这种钱。"爸爸说。他说这话时的神情就像我十六岁那年他告诉我"吹流氓哨的都是流氓"一样。这种钱是哪种钱呢？

时光荏苒，转眼我已读高三。大家起早贪黑地学习，只为踏入心中那座魂牵梦萦的学府。我混迹其中，也不例外。这期间，我隔绝了与外界的一切联系，连家也很少回。

当高考的战役结束，我放大赦般回到家时，好想立刻奔到桃笙面前，对她说："桃笙，姐姐我刚打了一场仗，厉害吧？"

"桃笙回来了吗？她在家吗？"我问妈妈。

"桃笙回不来了。"妈妈哽咽地说。

"为什么？"我脑袋里一片空白。

"找不到她了。"我好像听到妈妈这样说。

我的脑袋嗡嗡地无法集中精力去想一件事，只是一直咕哝着："怎么就找不到她呢？怎么就找不到呢？这是什么意思，什么意思……"

几天以后，我找到同样去南方打工的阿莺，向她打听关于桃笙的事。

她说："桃笙姐就是长得太好看了，烂桃花一朵接一朵地开，跟苍蝇似的，赶都赶不走。桃笙姐一个都没看上。后来，她看上了一个美发师，那人说他有一间发廊，他让桃笙姐每天下班后就去他的发廊。从他那儿回来后，桃笙姐的口袋总是鼓胀胀的，我猜是百元大票。那段时间她频频地往家寄钱。后来，桃笙姐干脆辞了工厂里的工作，搬到了他那儿。这以后我们很少碰面。直到有一天，我在街上远远地看见一帮花里胡哨的男女走来，他们的衣服花里胡哨的，头发也花里胡哨的，走近了，我一看，咦，中间那个穿紧身衣超短裙的女的不是桃笙是谁？她手里还夹着一支烟哩！手指甲老长了，亮闪闪的，晃人眼，估摸是做了美甲。我叫她'桃笙姐'，她弹烟灰的手停住了，却没理我。那是我最后一次见她。之后，我再也没见过她。再后来，我听说那家发廊被查封了，而在此之前，那家发廊早空了，人都不知道去哪儿了……唉，桃笙姐就是长得太美了……"

听了阿莺的讲述，我知道我和桃笙已然处在两个不同的世界，就像那年先生讲的"参"与"商"，此升彼落，永不相见。

桃笙，十三年过去了，二十八星宿我已经集齐，你的那份，姐姐也帮你收集了。我多想我们像小时候梦想的那样一起长大。现在，桃笙，你在哪儿？

四年转瞬即逝，如今，我即将大学毕业，桃笙依旧杳无音信，生死未卜。

就在昨晚，我做了一个梦。梦里的桃花是白色的，四下里纷飞。纷飞的桃花雪里，桃笙着一袭纯白的裙衫，裙摆在风里翻飞，像一枚硕大的桃花。

她浅浅地微笑，慢慢地说话，她说："姐，我喜欢同你吃一个桃子。"然后，桃花越落越多，她的身上堆满了桃花，再也看不见她的身影，再也听不见她的声音。

我的眼里只看见一片纯白。

桃花流水杳然去，别有天地非人间。

我愿有一个如此纯白的世界让桃笙静静地休息。在我心里，她永远是那个指甲涂着蔻丹，眼睛亮晶晶的，捧食桃子的女子。

桃笙啊！

（刘洁，辽宁大学文学院中国古代文学专业2014级研究生。）